루시 게이하트

휴머니스트 세계문학 032

루시 게이하트

LUCY GAYHEART

윌라 캐더 | 임슬애 옮김

차례

일러두기

1. 번역 대본으로는 Willa Cather, *Lucy Gayheart*(Vintage Books, 1995)를 사용했다.
2. 주석은 모두 옮긴이 주다.
3. 본문 중 굵은 글씨는 원서에서 이탤릭체로 강조한 부분이다.

제1부

1

플랫강 유역에 있는 작은 마을 해버퍼드에서는 여전히 루시 게이하트 이야기를 한다. 분명 많은 이야기가 오가는 것은 아니다. 생은 계속되고 우리는 눈앞의 일상을 살아내야 하니까. 하지만 루시라는 이름을 언급할 때면 다들 낯빛이나 목소리가 은근히 밝아지며 허물없는 눈동자로 넌지시 말한다. '그래, 너도 기억하지?' 부단히 움직이는 자그마한 루시가 아직도 눈에 선하다. 춤을 추고 스케이트를 타고 앞만 바라보며 발 빠르게 걸어가던 루시, 꼭 둥지로 돌아가는 새처럼.

눈이 펄펄 내리는 날이면 노인들은 창밖을 내다보며 루시가 머프로 볼을 감싸고 눈보라 사이로 부리나케 걸어가던 모습을, 추위에 떨지도 않고 그저 바람에 몸을 맡긴 채 춤추듯 발걸음을 내딛던 모습을 떠올렸다. 그리고 루시는 여름의 열기 속에서 긴 그림자가 드리운 거리를 걷고 땡볕에 끓어오르는 광장을 가로지를 때도 겨울과 마찬가지로 발걸음이 잽쌌다. 숨 막히게 뜨거운 8월의 정오, 말은 머리를 숙이고 인부는 '쉬엄쉬엄' 일하는 시간에도 결코 쉬엄쉬엄 생활하지 않았다. 추운 날에는 살아 있다는 감각이 강렬해진다고, 언젠가 루시가 말했다. 분명 더운 날에도 마찬가지였으리라.

게이하트 가족은 해버퍼드 중심가에서 1킬로미터쯤 떨어진 서쪽 끝자락에 살았다. 마을 사람들은 '저 멀리 게이하트 댁'이라고 일컬었고 한여름에 다녀오기에는 꽤 먼 거리라고 생각했다. 하지만 루시는 자신을 쏙 빼닮은 걸음걸이, 자제할 수 없는 명랑한 마음이 묻어나는 잽싼 발걸음으로 하루에 열두 번씩 그 길을 오가고는 했다. 루시가 걸어갈 때면 정원에서 꽃을 가꾸던 나이 지긋한 여자들은 저 멀리 어룽어룽한 초여름 나무 그늘 밑에서 빛나는 흰 형체만 보고도 특유의 움직임 덕에 누구인지 늘 알아보았다. 그렇게 루시는 산울타리와 라일락 덤불과 보드라운 초록 포도 덩굴과 줄줄이 핀 노랑 수선화 옆으로 걷고 또 걸었으며, 분명 그 모든 것을, 입고 있는 여름옷과 공기와 햇볕과 활짝 피어나는 세상까지 만끽하고 있었다. 루시의 성정은 제 움직임과 닮아 직접적이고 거침없고 유쾌했다. 금빛이 감도는 갈색 눈도 마찬가지였다. 루시의 갈색 눈동자는 부드러운 빛깔이 아니라 소위 '호랑이 눈동자'라고 부르는 콜로라도 암석처럼 금빛이 점점이 번쩍이는 눈이었다. 피부는 까무잡잡한 편이었는데, 입술과 볼은 짙은 붉은빛 작약처럼 색이 깊고 벨벳 같았다. 입매는 다정하고 즉각적이라 마음에 새로운 감정이 드리울 때마다 은근히 달라지고는 했다.

오랜 친구들에게 루시의 사진은 아무런 의미도 없었다. 친구들이 사랑한 것은 그의 명랑과 기품이었다. 루시를 보고 있으면 살갗 아래서 펄떡이는 생이 느껴졌다. 앳되고 아름다운 생명만이 누리는 독특한 광채가 있었다. 꽃이 핀 정원에 해가 뜨면 처음 한두 시간쯤 목격할 수 있는 그런 광채였다.

루시가 음악을 공부하러 시카고로 떠났을 때 우리는 아쉬워했다. 그때 루시는 열여덟 살이었다. 재능은 있었으나 무사태평해서 자기 앞날을 진지하게 고민하지는 않았다. '경력' 같은 것은 꿈도 꾸지 않았다. 음악을 자연이 주는 즐거움 중 하나라고, 기껏해야 나중에 집에 돌아왔을 때 아버지에게 도움이 될 돈벌이 방편이라고 생각했다. 루시의 아버지 제이컵 게이하트는 동네 음악대를 이끌었고, 시계방을 운영하며 가게 뒤편에서 클라리넷과 플루트, 바이올린을 가르쳤다. 루시는 고등학교 1학년 때부터 초급자들에게 피아노를 가르쳤다. 어린이들은 자기들을 꼬맹이 취급 하지 않아서 루시를 좋아했다. 학생들은 루시 눈에 잘 보이려고 애썼다. 특히 남자아이들이.

제이컵 게이하트는 솜씨 좋은 시계공이었으나 가게 운영은 꼼꼼하지 못했다. 일리노이 벨빌에 있는 독일인 마을에서 태어났고 부모는 바이에른 출신이었는데, 아버지에게 시계 일을 배웠다. 어렸을 때 해버퍼드로 와서 미국인 아내와 결혼했고, 아내는 이때 비옥한 농지 130만 제곱미터를 가져왔다. 제이컵은 아내가 죽은 뒤로 이 농지를 담보 삼아 다른 토지를 샀으나 이제 둘 다 저당 잡힌 상태였다. 맏딸 폴린은 이 일로 고민이 많았는데 게이하트 씨는 개의치 않았다. 제때 이자를 내는 것보다 음악대 사람들을 연습시키는 일에 더욱 신경 썼다. 당연하게도 그는 마을에서 기인으로 통해 사람들은 그를 두고 농담을 주고받았으나 다들 음악대를 자랑스러워했다. 게이하트 씨는 어느 오래된 은판사진 속 독일인 무명 시인 같은 생김새였다. 염소 같은 턱수염과 콧수염을 기르고 짙은 머리칼을 이마 위로 매끈하게 넘겼는데, 옆머리만 희끗희끗했다. 지적이고 느긋한 녹갈색 눈동자는 이렇게 말하는 듯했다. '이렇게나 즐거운 세상인데, 왜들 그렇게 애를 쓰시나?'

그는 매일매일 한결같이 즐기며 살았다. 아침 일찍 일어나서 한 시간씩 정원의 꽃을 가꾸었다. 목욕을 한 뒤 어디 다녀올 데라도 있는 것처럼 신중하게 셔츠와 넥타이를 골라 옷을 입었다. 아침 식사 후에는 질 좋은 시가에 불을 붙이고는 단 한 순간도 담배의 풍미를 놓치지 않으며 마을로 걸어갔다. 별다른 일이 없다면 집을 떠나기 전에 코트에 꽃도 한 송이 꽂았다. 건강과 단순한 즐거움, 푸른색과 금색이 섞인 음악대 유니폼을 제이컵 게이하트보다 기꺼워하는 사람은 없을 터였다. 어쩌면 그는 해버퍼드에서 가장 행복한 사람이었으리라.

2

때는 1901년, 루시가 시카고에서 맞이한 세 번째 겨울이자 크리스마스 연휴의 막바지였다. 루시는 휴가를 맞아 고향에 머무르고 있었다. 크리스마스 주간 내내 스케이트 타기 좋은 날씨였던지라 한껏 즐겼다. 짐을 싸야 하는 마지막 날 오후에도 해버퍼드에 사는 친구들 여럿과 '덕 아일랜드'라고 부르는 섬 북쪽의 긴 빙판에서 스케이트를 탔다. 강은 길이가 1킬로미터쯤 되는 섬을 중심으로 두 줄기로 나뉘었다. 아니, 그보다는 강의 본류와 얕은 지류 한 줄기가 나뉘었다고 해야 할 것이다. 본류는 섬 남쪽으로 흘렀고 좀처럼 얼어붙지 않았다. 하지만 섬과 북쪽 강가 사이의 얕은 지류는 수심 깊은 곳까지 매끈하게 얼었다. 전부 플랫강을 관개수로 쓰기 전, 옛 시절의 이야기다. 그때만 해도 때때로 물이 잔뜩 불어나던 굉장한 강이었다. 봄이 되어 얼음이 녹으면 제방의 부드러운 농경지로 새 물길이 뚫려 강의 지형이 딴판으로 바뀌고는 했다.

12월의 어느 날 오후 4시쯤 종소리가 울리더니 멋진 말이

끄는 날렵한 썰매가 물소 가죽 담요를 뽐내며 잽싸게 마을에서 달려 나와 벤슨네 모퉁이를 돌아 스케이트장에 도착했다. 멈춰 선 썰매에서 뛰어내린 사람은 키가 훌쩍한 청년으로, 줄줄이 늘어선 썰매 옆에 말을 묶어두고 손에 스케이트를 든 채 서둘러 강가로 갔다. 그러고는 신발을 갈아 신으며 얼음 위를 달리는 사람들을 훑어보았다. 청년은 찾고 있던 사람을 쉬이 포착했다. 실력 좋은 여섯이 바람을 맞으며 다른 사람들을 따돌리고 섬 끄트머리로 나아가고 있었다. 그중에서도 둘이 선두를 달렸다. 짐 하드윅과 루시 게이하트. 청년은 갈색 다람쥐 털 코트와 모자, 편안하게 얼음을 가르는 동작에서 루시임을 알아보았다. 달리는 루시 뒤로 새빨간 스카프 두 자락이 길게 바람에 나부끼는 모습은 꼭 날렵하고 새빨간 날개 한 쌍 같았다.

해리 고든은 루시를 앞지를 생각으로 힘차게 빙판을 가로질렀다. 그 역시 스케이트 실력이 좋았다. 헤비급 복서처럼 덩치가 큰 청년이지만 발놀림 역시 복서처럼 가벼웠다. 그래도 네 사람을 따돌리고 짐 하드윅과 나란해졌을 때는 숨이 찼다.

“짐, 루시랑 같이 달리게 해줄래? 이러다 해 지겠네.” 해리가 말했다.

“그럼, 해리. 네가 골려주라고 안 따라잡았던 거야.” 짐은 물러났다. 해버퍼드의 청년들은 순순히 해리 고든을 따랐다. 해리는 마을에서 이름난 부잣집 청년이었는데 거만하거나 제멋대로 굴지 않았다. 반듯한 청년으로 통했다. 공적인 일에는 깐깐했으나 스포츠 팀이나 음악대 일에는 너그러웠다. 공공심이 있다고, 사람들은 평했다.

"뭐야, 해리, 안 온다더니!" 루시가 해리의 팔을 잡으며 외쳤다.

"못 올 줄 알았어. 그런데 시간이 났지. 책임자 회의 끝나고 부리나케 오느라 플리커를 잔뜩 몰아붙였지만. 내가 가장 좋아하는 게 스케이트 타는 오후니까, 뭐. 따라와." 두 사람은 손을 잡고 나란히 한 발씩 내디디며 나아갔다.

해가 지상 가까이 낮게 드리우자 시야를 꽉 채운 눈벌판의 풍경이 장밋빛으로 물들기 시작했다. 머지않아 주홍빛으로 타오를 터였다. 섬에는 버드나무 가지가 가시덤불 산울타리처럼 캄캄하게 감겨 있었으며, 뒤틀린 가지가 얽히고설켜 좀처럼 자라지 못한 작은 참나무의 고만고만한 머리 위로 강렬한 빛이 비스듬히 비치며 불붙은 듯 황동색으로 반짝거렸다.

해가 지자 바람이 매서워졌다. 다들 한참 뒤처져 있었다. "돌아갈까?" 루시가 숨을 몰아쉬었다.

"이따가. 섬 구석진 데까지 가볼래. 주머니에 스카치위스키가 조금 있어. 마시면 온기가 돌 거야."

"잘됐다! 난 조금 피곤해지려고 해. 나온 지 꽤 됐거든."

섬 끝자락은 물고기 꼬리처럼 뾰족하게 갈라져 있었다. 함께 한 굽이를 돌았을 때쯤 해리가 루시를 강가로 이끌었다. 둘이 자리 잡은 희끗희끗한 미루나무 둥치 뒤로 캄캄하게 감긴 버드나무가 장막처럼 드리웠다. 뒤얽힌 나뭇가지는 필라멘트처럼 붉은빛을 내뿜었고 그 밑의 눈밭은 장밋빛이었다. 해리는 술병 뚜껑 위에 붙어 있는 스테인리스 컵에 위스키를 따라 루시에게 주었다. 자신은 술병에 남은 것을 마셨다. 둥글고 빨간 태양이 무겁게 낙하해 수평선에 닿자 너른 평야 위로 붉은 금빛이 너울너울 퍼져나갔다. 루시와 해리 고든은 눈이 멀 정도로 환하게 넘실거리는 빛 속에 잠시 앉아 있었다. 스케이트 날과 술병과 스테인리스 컵 위에서 태양이 이글거렸다. 둘 다 얼굴이 어찌나 환하게 빛나는지 서로를 보자 웃음이 터졌다. 빛은 순식간에 사라졌다. 하늘이 청록색으로 변하고 그 밑의 얼어붙은 강과 눈 덮인 초원은 보라색으로 물들었다. 어디를 보든 보랏빛과 잿빛을 띤 평평한 평야와 야트막한 언덕뿐이었다. 루시는 길게 한숨을 쉬었다.

고든이 둥치에 앉아 있던 루시를 일으켰고, 두 사람은 순풍을 타고 어귀로 돌아갔다. 강은 텅 비어 푸른 잿빛 얼음만 길게 펼쳐져 있었다. 스케이트 타던 사람들은 모두 떠나고 없었다. 해리는 루시의 움직임을 보고 피로를 알아챘다. 루시는 해리가 도착하기 한참 전부터 달린 데다가 그와 속도를 맞추려고 각별히 노력해야 했다. 해리는 미안하고 기꺼웠다. 루시를 썰매에서 조금 떨어진 강가에 앉혀놓고는 무릎 꿇은 채 스케이트를 벗겨준 다음 자신도 신발을 갈아 신었고, 불쑥 팔에 루시를 안아 들더니 발자국이 겹겹이 쌓인 눈밭을 가로질러 썰매에 내려주었다. 루시는 물소 가죽 담요를 덮어주는 해리에게 고맙다고 인사했다.

"바람 때문인지 졸음이 밀려드네, 해리. 오늘 밤에는 짐을 못 싸겠는걸. 뭐, 어때, 내일이 있는데. 그리고 오늘 정말 재미있었어."

집에 오는 길에 고든은 (루시 좋으라고 산 영롱한) 썰매 종소리에 이야기를 맡겼다. 침묵해야 할 때를 아는 남자였다.

루시는 졸리고 몽롱해 온기가 달가웠다. 끝없이 흰 평야의 그림자와 침묵 속으로 질주하는 썰매는 아주 작은 점처럼 보였다. 문득 루시가 화들짝 잠기운을 떨치더니 꽁꽁 싸맨 담요 밑에서 꿈틀거렸다. 어둠이 짙어지는 하늘에 떠오른 첫 별이 보였다. 심장이 뛰기 시작했다. 작은 은색 별이 신호처럼 반짝이며 지금 이곳에 속하지 않은 다른 생과 감정을 암시했다. 루시는 압도되었다. 단 한 가지 갈망으로 별에 손을 뻗었고 별이 그의 손을 맞잡았으며, 그 사이에서 깨달음이 반짝였다. 저 미지의 황무지에 있는 무언가도 그 깨달음을 알았다. 아주 오래전부터, 앞으로도 영원히! 저 먼 곳의 아득한 무언가를 향해 손을 뻗는 행복은 영원한 것이었다. 루시가 무지하고 어리석어서 사소한 일에 들뜬 것이 아니었다.

순간의 깨달음은 잠시 머무르다 사라졌다. 그러자 다시 모든 것이 혼란스러워졌다. 루시는 눈을 감고 해리의 어깨에 머리를 기댄 채 겨우 닿을 뻔했던 것으로부터 뒷걸음질했다. 너무나도 찬란하고 너무나도 날카로웠다. 손을 뻗으니 아팠고, 자신이 보잘것없고 길을 잃은 존재가 된 것 같았다.

3

하루가 지난 일요일 저녁, 방학을 맞아 고향으로 돌아왔던 학생들이 전부 학교로 돌아갈 채비를 했다. 대부분 목적지는 링컨이었다. 링컨을 거쳐 시카고까지 가는 사람은 루시뿐이었다. 서부에서 출발한 기차는 7시 30분에 해버퍼드에 정차할 예정이었고, 7시쯤 되자 마을 남쪽 끝에 있는 기차역을 향해 사방에서 썰매와 마차가 달려왔다.

머지않아 승차장은 안달하는 청년들로 가득 찼다. 다들 고향이 지겨워져 한순간도 못 버티겠다는 듯 선로를 흘긋거리고 시계를 확인했다. 곧 철도 옆쪽으로 말 두 필이 끄는 마차 한 대가 부리나케 달려왔고, 모여 있던 사람들은 웅성거리며 밀려들어 마차를 반겼다.

"나타났구나, 페어리가 왔다!"

"페어리 블레어!"

"안녕, 페어리!"

마차에서 내린 사람은 고양이처럼 유연하고 잽싼 노란 머리카락의 소녀로, 곱슬머리 위로 단단하게 초록색 티롤모를 쓴 모습이었다. 회색 털 코트를 벗더니 모여든 남자아이들을 향해 잡아보라고 높이 던지고는 여행복 차림으로 승차장을 질주했다. 검은 벨벳 재킷과 주홍색 조끼를 입었고, 치마는 유행에 비해 정말이지 짧았다. 바로 그때 역에서 직원이 나와 기차가 이십 분 연착될 예정이라고 알려주었다. 불평의 신음과 외침이 터져 나왔다.

"젠장!"

"이를 어쩌면 좋지?"

초록색 모자를 쓴 소녀가 어깨를 으쓱하고 웃었다. "조용히 해. 욕하지 말고. 기차 올 때까지 온 동네를 휘젓고 다니면 되잖아."

그러고는 외투 때문에 둔해진 두 소년의 팔꿈치를 꽉 잡고 양팔에 끼더니 적막한 거리로 달려 나갔다. 왼쪽 오른쪽으로 움직이며 어린나무 두 그루를 흔들듯 소년들을 떠밀었고, 때때로 발을 구르며 춤을 추었다. 조그마한 얼굴은 예쁘장했으며 번뜩이는 눈동자에 침착함이라고는 없어서 술을 마셨다고 해도 믿을 것 같았다. 생기 넘치는 작은 입에 장난기가 가득했으나 못난 구석은 없었다. 두 소년을 옆에 낀 채로는 빨리 움직일 수가 없었다. 그래서 활에서 튕겨 나오듯 양옆의 뻣뻣한 소년들 사이로 튀어나오더니 친구들을 잔뜩 이끌고 거리를 내달렸다. 다들 조금씩 들뜬 상태였으나 가장 들떠 있던 소녀가 선두를 이끌었다. 그러다가 마을버스가 나타나자 방향을 틀어 길을 내주었다.

버스는 선로 옆에서 멈췄다. 게이하트 씨는 밝은 얼굴로 손을 내밀어 두 딸을 잡아주었다. 큰딸 폴린이 먼저 내렸다. 외가인 프레스턴 집안 식구들을 닮아 땅딸막하고 금발이었다. 루시보다 열두 살이 많았다. (자매 사이에 태어난 두 형제는 어렸을 때 죽었다.) 막내는 언니 손에 자랐다. 루시가 겨우 여섯 살이었을 때 어머니가 돌아가신 것이다.

폴린은 버스에서 내릴 때부터 아버지에게 어서 짐 가방을 확인하라며 야단이었다. "짐칸에는 항상 사람이 많단 말이에요. 게다가 버트는 일 처리가 느려터졌어. 꼭 이 기차에 실으라고 단단히 일러두세요. 영 부인이 미니애폴리스에 갔을 때, 기차가 떠나고 꼬박 하루가 지날 동안 짐 가방이 여기 그대로 있었다잖아요. 그래서 언제 받았다더라……." 하지만 게이하트 씨는 유유히 자리를 떴고 영 부인의 짐 가방이 어떻게 되었는지 듣지 못했다. 루시는 언니 옆에서 자리를 지켰지만 결말을 듣지 못한 것은 마찬가지였다. 다른 생각에 골똘했다.

폴린은 당연히 그래야 한다는 듯 루시의 팔을 꼭 붙잡은 채 잠시 아무 말도 하지 않았다. "저기 보렴. 해리 고든이 썰매를 타고 오는구나. 젠크스네 아들이 몰고 있네. 해리는 오늘 동부로 간다니?"

"오마하에 갈 것 같다고 했어." 루시가 무심하게 답했다.

"잘됐네. 같이 갈 사람이 있겠어." 폴린이 말했다. 종종 짜증을 감추고 싶을 때 보이는 억세지만 싹싹한 태도였다.

루시는 아무 말도 하지 않고 창문 너머로 기차역 시계를 보았다. 이토록 떠나고 싶던 적이 없었다. 오롯이 혼자가 되어 선로를 따라 부드럽게 움직이는 기차의 진동을 느끼며 창밖으로 스쳐 지나는 작은 기차역들을 보고 싶었다.

티롤모를 쓴 소녀 페어리 블레어는 거리 질주를 마치고 숨이 가쁜 채로 두 소년의 부축을 받으며 돌아왔다. 게이하트 자매를 지나치다가 말을 걸었다.

"동부로 떠나는 길이니, 루시? 너랑 같이 가고 싶다. 너희 음악가들은 세상 재미 다 즐기잖아." 페어리는 양옆의 남자아이들을 외투 입힌 인형처럼 끼고 가만히 서서 곁눈으로 루시를 바라보았다. 둘은 해버퍼드에서 가장 인기가 많았고, 페어리는 루시가 지독하게 답답하고 여성스럽기만 하다고 생각했다. 해리 고든을 마주칠 때마다 머리를 젖히며 뾰족한 시선을 던졌다. '대체 **저런** 애랑 뭘 하겠다는 거야?'라고 묻는 듯했다.

게이하트 씨가 돌아와 딸에게 수하물 확인증을 주고는 가만히 서서 하늘을 바라보았다. 그의 실용적이지 못한 취미 중에는 간헐적인 천문학 공부도 있었다. 마침내 떨리는 경적이 가만한 겨울의 대기를 뚫고 울려 퍼졌을 때, 루시는 짧은 숨을 몰아쉬고 나아갔다. 아버지가 딸의 팔을 부드럽게 쥐었다. 막내에게 너무 많은 애정을 보여주는 것은 현명한 처사가 아니었다. 흔들리는 조명이 평야에서 서부까지 길게 줄지었고, 잠시 후 전조등의 백색 조명이 발밑 철로를 밝혔다. 흰 서리가 앉은 거대한 기관차가 무겁게 호흡하며 승객들을 지나다가 멈춰 섰다.

폴린이 동생을 붙잡더니 어색하게 뽀뽀했다. 게이하트 씨는 루시의 가방을 들어 알맞은 차량으로 안내했다. 루시의 자리를 찾아서 짐을 단정하게 놓은 뒤 미소를 머금은 채 찬찬한 눈으로 딸의 얼굴을 바라보았다. 딸이지만 참 예뻤다. 루시의 어깨에 팔을 두르고 뽀뽀한 다음 귀에 대고 속삭였다. "참 착한 아이야, 우리 딸 루시!" 그러고는 천천히 차량 복도를 지나 기차에서 내리려는데 승무원이 계단을 올랐다. 폴린은 혹여 아버지가 이대로 다음 역까지 실려 갈까봐 벌써 안절부절못했다.

루시가 탄 칸에는 링컨에 있는 대학교로 돌아가는 남자아이가 여럿이었다. 그들은 곧장 루시에게로 와서 말을 걸기 시작했다. 해리 고든이 등장해 복도를 따라 걸어오자 다들 물러섰는데, 그가 고개를 저었다.

"식당차에 가는 길이야. 나중에 올게."

루시가 어깨를 으쓱했고 해리는 옆으로 지나갔다. 정말 해리답지 않은가? 물론 그는 루시를 비롯해 다른 학생들 모두가 떠나기 전에 가족과 이른 저녁을 먹었다는 것을 알았다. 하지만 루시와 친구들에게 같이 식당차에 가서 디저트나 웰시래빗•을 한 조각 먹자고 청할 수도 있었을 텐데, 그러지 않았다. 고든 가족을 부자로 만들어준 본능적인 검소함의 일례인 것이다! 해리는 때에 따라 돈을 펑펑 썼지만 과연 그런 날은 드물었다. 고민에 고민을 거듭한 후에만 지갑을 열었다.

친구들은 루시의 관심을 독차지할 수 있어 기꺼웠다. 전부 루시와 나이가 비슷하고 해리만 여덟 살 많았다. 페어리 블레어는 차량 반대편 끝에서 모임을 여는 중이었다. 거리가 떨어져 있는데도 때때로 터져 나오는 웃음소리가 전해졌다. 매 하는 양 울음소리 같기도 한 것이, 저속하고 기이하게 들렸다. 그때마다 루시 옆자리의 친구들은 짜증을 내비쳤고, 충심을 증명하려는 듯 바싹 붙어 앉았다. 해리가 돌아와 친구들이 물러나자 루시는 아쉬웠다. 조금 냉랭하게 맞이했으나 해리는 전혀 눈치채지 못했다. 망설임 없이 다가와 해버퍼드에 새로 설치할 가로등에 관해 이야기했다. 해리가 아버지와 함께 비용의 절반을 댔다고 했다.

해리는 특실 좌석에 편안하게 기대앉았으나 자세가 흐트러지지는 않았다. 앉은 모습이 신사다웠다. 그는 움직일 때나 쉴

• 녹인 치즈에 밀가루, 맥주, 달걀, 후추 등을 넣고 만든 소스를 토스트 위에 올린 요리. '웨일스 토끼'라는 뜻이지만 토끼와 관련이 없다.

때나 근사한 존재감이 있었다. 굉장히 자신만만했고 긴장감이나 지나침이 없었다. 자신감은 약점이 아니라 일종의 능력이었다. 변덕스럽고 망설임이 많은 루시는 별다른 노력 없이도 태연자약한 태도를 유지하는 해리를 보면 마음이 든든했다.

다만 공교롭게도 그날 밤 루시는 혼자 있고 싶었다. 평소에는 어디서든 해리를 만나면 기뻤다. 우체국에서 마주치거나 거리 맞은편에서 걸어오는 모습을 봐도 좋았다. 잠시 멈춰 서서 해리와 한마디 나눌 때면 그의 활력과 삶을 향한 끝없는 만족감이 자극제가 되었다. 무슨 이야기를 나누든 즐거웠다. 해리와 있으면 전적인 자유를 느꼈고, 그의 모든 것이 진실하다고 생각했다. 목소리, 다정한 푸른 눈, 산뜻한 살결과 모래빛깔 머리카락. 사람들은 그가 일 처리에 깐깐하고, 궁지에 몰린 채무자들을 이용한다고 했다. 하지만 평소 그의 성격이나 행실을 살펴보면 아무래도 그럴 것 같지 않았다.

해리는 새로 설치할 가로등에 관한 업무상 비밀을 누설하다가, 루시가 앉은 자리에서 자꾸만 꿈틀거리고 손을 가만히 두지 못하는 것을 눈치챘다.

"무슨 일이야, 루시? 자꾸 꼼지락거리네."

루시가 자세를 바로 세우고 미소 지었다. "나 정말 바보 같지! 여행길에는 항상 긴장되더라. 너도 알겠지만 여행에 익숙하지 않아서 그런가봐."

"시카고로 돌아가고 싶어서 안달이지. 그건 알겠어." 해리가 다 안다는 듯 고개를 끄덕였다. “봄에 오페라 보러 갈까? 내가 일주일쯤 시간 낼 테니 매일 밤 같이 갈래?”

“아, 그러면 정말 좋지! 그런데 밤마다 갈 수 있을지 모르겠네. 있잖아, 이제 난 학생들을 가르치거든. 작년보다 훨씬 바빠.”

“그런 건 잘 조정하면 돼. 내가 아우어바흐 선생님께 연락할게. 지난번에 만났을 때 죽이 잘 맞았어. 우리가 어렸을 때부터 알고 지낸 사이라고 알려줬지.” 해리가 빙긋이 웃더니 몸을 앞으로 살짝 기울였다. “내가 널 처음 본 곳이 어디였는지 알아, 루시? 지금은 없어진 스케이트장이었어. 해버퍼드에 있던 곳이 아마 지구 최후의 스케이트장이었을걸.”

“그건 아주 오래전인데. 옛날 스케이트장이 철거된 건 해리네 은행이 생기기도 전이잖아.”

“맞아. 아버지랑 나는 호텔에 묵고 있었지. 마을을 살펴보려고 들른 참이었고. 어느 날 오후 스케이트장을 지나는데 피아노 소리가 들려서 들어갔거든. 할아버지 한 분이 왈츠를 연주하시더라. 아마 〈마음, 그리고 꽃〉•이었던 것 같아. 링크에 사람이 가득했지만, 네가 대번 눈에 들어왔어. 열세 살쯤 됐나. 긴 머리가 등까지 내려오고. 짧은 치마에 딱 붙는 빨간색

• 시어도어 모지스 토바니(1855~1933)의 느릿한 왈츠곡. 1893년에 발표되어 큰 인기를 끌었다.

저지 차림으로 번개처럼 달렸지. 네 눈을 보고 세상에서 가장 예쁘다고 생각했어. ……여전히 그렇게 생각해." 마지막 말을 덧붙일 때 해리는 어려운 고백이라도 하듯 눈썹을 뽑았다.

루시가 웃음을 터뜨렸다. 해리는 칭찬할 때조차 조심성이 있었다.

"아, 고마워, 해리! 옛날 스케이트장에서 정말 재미있게 놀았는데. 철거된 후에도 어찌나 그립던지. 그 후로는 언니가 춤추러도 못 가게 했지만. 그런데 내가 너를 알아본 건 해버퍼드 야구팀 투수가 된 후였어. 다들 너의 인커브 가지고 난리였잖아. 왜 야구를 그만둔 거야?"

"게을러서 그랬지." 해리가 반듯한 어깨를 으쓱했다. "야구를 좋아하기는 했지만. 어쨌든 오페라 이야기를 하자. 4월 첫째, 둘째 주 일정 비워줄 수 있어? 지금은 정확히 언제 여유가 생길지 확실히 말하기 힘들어서."

고든가 청년은 이야기를 나누며 루시를 바라보았고, 이제 더는 고민할 필요가 없다고 생각했다. 그는 성급한 사람이 아니고, 이것도 서둘러 내린 결정이 아니었다. 훌륭한 신붓감이 잔뜩인데도 시계공의 딸과 결혼한다는 것이 사실 내키지 않았다. 하지만 전에도 거듭 되뇐 것처럼 장인의 직업은 어쩔 수 없었다. 루시가 시카고에서 공부하는 두 해 동안 그는 아버지의 사업차 여러 도시를 다니며 많은 여자를 만났지만, 간단히 말해 루시 같은 여자는 없었다. 적어도 해리가 보기에는.

내일 그는 다소 복잡한 문제를 처리해야 했다. 세인트조지프에 사는 아크라이트 가문의 딸 해리엇이 친구를 만나러 오마하에 온다며 같이 춤추러 가자고 해리에게 전화한 참이었다. 해리는 아크라이트 양과 꽤 관계를 진전했다. 작은 마을 청년에게 해리엇의 관심은 과분했다. 해리엇은 세인트조지프에서 높은 지위를 누리는 여자였으니까. 지역에서 가장 유서 깊은 은행의 은행장을 아버지로 두었고, 어머니에게서 물려받은 재산만도 상당했다. 스물여섯 살에 아직 독신인 건 구혼자가 부족해서가 아니었다. 서둘러서 구속되고 싶지 않기 때문이었다. 해리엇은 야무지게 재산을 관리하고 자주 여행을 다니며 독립적인 생활을 즐겼다. 세상을 즐기는 여자, 해리는 해리엇을 그렇게 평가했다. 스타일이 좋고 항상 느긋했으며 돈과 사회적 지위에서 비롯된 권위 같은 것이 있었다. 하지만 애석하게도 매력이 없었다! 가족과 있으면 형제 중 한 명 같았다. 목소리가 억세고 딱딱했으며, 비음이 섞여 있었다. 그 어떤 것에도 무심하게 들리는 목소리였다. 그가 입에 올리는 이야기는 어떤 것이든 재미가 없었다. 아름다운 장미를 선물한 해리에게 고맙다고 인사할 때는 장미 꽃잎이 우수수 떨어지는 것만 같았다.

해리는 그런 여자와 결혼하면 펼쳐질 미래를 즐겨 상상했으나 부러 해리엇을 사랑한다고 자신을 설득하려 들지는 않았다. 이상하게도 해리에게 깊은 짜릿함을 선사하는 여자는 항상 보는 루시, 같은 마을에 살고 교회 쥐처럼 가난하며 좀처럼 해리를 칭찬하지 않는 데다가 종종 비웃기까지 하는 루시뿐이었다. 루시와 함께할 때면 삶이 사뭇 달랐다. 그뿐이었다.

그런 루시가 성장하고 있다는 사실을 해리는 눈치챘다. 크리스마스 연휴 내내 루시의 변화를 느꼈다. 어쩌면 전보다 조금 더 차분해졌다고 할 수도 있었다. 새해 전야 댄스파티에서도 해리와, 아니 모든 사람과 거리를 두는 것 같았다. 냉랭하지는 않았다. 그 어느 때보다 사랑스러웠으며 그 어느 때보다 장난스럽고 다감하게 오랜 친구들을 대했다. 하지만 그날 파티장에 있던 루시는 과거의 루시와 달랐다. 저녁 내내 그에게 털어놓지 않은 미지의 감정으로 눈동자가 반짝였다. 누군가와 하던 이야기를 멈추는 순간 수수께끼 같은 표정이 되돌아왔다. 그리고 그와 왈츠를 추는 내내 어깨 너머로 무언가를 바라보는 것 같았다. 무언가 굉장히 매혹적인 것을! 그러나 프리메이슨 홀의 카펫 위에서 '충돌'하며 춤추는 사람들은 늘 보던 이웃들이었다. 해리는 새해 전야를 좀처럼 잊을 수 없을 것 같았다. 가슴이 덜컥 내려앉는 듯했다. 루시는 마냥 행복하고 천진한 시골 여자애가 아니었다. 무언가를 지향하는 여자였다. 그는 결심해야만 했다. 오늘 밤 이곳 기차 안에서도 루시는 그에게 오롯이 집중하는 듯했으나 실은 딴생각을 하는 것이 분명했다.

승무원이 곧 오마하에 도착한다며 짐을 가지러 왔다고 알렸다. 루시와 해리는 함께 통로로 나가 기차가 정차하는 동안 나직하게 이야기를 나누었다. 해리는 가만히 서서 루시의 손을 잡은 채 너무나도 투명하고 다정하고 꿍꿍이속 따위는 엿보이지 않는 푸른 눈으로 내려다보았다. 곧 승무원이 외쳤다. "출발합니다!" 해리는 루시의 뺨에 입 맞추고 승차장으로 내려왔다. 루시는 기차가 역을 벗어날 때까지 창문 너머로 손을 흔들었다.

고든은 마차를 잡아타고 호텔로 향했다. 턱을 목도리에 깊이 묻은 채 덜컹거리는 마차 속에서 가로등을 보며 미소 지었다. 그래, 아크라이트 양을 잘 구슬려 삶아야겠다고, 그가 되뇌었다. 아크라이트 양의 매력이 떨어지고 있었다. 해리는 궁극의 사치를 부려 미인과 결혼하기로 마음먹었다. 다른 남자들이 부러워할 만한 아내를 두고 싶었다.

루시는 잽싸게 옷을 벗고 침대칸에 누운 뒤 불을 껐다. 마침내 오롯이 혼자가 되어 어둠 속에 가만히 누운 채로 기차의 진동에 마음을 내맡겼고, 진동은 도피, 변화, 기회, 미래를 향해 재촉하는 삶이 만들어내는 리듬이었다. 해방과 복종의 감각이 온몸으로 퍼져 따뜻한 물에 몸을 담근 듯했다. 내일 밤 이 시간에는 클레멘트 서배스천의 공연을 보고 귀가 중일 것이다. 불과 한두 시간 만에 그렇게나 딴판인 세상으로 이동할 수 있다니. 겨울 시골 풍경과 정다운 동네로부터 상상조차 힘든 색다른 기회들이 소리굽쇠처럼 진동하는 도시로.

루시는 머릿속에 자기만의 시카고 지도를 가지고 다녔다. 뿌연 연기와 바람과 소음, 반짝이는 푸른 호수, 혼란한 배경 위로 문득 선연해지는 윤곽. 서배스천의 연습실이 있는 미시간 애비뉴의 고층 건물, 그가 오후에 종종 산책을 다니는 공원, 어느 아침에 그가 나오는 것을 보았던 대성당의 대문, 처음으로 그의 노래를 들었던 콘서트홀. 현실의 도시로부터 심상의 도시가 떠올랐다. 곡의 구상이 떠오르듯 또렷하게. 나머지는 그저 뿌연 배경이기에 진정 아름다운 도시였다. 다홍빛 햇살이 영원할 듯 넘실거리던 미술관 입구의 계단을 떠올렸다. 태풍이 불던 11월의 오후 5시, 서배스천이 미술관에서 나와 황동 사자상 옆에 서서 외투 깃을 올리고 담배에 불을 붙인 뒤 아련한 시선으로 대로를 훑다가 마차를 잡고 떠났을 때의 계단이 바로 그런 모습이었다.

루시는 일정에 맞춰 시카고 여기저기로 쏘다니다가 문득 마음이 벅차오르는 장소, 이유는 모르겠으나 왠지 반가운 장소를 마주할 때가 있었다. 오늘 밤 기차 침대에 누운 루시는 혹여 클레멘트 서배스천이 시카고에 없을지라도 돌아갈 수 있어 행복하다고 생각했다. '도시'로, 수많은 기억과 감각이 켜켜이 쌓인 곳으로, 어느 때든 안개가 걷히고 마법 같은 의미가 깃든 창문이나 현관이나 모퉁이가 나타나는 곳으로 돌아가는 것이니까.

4

다음 날 아침 루시는 시카고의 자기 방에 도착해 짐을 풀어 소지품을 제자리에 두었다. 루시의 생활 방식은 다소 특이했는데, 강가의 지저분한 동네에 있는 빵집 건물 3층에 머무는 것만 해도 그랬다.

처음 시카고에 왔을 때는 하숙집에 묵었지만, 그곳의 허물없고 경계를 모르는 분위기라든가 운영을 담당하는 남부의 몰락한 유력 가문 출신 여자 주인이 마음에 들지 않았다. 루시는 선생님인 아우어바흐 교수에게 말했다. 피아노와 단둘이 살 수 없다면, 들뜬 목소리로 복도가 떠들썩하고 자꾸만 누군가가 같이 놀자며 문을 두드린다면 공부를 계속할 수 없다고. 아우어바흐는 루시를 집으로 데려가 아내와 함께 논의했다. 아우어바흐 부인은 적절한 해결책을 알고 있었다. 루시를 데리고 슈네프 부인의 빵집으로 갔다.

유서 깊은 슈네프 빵집은 시카고 한 구역에서 자리를 지키며 독일인의 자취를 증명했다. 1층에는 빵집과 독일 요리를 전문으로 하는 소박한 식당이 있고, 전부 슈네프 부인이 운영했다. 꼭대기 층에는 장갑 공장이 있었다. 2층부터 4층까지 위치한 방은 단기 임대가 필요한 사람들에게 세를 놓았다. 출장 중인 영업 사원, 사무원, 역과 가까이 살아야 하는 철도청 직원 등등. 1층에서 내주는 음식은 그럭저럭 먹을 만했고, 합석을 하거나 우스갯소리를 주고받아야 할 의무는 없었다. 다들 자기 자리에 앉아 할 일을 하고 신문을 읽었다. 루시는 즉시 이사했고, 생전 처음으로 사내아이처럼 생활할 수 있었다. 옆에서 수선 떨거나 감시하는 사람이 아무도 없었던 것이다. 물론 불편한 점도 있었다. 거주자들이 이용하는 계단은 식당 입구 앞의 거리와 맞붙어 있어서 겨울이면 복도로 바람이 불어 들었다. 아직 그런 일은 없었지만, 도둑이 들 위험도 있었다. 루시의 방에는 방문객을 맞을 응접실도 없었다. 아우어바흐 밑에서 함께 공부하는 학생과 외출할 때면 그는 계단이나 1층의 식당에서 기다려야 했다.

그날 아침 루시는 다시 자신의 물건에 둘러싸여 자신이 하고 싶은 일을 할 수 있게 되어 그 어느 때보다 기뻤다. 짐 정리를 끝낸 후에도 정리하고 또 정리하기를 거듭했다. 그 어떤 것도 성가시지 않았다. 운반된 짐을 받아 들고 문을 닫는 순간 자기 자신을 되찾은 기분이었다. 해버퍼드에서는 좀처럼 자기 자신일 수 없었다. 이제 사라진 과거의 자신처럼 느끼고 행동하려 애써야만 했다. 아이들이 내심 동심을 잃었는데도 어른들 보기 좋으라고 유치한 놀이를 계속하는 것과 마찬가지였다. 루시는 기차역에서 나와 부드러운 진눈깨비 사이로 걸어가며 궁금해했다. 자리를 비운 사이 자기 방에 있는 물건이 없어지지는 않았을까, 그래서 자신을 반겨주지 못하는 것이 아닐까. 처음 클레멘트 서배스천의 목소리를 들었던 밤에 귀가했던 곳도, 몰래 훔쳐낸 그의 잔상을 간직했던 곳도 이 방이었다. 이 네 벽 안에 클레멘트에 관한 기억과 감정이 전부 담겨 있었다. 기억은 따로따로 존재하지 않았다. 서로 침범하고 섞여들었다. 온갖 기억과 감정이 가득한 탓에 방은 실제보다 커 보였으며 더 조용하고 단단하게 느껴졌다. 사뭇 웅장해 보였다.

오늘 밤 서배스천의 공연에 갈 계획이었기에 1층 식당에서 이른 저녁을 먹었다. 다시 위층에 있는 방으로 돌아왔을 때는 아직 옷을 갈아입을 시간이 아니었다. 루시는 가운을 걸치고 가스등을 끈 뒤 가만히 누워 생각에 잠겼다.

겨우 석 달 전인 10월 초, 아우어바흐 교수가 오랜 친구 클레멘트 서배스천이 시카고에 왔다며 루시에게 꼭 공연에 가 보라고 했다. 아마도 금방 떠나고 없으리라며. 서배스천은 절대 놓쳐서는 안 되는 성악가라고 했다. 하지만 루시는 가진 돈이 적고 원하는 것은 많았다. 바리톤의 목소리는 가장 급박한 소비 같지 않았다. 별다른 유감 없이 서배스천의 첫 번째 공연을 건너뛰었는데, 신문과 다른 학생들의 찬사를 듣고 호기심이 동했다. 그다음 주에 광산 사고 생존자를 위한 자선 공연 일정이 잡히자 아우어바흐가 루시에게 표 한 장을 끊어 주었고, 루시는 혼자 가게 되었다. 바로 이 방에서, 피곤한 날이라 나가기 귀찮은 마음으로, 열의 없이 외출 준비를 했다.

증기난로를 켜둔 채 가스등을 끈 뒤 아무 기대 없이 계단을 내려갔다.

루시는 서배스천이 무대에 오르자마자, 노래를 시작하기 전부터 그의 매력에 감응했다. 실로 그는 젊지 않아 중년이라고 해야 했고 표정이 심각했으며 커다란 눈은 다소 지쳐 보였다. 덩치가 아주 컸다. 키가 크고, 통통하고, 어깨가 넓었다. 넓은 공간을 차지하고서 무대를 꽉 채웠다. 검은색 커다란 브로드 셔츠에 흰 조끼를 입은 상체는 분명 둥글둥글했으나 그와 잘 어울렸다. 루시는 그를 보자마자 혼잣말했다. "그래, 위대한 예술가라면 저런 모습이어야 해."

첫 번째 곡은 들은 적도 본 적도 없는 슈베르트의 작품이었다. 서배스천의 정확한 발음은 장점 중 하나였고, 루시는 독일어 가사에서 낱말 한 개도 놓치지 않았다. 그리스 선원이 항해를 마치고 돌아와 뱃사람의 별인 카스토르와 폴리데우케스의 신전에 서서 그들의 보호에 감사하는 내용•이었다. 선원은 두 별이 밝혀주는 부드러운 수호의 빛 쪽으로 작은 배의 노를 젓는다. **나를 품어주시네, 나를 지켜주시네**. 이제 그들의 도움에 감사하는 마음으로 신전의 포치에 노를 걸어 바치기로 한다.

• 〈쌍둥이자리에 바치는 선원의 노래〉. 프란츠 슈베르트(1797~1828)가 친구이자 시인인 요한 마이르호퍼(1787~1836)의 시에 곡을 붙인 작품이다.

서배스천은 종교 행사의 일환이듯, 기도한다기보다는 의식을 치르듯 고전적인 방식으로 노래했다. 선원의 노래는 카스토르와 폴리데우케스를 향한 고양된 경외심으로 가득했으나 기도할 때처럼 겸손하게 간청하는 가사는 없었다. **당신의 빛 아래서 난 두려움 없이 서 있습니다. 8월의 별들이여! 영원한 당신을 찬미합니다.** 이런 분위기였다. 루시는 곡의 종류를 막론하고 이렇게 우아하게 노래하는 목소리를 들어본 적이 없었다. 평온하고 고요한 노래 속에서 거대한 깨달음 같은 것이 떠올랐다. 아침 해가 떠오르듯.

노래가 끝난 후 슈베르트의 가곡 다섯 개가 이어졌는데, 전부 우울했다. 노래 때문에 루시는 이 남자가 지극한 비극을 겪었다는 인상을 받았다. 음악의 어두운 아름다움은 그의 목소리에 있는 본래적 특성처럼 느껴졌다. 손길에서 느껴지는 다정함 같았다. 빛이 수면에 닿으면 어른거리듯 자연스러운 표현이었다. 클레멘트가 연가곡 중 마지막 작품인 〈그림자〉•를 부르기 시작하자(**적막한 밤, 조용한 거리**) 머릿속에서 오래된 독일 마을의 좁은 거리에 달빛이 비치는 장면이 펼쳐졌다. 곡이 진행되며 상상 속 풍경도 선명해졌다. 낡은 인가 위에 잠든

• 슈베르트 사후에 발표된 연가곡 〈백조의 노래〉 중 열세 번째 곡. 보통 〈비둘기 전령〉을 열네 번째 곡으로 포함하지만, 생전 슈베르트의 의도와 다르다고 생각해 〈그림자〉를 마지막 곡으로 판단하기도 한다.

강렬하고 평온한 달빛. 밤하늘 어딘가의 외로운 검은색 구름. **먼 과거 속의 수많은 밤**. 이제 달은 사라졌고, 거리는 적막했다. 그리고 서배스천은 루시가 그의 퇴장을 눈치채기도 전에 사라졌다. 달과 음악 위로 밀려들던 검은 구름이 가수도 가린 것이다. 잿빛 벨벳 커튼 앞에는 아무도 없었고, 오직 붉은 머리에 장애가 있는 젊은 피아노 반주자만 남아 한 발을 질질 끌며 무대를 가로질렀다.

남은 공연 내내 루시는 자꾸만 주의가 산만해졌다. 때로는 집중해서 듣다가도 정신 차리고 보면 딴생각을 하고 있었다. 전에는 겪어본 적 없던 감정 때문에 집중하기 힘들었다. 루시의 마음에 닿은 것은 새로운 개념의 예술일까? 그보다는 내밀했다. 한 사람이 보여줄 수 있는 새로운 매력? 그 이상이었다. 루시는 생의 진실을 알게 되었고, 사랑은 그저 말랑말랑한 감정이 아니라 비극의 동력이라는 사실을 깨달았다. 새카만 물처럼 인간을 집어삼키는 열정을 발견했다. 이 남자의 목소리를 듣고 있으려니 바깥세상이 어둡고 끔찍한 곳인 것만 같았다. 세상이 공포와 위험으로 가득하다는 사실을 이제야 제대로 깨닫게 된 것 같았다.

안내 책자에는 앙코르 공연이 없다고 적혀 있었다. 마지막 곡이 끝난 뒤에도 가수는 몇 번이나 거듭 무대로 돌아와 박수에 화답했고, 천장의 조명이 꺼졌다. 하지만 관객들은 줄곧 자리에 남아 있었다. 뉴욕 오페라 소속의 프랑스인 베이스 성악가 한 명이 때마침 시카고에 머무는 중이었는데, 일행 여럿과 특별관람석에 앉아 외치고 또 외쳤다.

"클레망! 클레망!"●

마침내 클레멘트가 팔에 코트를 걸고 손에 모자를 든 채 무대로 돌아왔다. 동료인 베이스 성악가를 향해 고개를 숙인 뒤 몸을 돌려 무대 너머에 대고 이야기했다. 다리를 저는 반주자가 나타났다. 박수가 빗발치는 사이 자기들끼리 무어라 상의했다. 서배스천은 어둑어둑한 무대 앞쪽으로 나아가 바이런●●의 시 〈우리 둘은 작별했네〉●●●에 곡을 붙인 오래된 노래를 부르기 시작했다. 가수에게 많은 것을 요구하지 않는 단순하고 슬픈 곡이었으나 그날 밤 클레멘트의 노래를 들은 사람이라면 영원히 잊지 못할 만했다.

집으로 돌아온 루시는 계단을 올라 자기 방으로 들어갔다. 피곤하고 두려웠으며, 자신을 보호하던 방어막이 사라진 기분이었다. 창문이 부서져 밤의 찬 공기와 어둠이 밀려드는 듯했다. 외투를 입은 채로 앉아 몸을 덜덜 떨며 마지막 노래의 가사를 속삭이고 또 속삭였다.

● '클레멘트'의 프랑스어식 이름.

●● 영국의 시인 조지 고든 바이런(1788~1824). 존 키츠(1795~1821), 퍼시 비시 셸리(1792~1822)와 함께 영국 낭만주의를 대표하는 시인이다.

●●● 바이런이 은밀하게 사귀던 귀부인과 이별한 경험을 반영한 시로 알려져 있다.

우리 둘은 작별했네
조용히 흐르는 눈물
마음이 둘로 부서졌네
오랫동안 이어질 이별

당신의 뺨은 창백하고 싸늘하네
차가운 입맞춤보다도
분명 그날이 예고해줬네
이 이별의 슬픔도

그 노래가 루시의 삶에 영향력을 발휘하는 듯했다. 잊어보려 했으나 도저히 떨쳐낼 수 없었다. 악마의 계시처럼 곁에 남아 뇌리에서 사라지지 않았다. 노래는 그 후로도 몇 주 동안이나 머릿속에서 자동 재생 되었다. 처음 노래를 들었던 밤의 불길한 느낌은 착각이 아니었다. 서배스천은 이미 루시의 많은 것을 파괴했다. 어떤 사람들은 신변과 재산에 일어난 변화로 인생이 바뀌지만, 어떤 사람들에게 운명이란 감정과 생각에 일어난 변화였다. 그뿐이었다.

다음 날 루시는 파울 아우어바흐에게 서배스천에 관해 물어보았다. 처음에는 조심스럽게, 그러다가 꼬치꼬치. 그의 과거는 어땠을까? 어렸을 때는 또 어땠지? 다른 성악가와 다른 점은 무엇일까?

"아, 그런데 말이다." 아우어바흐 교수가 차분하게 답했다. "클레멘트는 희귀한 사람이야. 훌륭한 예술가지." 루시에게는 실망스러운 대답이었다. '이것은 검은 말이요, 이것은 키 큰 나무요'라고 말하는 것과 다름없었다. 아우어바흐는 언젠가 클레멘트와 만남을 주선하겠다고 약속했으나 약속은 좀처럼 지켜지지 않았다.

그러던 어느 날 크리스마스 연휴를 며칠 앞둔 오후에 루시가 뒷방에서 피아노 교습을 마무리하고 있는데 아우어바흐가 나타나 깜짝 선물이 있다고 했다. 서배스천이 다음 날 오전 10시에 연습실에 오기로 했다는 것이다. 반주자인 제임스 목퍼드가 영국에 있는 집으로 돌아가서 골반 수술을 받을 예정인데, 의사가 당분간은 오전 내내 누워 있으라고 권고한 참이었다. 당분간 평소 하던 연습을 건너뛰고 휴식을 취하면 나중에 공연 일정을 소화할 수 있을 터였다. 그래서 서배스천은 연습 시간에 목퍼드 대신 반주를 도와줄 사람을 구하고 있었다. 내일 아우어바흐의 제자 대여섯 명과 합을 맞춰볼 예정이었고, 루시에게도 그 앞에서 연주할 기회가 주어졌다.

"서배스천은 자신에게서 배우려 하는 어린 학생을 원해. 자신을 가르치려 드는 숙련자 말고. 너를 좋아할 것 같아, 루시. 네 칭찬을 해놨단다."

당연하게도 그날 밤 루시는 잠을 거의 못 잤다. 전에도 아우어바흐가 자기 친구들 앞에서 연주해달라고 부탁한 적이 있었으나 그때는 긴장하지 않았다. 아우어바흐는 루시가 야망이 없기 때문이라고, 이것이 루시의 가장 큰 단점이라고 했다. 하지만 이번에는 달랐다. 서배스천의 마음에 들지 못하면 앞으로 영영 만날 기회가 없었다. 하지만 마음에 들지도 모른다고 생각하니 더더욱 두려웠다. 평범한 가수를 위한 반주라면 얼마든지 잘해낼 수 있었다. 하지만 서배스천의 반주는 절대 못할 것 같았다. 루시에게는 그럴 만한 재능이 없었다. 새벽 5시쯤에는 연습실에 가지 않기로 결심했다. 그렇게 위험한 모험은 감당할 수 없었다.

그런데 아침을 먹고 났더니 용기가 생겼다. 오늘까지도 루시는 어떻게 아우어바흐네 연습실까지 갔는지 기억할 수 없지만, 어쨌든 갔다. 문에 가까이 다가가자 서배스천이 〈세비야의 이발사〉•에 삽입된 〈나는야 만능 일꾼〉••을 부르는 소리가 들렸다. 반주는 분명 존 패터슨이었다. 루시는 조용히 들어갔다. 생각보다 순조로운 입장이었다. 아리아가 끝나자 아우어바흐가 루시를 소개했다. 서배스천은 편안하고 다감했다. 루시의 손을 잡더니 눈을 똑바로 들여다보았다.

"지금 당장 해볼까요, 게이하트 양? 아니면 슈넬러 군과 합

• 이탈리아의 작곡가 조아키노 로시니(1792~1868)의 희극 오페라로, 1816년 초연. 장르를 대표하는 명작으로 꼽힌다.

•• 주인공 알마비바 백작의 하인인 피가로가 자신의 유능함을 강조하며 짝사랑을 이루게끔 도와주겠다고 암시하는 경쾌한 노래.

을 맞춰볼 동안 기다릴래요?"

"괜찮다면 당장 하고 싶어요." 루시가 결연하게 말했다.

서배스천이 웃었다. "얼른 해치우는 게 마음 편하니까? 긴장하지 말아요. 대단한 일도 아닌걸. 같은 아리아로 해봅시다. 내 노래가 아무래도 별로였던 것 같아."

가여운 패터슨이 모래 빛깔 머리카락 밑으로 얼굴을 붉혔다. 그 말이 무슨 뜻인지 알았던 것이다.

"이 곡 반주해본 적이 있나요?" 자리를 잡고 앉는 루시에게 서배스천이 말했다.

"아뇨, 하지만 오페라를 본 적은 있어요."

합연이 끝나자 서배스천이 악보를 넘기기 시작했다. "이제 분위기를 바꿔볼까요." 그는 루시가 앉은 피아노의 보면대에 마스네의 〈에로디아드〉• 중 〈사라지는 환영〉••의 악보를 놓았다.

끝난 후에는 슈넬러 군을 불렀고, 루시는 소파 한구석에 박혀 실수를 복기했다. 곧 서배스천이 두 남학생에게 고맙다고 인사하고는 아우어바흐에게 자랑스러워할 만한 제자들이라고 말했다.

• 프랑스의 작곡가 쥘 마스네(1842~1912)의 오페라로, 1881년 초연. 신약성경에 나오는 헤로디아와 살로메의 이야기를 다룬다.

•• 세례 요한을 사랑하는 살로메에게 마음을 빼앗긴 헤롯왕이 사랑하는 사람의 얼굴이 떠오른다는 포도주를 바라보며 부르는 절절한 노래.

"자, 여러분, 잡아두지 않겠습니다. 조만간 또 방문할 테니 함께 연습하며 아침 시간을 보내자고요. 게이하트 양은 보류입니다. 긴장한 듯하니 나중에 다시 해봤으면 좋겠네요." 그는 슈넬러, 패터슨과 악수했고 둘은 자리를 떠났다. 서배스천은 아우어바흐의 팔을 잡더니 루시가 앉아 있는 소파로 데려갔다. "모든 걸 고려하면, 파울, 게이하트 양과 함께하는 쪽이 안전하겠어. 약간 위태로운 면이 있지만 가장 손놀림이 좋아."

아우어바흐가 루시를 변호했다.

"원래는 전혀 위태롭지 않은 친구인데. 마스네 곡에서 실수했을 때 놀랐는걸. 원래 처음 보는 악보도 잘 읽는다고."

"떨려서 그랬어요, 아우어바흐 선생님." 루시가 기어드는 목소리로 말했다.

서배스천은 우람한 몸에 더블브레스트 모닝코트 차림으로 루시 앞에 서서 응원의 미소를 지었다. "난 옆에 있는 사람이 긴장하면 바로 알아챘답니다, 루시 양. 긴장한 사람을 수도 없이 봤거든. 중요한 건 루시의 연주가 못나지 않았다는 거예요. 난 못난 연주만큼 싫은 게 없더라고. 연휴 끝나면 연습실에 와서 한 시간쯤 맞춰봅시다. 정확한 결론을 내려면 그 방법뿐이니까. 연휴 지나고 정확히 며칠에 돌아오지요?"

1월 3일에 온다고, 루시는 서배스천에게 대답했다.

"아주 좋아요. 그러면 1월 4일 10시에 미시간 애비뉴에 있는 연습실에서 보기로 할까요?" 서배스천은 주머니에서 노트를 꺼내더니 일정을 적었다. "〈엘리야〉• 악보를 가져가서 훑어봐도 좋을 거예요." 서배스천은 다시금 신실한 다정함이 담긴 눈동자로 주의 깊게 루시를 들여다보았다. "잘 지내요, 게이하트 양. 즐거운 연휴 보내고요."

그것이 최근의 만남이었다.

루시는 그날 밤 서배스천이 부르는 슈베르트의 가곡을 듣고 다음 날 아침 10시 그의 연습실에 방문할 예정이었다.

루시는 침대에서 벌떡 일어났다. 곧 공연 시작이었다. 갖고 있는 유일한 이브닝드레스로 갈아입고 크리스마스를 맞아 고향으로 떠나기 전에 산 벨벳 외투를 걸쳤다. (생활비를 푼푼이 아껴서 산) 옷은 아주 예쁘고 잘 어울렸으나 썩 따뜻하지는 않았다. 오늘 밤에는 호수에서 매서운 바람이 불었지만 마차를 잡아타기로 했다. 루시는 추위가 두렵지 않았으니까. 드러난 팔과 어깨에 부드럽고 가벼운 외투를 감은 채로, 철도 노동자들이 망치를 두드리고 휘발유 토치로 화물차 선로의 스위치를 녹이는 소리가 들리는 꽁꽁 얼 듯 추운 밤으로 질주하는 짜릿함을 즐겼다. 추위를 외투 삼으면 그만이었다. 추위 한복판에서 따뜻한 몸으로 깨어 있는 자기 자신을, 들장미쯤

• 독일의 작곡가 펠릭스 멘델스존(1809~1847)의 작품으로, 1846년에 초연. 오페라 요소가 가미된 종교음악 장르인 오라토리오의 대표작이다.

은 한순간에 얼려버리는 찬바람 속에서 식지 않고 흐르는 피를 감각하는 것이다.

5

오늘 저녁 공연은 아담한 공간에서 열렸고, 관객은 주로 독일인과 유대인이었다. 루시는 아주 일찍 도착해 (아우어바흐와 가까웠던) 좌석을 공연장 끄트머리 기둥 뒤의 그늘진 좌석으로 바꾸었다. 그곳에서는 고독감이 한결 강렬했다. 〈겨울 나그네〉•를 시작부터 끝까지 듣는 경험은 처음이었다. 루시는 신곡을 듣는 기분이었고, 실은 작곡가의 기량인 것을 가수의 기량으로 판단했다. 노래가 해석이 아니라 작품 그 자체이고 모든 노래 뒤에는 한 명의 가수와 한 가지의 빛깔만 존재한다고 느꼈다. 루시는 노래에서 일말의 과장도 느끼지 못했다. 서배스천은 곡에 깃든 젊음의 우수에 이입하지 않았다. 그저 자신이 현재와 밀접해질 수 없는 과거의 편린인 듯 노래했다. 무대 위에서 노래하는 가수와 그가 환기하는 장면 사이에는 먼 거리감이, 원근감이 느껴졌다.

• 슈베르트가 1827년에 작곡한 연가곡으로, 총 스물네 곡이 포함되어 있다. 빌헬름 뮐러(1794~1827)의 시에 곡을 붙였다.

이번에는 반주자도 주의 깊게 살펴보려고 했는데, 분명 합당한 이유가 있었다. 내일 그의 자리를 꿰찰 생각이었으니까! 지난번 공연에 왔을 때도 그토록 가수의 목소리에 잘 어울리는 반주는 들어본 적 없다고 생각했다. 〈까마귀〉,• 〈이정표〉…….•• 저 청년의 짧고 절묘한 손가락에는 무언가 굉장한 힘이 있었다. 루시는 그의 실력에 감탄했으나 그가 마음에 들지는 않았다. 시샘이 벌써 시작된 걸까? 그보다 생김새가 거슬렸다. 그림 같았다. 너무 그림 같았다. 피부가 새하얘서 붉은 머리와 썩 잘 어울리기도 했지만, 올리브색 벨벳 커튼 앞에 앉은 오늘은 이목구비가 사라진 듯 보였다. 커튼에 밀가루를 한 줌 집어 던진 것 같았다. 귀 뒤쪽의 머리가 납작해 보였으며 빳빳하게 늘어진 붉은 곱슬머리로 꽉 동여맨 듯했다. 미술관에서 그와 똑같은 곱슬머리 석고상을 본 기억이 났다. 그가 무대를 가로지르는 모습도 왠지 마음에 들지 않았다. 불편한 다리 때문인지 힘없이 뒤뚱거리는, '자루걸레가 걸어가는 듯한' 걸음걸이라는 생각이 들었다. 그러나 장애를 빌미로 사람을 깎아내리는 것은 경멸스러운 짓이었다. 게다가 그가 장애를 가지고 있지 않았다면, 루시가 내일 서배스천의 연습

• 〈겨울 나그네〉의 열다섯 번째 곡으로, 머리 위를 맴돌며 화자의 죽음을 기다리는 까마귀에 관한 노래.

•• 〈겨울 나그네〉의 스무 번째 곡으로, 마을을 가리키는 이정표 앞에서 고민하다가 휴식 대신 아무도 돌아온 적 없는 길을 걷기로 하는 나그네의 노래.

실에 갈 일도 없을 터였다. 그를 만날 일도 없었을 테고. 제임스 목퍼드의 불편한 골반 탓에 루시는 인생에서 가장 중요한 사건을 맞이하게 되었으니 이 얼마나 공교로운 일인가!

공연이 끝난 후 파울 아우어바흐는 유행 지난 드레스 코트에 하얀 론 넥타이 차림으로 루시에게 다가왔다. "난 대기실에 들를 생각이란다, 루시. 같이 가고 싶니?"

루시는 망설였다. "감사하지만 괜찮아요, 아우어바흐 선생님. 안 가는 게 낫겠어요. 그런데 정말 서배스천 씨가 내일 저를 기다리고 계실까요?"

6

다음 날 아침 루시는 시카고를 가로질러 미시간 애비뉴로 갔다. 행복하고 떨렸다. 그 어떤 것에도 집중할 수 없었다. 영혼이 몸에서 빠져나가 햇살 아래 고층 건물 지붕을 딛고 뛰어오르는 듯했다. 정확히 10시에 아츠 빌딩으로 들어가 현관의 경비원에게 서배스천 씨와 약속이 있다고 말했다. 경비원이 잡아준 엘리베이터는 루시를 6층으로 데려다주었다. 루시가 문을 두드리려고 놋쇠 고리를 들어 올리자 서배스천이 직접 문을 열었다.

"기다리고 있었어요." 그가 고개를 끄덕이며 말했다. "시카고에 돌아왔다는 것도 알고 있었지요. 어젯밤 관객석에서 루시를 봤거든요. 기둥 뒤에 숨어 있던데. 공연은 마음에 들었나요?" 그가 루시의 코트를 받아 걸었다. "모자도 벗는 게 좋겠는데. 그럼 더 편안할 거예요."

현관을 벗어나 복도를 지나자 곧바로 탁 트인 음악실이 나왔다. 안으로 들어선 루시는 음악실의 널찍한 크기, 공간을 가득 채운 햇살, 러그와 커튼과 의자 등 대부분이 짙은 붉은색으로 꾸며진 실내를 눈에 담았다. 전면 유리창 두 개 사이에 놓인 피아노가 보였다.

서배스천은 루시가 멍하니 허공을 응시하는 모습을 보았다. 또 긴장한 것일까.

"시작할까요? 이야기는 다 끝난 다음에 해도 되니까. 〈엘리야〉를 조금 연습해봅시다. 곧 세인트폴에 가서 음악단과 합연할 예정인데, 살펴본 지 아주 오래됐거든."

루시가 피아노 앞에 앉자 서배스천은 보면대에 악보를 올려놓고 책장을 넘겼다. "내가 부를 바리톤을 시작하기 전에 여기 테너 아리아도 가볍게 불러봅시다. 물론 나한테는 너무 높지만, 부르면 재밌더라고." 그가 악보 한쪽을 가리키고는 시작했다. **"온 마음을 바쳐 천상에 있는 그를 바라본다면."**

"오라토리오 도입부로 나쁘지 않지요? 이제 여기서부터 해봅시다." 그가 루시 위로 몸을 굽히고는 손가락으로 가리켰다.

서배스천은 스모킹 재킷 주머니에 손을 찔러 넣은 채 엘크 가죽 신발을 신고 이쪽저쪽으로 걸어 다니며 노래를 불렀다. 루시는 앞에 놓인 악보 외에는 어떤 것도 신경 쓰지 않았다. 한 시간 반이 쏜살같이 흘러갔다. 점점 나아진다는 생각이 든 찰나 서배스천이 루시의 어깨에 손을 올렸다.

"오늘은 여기까지 할까요, 게이하트 양. 첫날인데도 굉장히 잘하는걸. 내일 같은 시간에 시작하면 어때요? 그리고 실수하더라도 동요하지 말아요. 나는 무엇보다도 유연하게 대처해주기를 바라거든. 박자에 맞춰 잽싸게 힌트를 포착해내는 법을 배워야 해요. 내가 괴상하게 굴어도 발맞춰야지. 다 이유가 있어서 그러는 거니까. 내 나름대로 이유가 있답니다. 이제 여기 난롯가에 앉아서 포트와인에 비스킷이나 곁들이면 어떨까요. 우리 아주 열심히 연습했으니까."

루시는 일어서서 서배스천이 가리킨 의자로 갔다. 갑자기 피로가 밀려들었다. 서배스천은 햇살이 러그와 놋쇠 불쏘시개에만 닿도록 두꺼운 블라인드를 조금 내렸다. 그러고는 디캔터와 술잔이 담긴 쟁반을 들고 와서 맞은편에 앉은 뒤 발을 난로 쪽으로 뻗고 의자에 편하게 등을 기댔다.

"〈엘리야〉 공연 중에 어떤 것이 훌륭하던가요, 게이하트 양?"

루시는 〈엘리야〉를 본 적이 없다고 답했다.

그가 환하게 미소 지었다. "멘델스존은 확실히 유행이 지났지요. 그럼 요즘은 누가 유행이지? 드뷔시?• 눈치챘나요? 사람들이 음악에 관심을 두는 건 그저 저녁 모임에서 이야깃거리 삼기 위함이란 걸."

루시는 잘 모르겠다고 얼버무렸다. 저녁 모임에 가는 일이 없고, 시카고에 아는 사람이라고는 아우어바흐 교수와 함께 지도를 받는 몇몇 학생뿐이었다.

"루시의 고향 사람들은 어떤데요?"

"저희 동네에서 음악에 관심이 많은 사람은 아버지뿐일걸요. 동네 음악대를 지휘하고 클라리넷 교습도 하세요.

"아버지가 음악 교사인 건가?"

"딱히 그렇진 않아요. 생업으로 시계 수리를 하시는데, 클라리넷과 플루트 실력이 아주 좋고 바이올린도 조금 할 줄 아세요."

"물론 독일인이겠지요? 잘됐네. 플루트를 할 줄 아는 독일인 시계 수리공이라, 아버지로 두면 좋을 사람 같군."

서배스천은 어쩌다가 시카고에 와서 아우어바흐에게 음악을 배우게 되었는지 물었다. 루시는 이런 질문이 형식적인 것이 아니라 그가 진심으로 자신의 삶에 관해 알고자 한다고 느꼈고, 수줍음을 극복할 수 있었다.

● 프랑스 인상주의 음악을 대표하는 작곡가인 클로드 드뷔시(1862~1918). 스테판 말라르메(1842~1898)의 시에서 착상한 〈목신의 오후 전주곡〉, 〈베르가마스크 모음곡〉 등으로 잘 알려져 있다.

두 사람이 대화하는 사이 조심스럽게 바깥문이 열리더니 빳빳하게 풀 먹인 흰 재킷에 소음 없는 테니스 신발 차림인 자그마한 남자가 옷걸이에 걸린 코트 여러 벌을 들고 나타나 잽싸게 음악실을 가로질러 안쪽 침실로 사라졌다.

"우리 집사, 주세페." 서배스천이 설명했다. "이리 와서 이 친구가 일을 얼마나 잘하는지 봐요." 그가 문을 열고 루시를 침실로 안내했다. "주세페, 이쪽은 목퍼드 씨 몸이 나아질 때까지 반주를 담당할 루시 양이에요. 우리 생활을 보여주고 싶어서."

"시, 시, 시뇨레."● 주세페가 달가운 미소를 지으며 이탈리아어로 답했다. 그러고는 옷장에서 물러나 미술관의 해설사를 똑 닮은 동작으로 죽 늘어선 코트와 바지를 가리켰다. 루시가 충분히 살펴봤다고 판단했을 때는 휘황한 손짓으로 화장대와 흠잡을 데 없이 반듯하게 정리된 침대를 가리켰다.

"그럼, 주세페는 모든 걸 아주 깔끔하게 정리해두지. 내 책상 서랍을 뒤져봐요. 루시 서랍인 것처럼 손쉽게 원하는 물건을 찾을 수 있을 테니까. 주세페는 아침 식사도 준비해서 가져다준답니다."

주세페는 배 앞에 양손을 맞잡고 서서 칭찬받는 꼬마처럼 미소를 지었다. 얼굴이 꼭 아이 같았다. 하지만 루시는 그의

● '네, 네, 서배스천 씨'라는 뜻의 이탈리아어.

휑하고 희끗희끗한 머리카락과 (그릇같이 생긴) 봉긋하고 붉은 이마 위에 깊게 팬 가로 주름을 포착했다. 잠시 후 그가 난로에 석탄을 추가하려고 음악실 반대편으로 갔을 때, 루시는 서배스천에게 주세페와 함께한 지 오래됐냐고 물었다.

"시카고로 오기 전에 런던에서 고용했어요. 원래 피렌체에 있는 어느 호텔에서 객실 전담 집사로 일했다지. 그렇게 좋은 서비스는 처음이었다니까. 생각해봐요. 다른 사람들의 코트, 부츠, 아침 식사 같은 걸 살피느라 저렇게 이마에 주름이 팬 거 아니겠어. 이 세상에 주세페처럼 살뜰하게 날 대해주는 친구는 없어요."

왜인지 루시는 서배스천의 이야기를 듣고 다소 침울해졌다. 자신이 주세페였으면 좋겠다는 생각까지 했다. 결국 예술가의 옆에 머무는 자는 그의 예술을 사랑하는 추종자가 아닌 주세페 같은 사람이었다.

잠시 후 루시는 연습실을 떠나는 길에 조붓한 현관에서 다시금 주세페와 마주쳤다. 그는 칸칸이 나뉜 서랍장 앞에 서서 장갑을 정리해 넣고 있었다. 흰 장갑, 황갈색 장갑, 회색 장갑. 이렇게나 아름답게 정리된 생활이라니 분명 부자에 출세한 사람인 거라고, 루시는 생각했다.

점심 식사 후에 자기 방으로 돌아온 루시는 애정과 연민이 담긴 눈초리로 방 안을 둘러보았다. 블라인드를 내린 뒤 창문을 살짝 열었고, 가만히 앉아 있기에는 너무 피곤해서 침대에 몸을 던졌으나 들떠서 잠이 오지 않았다. 당시에는 눈치채지 못한 것들이 마구잡이로 떠오르기 시작했다. 의자에 널브러져 있던 가운, 화장대 위의 은 액세서리, 주세페가 침대 위에 펼치던 장밋빛 담요의 스펀지처럼 말랑말랑한 질감, 서랍장 속의 장갑. 분명 서배스천은 자신의 우아함을 어지럽힐 더러움 따위 절대 가까이하지 않을 사람이었다. 루시는 그렇게 우아한 생활을 영위하는 사람을 한 명도 알지 못했다.

해리 고든은 분명 부자였다. 마차에 혈통 좋은 말, 썰매, 총까지 가진 것이 잔뜩이었고, 옷도 시카고에서 맞춰 입었다. 하지만 그는 자신의 소유물과 어울리지 않아서 전부 겉돌았다. 외투는 거칠고 모자는 딱딱했다. 그는 루시가 아는 다른 사람들과 마찬가지로 세속적이었다. 고향 사람들은 해리를 반듯한 젊은이라고 불렀고 실로 동네에서는 행실이 성숙하고 자연스러웠지만, 대도시에 나오면 자의식 같은 것이 발현되는지 군중에 섞여 무시당할까봐 조바심을 냈다. 루시는 서배스천이 가죽 슬리퍼와 오래된 벨벳 재킷 차림으로 햇살을 등진 채 서 있던 모습을 또렷이 기억했다. 그라면 세상 어디서든 어떤 상황에서든 똑같이 행동할 것 같았다. 분명 많은 것을 겪어보고 많은 것에 능숙한 사람만 지닐 수 있는 담백함이 있었다. 그의 생에 살짝 스치기만 해도 속 깊은 종을 두드리는 듯해서 듣지 못하는 것까지 전부 느낄 수 있었다.

7

결정이 났다. 서배스천이 시카고에 머무는 당분간은 루시가 매일 연습실에 오기로 했다. 아침이면 루시는 밤새 황금 구름 위를 떠다닌 듯 가벼운 마음으로 잠에서 깼다. 침대에 누운 채로 잠시 잠기운이 물러나는 달콤한 몸의 감각을 즐긴 뒤에는 싸늘한 복도를 달음질해 같은 층 이웃들이 뒤척이기 전에 먼저 목욕을 했다. 그리고 아래층에 있는 빵집에 내려가면 커피 향기가 감미로웠다. 슈네프 부인은 파란 깅엄 드레스에 하얀 앞치마 차림으로 부지런한 손님들을 직접 맞이했다. 루시에게 "무슨 연유로" 전보다 아침을 많이 먹는지 물었다. 루시는 웃음을 터뜨리며 수입이 늘어서 그렇다고 대답했다. "그것참 잘됐네." 통통한 제빵사는 독일어 억양이 역력한 말씨로 흡족하게 대꾸했다.

루시는 아침 식사를 마친 후 위층으로 올라가 방을 정리했다. 주세페처럼 높고 매끈하게 침대를 단장할 수는 없었지만, 그것은 그저 침대 깔판이나 모피처럼 고운 담요가 없기 때문이었다.

날씨는 1월치고는 기적 같았다. 루시는 항상 새벽같이 집을 나서 미시간 애비뉴 앞에 있는 호수를 한 시간쯤 산책하다가 아츠 빌딩으로 들어갔다. 그해 1월에는 얼음이 거의 얼지 않았고, 호수의 푸른 수면과 금빛으로 일렁이는 파도는 루시 앞에 펼쳐진 미지의 아름다운 하루처럼 느껴졌다. 바람이 닿는 볼을 머프로 감싼 채 호숫가를 걷다보면 자신이 원하는데 차지하지 못할 것이 무어냐는 생각이 들었다. 호수에서 불어오는 날카로운 바람이 루시 안에 뜨거운 생의 열정을 불어넣었다. 불꽃을 마시는 듯했다. 숨을 고르기 위해 바람을 등지고 걸어야 했다.

10시가 되면 연습실로 갔고, 늦잠을 즐기느라 정오가 될 때까지 외출하지 않는 남자에게 상쾌한 아침 공기를 가져다주었다. 그러고는 그가 담배를 피우는 동안 석탄을 받치는 살대에 손을 녹였다. 서배스천이 옷을 입느라 늑장을 피울 때면 주세페가 팔에 걸레를 얹은 채 루시를 맞아주고는 외투를 받아 건 뒤 마에스트로가 '수비토, 수비토'• 연습실에 올 거라고 했다. 그는 루시를 루치아•• 양이라고 불렀다. 루시와 서배스천이 연습을 시작한 후에는 침실로 가서 정리 정돈을 했는데, 음악 소리가 들리도록 문을 살짝 열어두었다.

어느 아침 서배스천이 **"이쯤이면 됐어……. 나는 나의 아버지들보다 나을 것 없다네"•••** 하고 노래를 마쳤을 때 루시는 피아노 스툴에 앉아 있다 충동적으로 뒤돌아 그를 바라보았

• '금방, 금방'이라는 뜻의 이탈리아어.

•• '루시'의 이탈리아어식 이름.

••• 〈엘리야〉에 나오는 곡.

다. 루시는 (서배스천이 좋아하지 않으리라는 것을 알았기에) 절대 노래에 군말을 덧붙이지 않았지만, 종종 긴장을 풀고 싶어 몸을 움직이고는 했다. 침실로 이어지는 복도에는 주세페가 배에 붉은 손을 겹쳐 얹은 채 머리를 모로 기울이고 서 있었다. 갸름한 얼굴과 움직임이 잽싼 작은 눈은 평온하고 진중했다. 침실 문 뒤에 있던 빨래 바구니를 들었다가 잠시 발치에 내려놓고는 가만히 서서 서배스천의 눈을 똑바로 바라보았다. "에코 우나 코사 몰토 벨라!"• 하고 갈라지는 목소리로 외친 뒤 현관으로 사라졌다.

새롭고 낯선 세상에 발을 들인 루시는 주세페가 보호자라도 되는 것처럼 자기도 모르게 그에게 매달리게 되었다. 길에서 마주친 적도 여러 번이었다. 그는 키에 비해 너무 긴 회색 코트와 단단한 펠트 모자 차림으로 이런저런 볼일을 보고 있었다. 루시를 포착할 때면 잽싸게 모자를 벗고 인사했는데, 두 사람이 그런 식으로 우연히 마주친 것이 너무나도 대단하고 기적적이라는 듯한 얼굴로, 온몸으로 놀라움과 기쁨을 표현했다.

루시는 주세페와 금세 사이가 돈독해졌으나 서배스천과는 첫날에 비해 딱히 진전이 없었다. 그는 조금 장난스럽되 깍듯한, 상당히 직업적인 태도 뒤에 꼭꼭 숨어 있었다. 정말이지

• '이곳에 참으로 아름다운 목소리가 있군요!'라는 뜻의 이탈리아어.

견고한 가면이라 그가 힘이나 정신이 빠져버린 상태에서도 그를 능숙하게 대변할 것만 같았다. 루시는 그의 형식적인 친절이 당혹스러워 의기소침해졌다.

서배스천을 거리나 공원에서 우연히 마주칠 때면 그의 얼굴은 다소 어두웠다. 때로는 무심하게 굳어 있었으며, 우울해 보인 적도 여러 번이었다. 연습실에서는 전혀 그런 기미가 없었다. 미소 머금은 얼굴로 맞아주었고, 오전 내내 친근하고 다감했다. 그러나 루시는 연습실 밖에서 은밀하게 포착한 그 남자가 진정한 서배스천이라고 생각했다.

사소하고 우연한 사건들로 인해 조금씩 서배스천의 견고한 태도가 허물어졌다. 한번은 루시가 미시간 애비뉴 쪽 호숫가에서 아츠 빌딩 앞으로 걸어와 길을 건너려다 문득 고개를 들었는데 서배스천이 열린 창문가에 서서 내려다보고 있었다. 창밖으로 살짝 몸을 내민 채 손을 흔들었다. 그 후로는 매일같이 아침마다 창가에 서 있었다. 현관에서 루시를 맞아주는 방식도 달라졌다. 이미 거리에서 만나 함께 연습실로 들어온 듯했다. 악수할 때 보면 눈동자에 전보다 깊은 관심이 엿보였고, 반가운 선물이라도 받은 표정으로 루시의 얼굴을 들여다보았다. 실제로 그런 이야기를 한 적도 있었다. 루시가 들어와 현관 테이블에 모자를 내려놓은 직후였다. 갈색 털모자를 들어 올려 쓰다듬더니 모자에 달린 길고 가느다란 빨간 깃털을 손끝으로 만지작거렸다.

"있지요, 이 작은 빨간색 깃털이 길 위로 동동 떠내려오는 모습을 보면 참 좋더라고. 부러 찾아본답니다. 안 보이면 정말이지 실망스러울 거예요. 루시는 추운 거리를 걷는 게 이 세상 최고의 기쁨인 것 같은 얼굴이던데. 어느 책에선가 몽테뉴가 그랬지. 앳된 청춘기에는 생의 기쁨이 발에 있다고. 루시를 보고 있으면 그 구절이 생각나요, 루시. 잊고 살았는데."

서배스천은 종종 루시에게 즐거운 이야기를 해주었다. 습관을 들였다기보다는 루시의 웃음소리를 듣고 싶어서 그랬다. (그는 자연스럽게 드러나는 매력을 칭찬하면 끔찍한 효과가 발생한다고 믿었기에) 절대 진심을 입 밖에 내지는 않았으나 자신의 기쁨을 위해 루시를 웃겼다. 아름다운 웃음은 분명 드물었다. 루시가 떠난 후에는 눈을 찡그리며 머릿속으로 그 웃음을 따라 해보았다. 웃음이라는 전적으로 무의식적인 신체 반응만큼 그와 루시를 가깝게 이어주는 것은 없었다.

루시는 서배스천의 통화 내용을 들어 그의 공적인 삶에 관해 대충 알고 있었다. 그는 항상 루시가 반주를 끝내고 추운 바깥으로 돌아가기 전 잠시 쉴 자리를 마련해주었다. 그러고는 옆에 앉아서 말을 걸었는데, 종종 전화가 와서 휴식이 중단될 때가 있었다. 교환원은 11시 30분 전에는 전화를 연결하지 않았다. 루시는 서배스천의 답변을 들을 수밖에 없었으므로 그의 일정, 직업적 용무, 친구에 관해 알게 되었다. 여자들과 이야기할 때는 잔뜩 흥분했거나 집요하게 구는 상대를 달래듯 부드럽고 편안한 목소리를 사용하는 것이 보통이었다. 초대를 거절할 때면 빤히 보이는 거짓말을 했으며 그럴듯하게 꾸며낼 생각조차 없는 듯했다. 하지만 항상 기분 좋은 말을 잊지 않았다. 부인의 매력적인 딸에게 안부를 전해달라, 전에 추천해준 책을 아주 즐겁게 읽었기에 감사의 인사를 전하고 싶다, 이런 식이었다. 서배스천의 일정을 관리하는 모리스 와이스본은 매일 연결 가능한 시간이 되자마자 전화를 걸었다. 보통 둘의 통화는 아주 짧았다. 하지만 어느 날 오전 루시는 와이스본의 전화를 받은 서배스천의 목소리가 갑자기 바뀐 것을 눈치챘다.

"뭐라고, 모리스? 편지가 언제 왔는데? ……아니, 나한테는 아무 말도 없었어. 우리는 편지에 돈 이야기 안 해. 그런 건 당신 담당이라고…… 언급한 금액을 넣어서 어음을 보내. 오늘 처리해. 미루지 말고…… 당연히 할 수 있지. 그냥 금액이 초과하도록 두면 돼……. 알았어. 그러면 콘서트홀에서 만나서 점심이나 먹자고. 내가 직접 수표를 쓸 테니까."

전화를 끊은 서배스천은 담배를 한 개비 더 꺼내 불을 붙이고는 통화 전에 하던 드뷔시와의 첫 만남에 관한 이야기를 이어갔다. 하지만 그의 미소에 어딘가 어둡고 부자연스러운 면이 있었기에 루시는 서둘러 자리를 떴다.

루시는 돈을 요구하는 여자가 서배스천 부인임을 알았다. 통화에 이름이 언급된 것이나 다름없었다. 안타까운 일이었다.

서배스천은 언제나 정중하게 애정을 담아 아내에 관해 이야기했다. 얼마 전 동양에 다녀왔다는 친구와 통화하며 서배스천 부인이 시카고의 겨울 날씨를 견디지 못해 지금은 따로 살고 있다고 설명하는 것을 들었다. 루시에게 아내와 같이 했던 것들을 이야기할 때면 회상이 달가운 듯 생기가 샘솟고 명랑해졌다. 하지만 지금 두 사람의 관계는 그렇게 달갑지 않은 것이 분명했다. 어쩌면 이것이 그가 불행한 이유일지도 몰랐다.

루시와 함께할 때 그는 삶을 편안하게 즐기는, 어쩌면 삶을 즐김으로써 참아내는 사람 같았다. 전화를 거는 몇몇 지인을 진심으로 좋아하는 듯했고, 제임스 목퍼드는 "세월이 흐르고 많은 것이 변했는데도 떠나가지 않은 몇 안 되는 친구"라며 애착을 보였다. 하지만 타인과 너무 가까워지지 않으려고 굉장히 조심하는 듯했다. 무언가에, 어쩌면 모든 것에 실망한 것이라고 루시는 믿었다.

반주를 시작하고 삼 주쯤 지났을 때, 우연한 계기로 평소의 다감한 태도 뒤에 숨어 있는 서배스천의 이면을 다시금 포착하게 되었다. 어느 날 저녁 주세페가 루시를 찾아와 서배스천의 쪽지 한 장을 전해주었다. 내일 아침에는 친구 장례식에 참석할 예정이라 연습을 못 할 것 같다고 적혀 있었다.

루시는 석간신문을 훑어보다가 어젯밤 프랑스 출신의 가수 마담 르네 드 비농이 캘리포니아에서 돌아오는 길에 쓰러져 겨우 이십사 시간 만에 호텔 방에서 죽었다는 기사를 읽었다.

11시에 호텔 근처에 있는 작은 성당에서 장례식이 열린다고 했다. 그 후에 시신은 프랑스로 인도될 예정이었다.

다음 날 아침, 예정된 시간을 조금 넘겼을 때 루시는 조용히 성당으로 들어갔다. 조문객이 많지 않아 어슴푸레한 빛 속에서 서배스천을 쉽게 발견할 수 있었다. 그는 무릎을 꿇은 채 손에 얼굴을 묻고 있었다. 부드럽게 오르간 소리가 울려 퍼지는 가운데 활짝 열린 문으로 관이 운구되었고, 고개를 든 그는 앉은 자세 그대로 몸을 돌린 채 여섯 남자의 어깨 위에 얹혀 성당 안으로 운반되는 망자를 바라보았다. 향로를 든 사람들과 신부들이 제단 앞의 복도를 따라 관 옆으로 동행했다. 서배스천의 눈은 움직이는 관에 고정되어 있었다. 천천히 고개를 돌려 관의 이동을 좇는 그의 얼굴에 루시의 마음이 서늘해졌다. 끔찍한 얼굴이었다. 고통과 절망, 애원 같은 것이 뒤섞여 있었다. 다들 엄숙한 얼굴로 운구 행렬을 바라보았으나 그의 얼굴에는 개인적이고 강렬한 감정이 깃들어 있어 좀처럼 시선을 거둘 수 없었다. 자기 자신을, 자신이 있는 장소를, 누군가가 자신을 쳐다볼지도 모른다는 사실을 망각한 얼굴이었다. 루시가 보기에는 검은 절망의 파도가 성당 안으로 밀려들어 서배스천과 검은 관을 모조리 복도로 휩쓸었는데 신부들과 신도들이 아무것도 모르는 것만 같았다. 소중한 친구가 죽은 것일까? 아니면 죽음 그 자체가 끔찍했을까? 사랑했던 모든 것에서 멀리 떨어진 이국의 땅에서, 호텔에서 죽었다는 사실이?

장례식이 진행되는 동안에도 그는 그대로 무릎을 꿇고 있었다. 때때로 손수건을 꺼내 이마를 닦았으나 운구 행렬이 출입문에 닿을 때까지 얼굴이나 넓고 새카만 어깨를 들어 올리지 않았다. 관이 지나갈 때는 반쯤 감은 눈으로 멍하니 오래도록 그쪽을 바라보았다. 그리고 다른 조문객보다 서둘러서 성당을 떠났다. 밖으로 나와 계단에 선 루시는 저 멀리 꼿꼿하고 뻣뻣한 자세로 빠르게 걸어가는 서배스천을 알아봤다.

언젠가 11월에는(11월이라니, 이렇게 까마득할 수가!) 우연히 성당, 예의 대성당을 지나다가 밖으로 나오는 서배스천을 보았다. 그는 출입문을 통과해 계단을 내려와서 평소처럼 마차를 찾는 대신 곧장 북쪽으로 걸었다. 루시는 그의 표정을 보고 그가 성당에서 열린 의식 같은 것에 참석하고 나오는 길이라고 확신했다. 루시는 안으로 들어갔다. 아무 행사도 없었고 안에 있는 사람이 채 열 명도 되지 않았다. 하지만 서배스천이 목마른 영혼의 부름으로 그곳에 있었다는 사실을, 루시는 알았다.

8

보통 서배스천과 목퍼드는 주말이면 다른 도시에서 공연하기 위해 시카고를 떠났다. 서배스천은 종종 목퍼드에게 연락해 저녁이나 오후에 약속을 잡았다. 루시로서는 자신이 연습실에 있는 오전에 목퍼드를 볼 일이 없어 다행이었다. 목퍼드와는 만난 적도 없고 그가 공연장 무대 외에 다른 공간에 있는 모습을 본 적도 없었다. 어느 오전 서배스천이 〈겨울 나그네〉에 포함된 몇 곡의 악보를 건네주자 루시는 한숨을 쉬고 고개를 설레설레 저었다.

"슬프지만 무슨 소용이 있을지 모르겠어요. 목퍼드 씨의 연주를 듣고 난 이상 제가 할 수 있는 최선은 그냥 악보대로 치는 것뿐이에요."

서배스천이 웃음을 터뜨렸다. "그 작품은 지미의 연주가 꽤 훌륭하지요? 슈베르트도 그렇게 굉장한 연주는 못 들어봤을 걸. 상상은 해봤으려나. 그런데 모차르트나 이탈리아 작곡가들의 작품은 지미의 연주가 딱히 최고는 아니에요. 하지만 진정한 독일 가곡을 연주할 때는 틀리는 법이 없어요. 그 친구에게서 도움을 많이 받았지요."

서배스천이 미네소타와 위스콘신으로 공연을 떠나기로 한 날, 루시는 잘 다녀오라고 인사하고 싶어서 연습실에 들렀다. 현관문을 열고 안으로 맞아준 사람은 다름 아닌 목퍼드 씨였다. 루시는 할 수만 있었다면 뒤돌아 도망갔을 것이다.

"아니, 들어오세요, 게이하트 양. 게이하트 양 맞지요? 클레멘트는 잠시 올스턴네 연습실에 갔습니다. 어서 들어오세요."

목퍼드는 루시의 코트를 받아주고 음악실로 들어갈 때까지 기다리더니 절뚝이며 뒤를 쫓아갔다.

목퍼드가 손님에게 의자를 꺼내준 다음 석탄불을 쏘시는 사이, 루시는 처음으로 한낮의 그를 살펴보았다. 전에 루시는 그가 아주 앳되다고, 실로 청년이라고 생각했다. 그날 아침에는 그렇게 젊어 보이지 않았다. 깐깐하고 다소 억세 보였다. 흰 피부조차 억세서 고무처럼 보였고, 면도날이 깊이 닿지 못한 군데군데 노란빛이 빛났다. 구릿빛 붉은 머리카락이 머리를 푹 감싸고 있어 잘 만든 가발을 썼다고 해도 믿을 듯했다.

"만나서 반갑습니다, 게이하트 양. 제 빈자리를 채워주어 감사하다는 말을 전할 기회가 생겨 기쁘네요." 그는 앉아서 루시를 바라보았고, 낱낱이 뜯어보았고, 루시 역시 그를 바라보았다. 현관에서 만났을 때는 목퍼드 뒤로 햇살이 환해서 눈동자가 보이지 않았다. 어쩌면 녹갈색이라고 할 수도 있을 듯했는데, 그날 아침에는 초록색에 가까웠다. 차갑게 반짝이는 초록색이었고, 안에 불안이 일렁였다. 서로를 향한 탐색의 눈길을 끊어낸 것은 목퍼드였다. 그가 날렵하고 부드럽게 자리에서 일어나 블라인드를 살짝 내렸다. 그리고 의자로 돌아오는 길에 이야기를 꺼냈다.

"의사들 야단법석에 장단을 맞추느라 자리를 비우려니 영 마음이 불편하다니까요. 사실 우리 둘 다 대단히 기쁜 마음으로 미국 공연을 기다린 건 아니거든요. 그래도 클레망은 루시와 아주 잘 지내는 것 같네요."

"그건 잘 모르겠어요. 저는 경험이 없어서요. 최선을 다할 뿐이에요." 루시는 목퍼드가 자신을 업신여기는 것인지 그저 이 만남을 불편해하는 것인지 알 수 없었다. 루시는 자신이 금세 그를 싫어하게 되었던 것처럼 그 역시 금세 자신을 싫어하게 되었다고 생각했다.

"아, 그 친구는 새로운 사람 길들이기를 워낙 좋아해서 말이지. 문제는 클레망이 자신에게 개인적으로 감응하지 못하는 사람과는 일을 못 한다는 거예요. 하지만 짧은 기간 내에 그런 사람을 찾아낼 확률은 낮으니 우리만 힘들지요."

루시는 얼굴을 붉힐 뿐 아무 말도 하지 않았다. 빨간 벨벳 의자 손잡이 위에 놓인 목퍼드의 희고 주근깨 박힌 손만 바라볼 뿐이었다. 네모진 손가락 끝은 피아니스트치고는 이상할 만큼 짧았는데, 손바닥은 놀라울 만큼 넓었다.

"클레망이 루시를 좋게 평가하는 데다가……." 목퍼드가 초록색 눈동자로 루시를 흘끗 살폈다. "실제로도 둘이 잘 지내는 만큼 이 만남은 좋은 사건일지도 모르겠네요. 변화의 계기랄까. 시카고에는 그 친구가 기분 전환할 수단이 없어요. 솔직히 말하자면 그 친구는 지루해 죽을 지경이지요. 나는 시카고에 오는 거 반대했어요. 하지만 돈이 필요하거든. 그리고 이제는 어딜 가든 지루해할걸요. 시카고의 서배스천과 내 고향 유럽 대륙의 서배스천은 사실상 다른 사람이랍니다."

"서배스천 씨와 오랫동안 함께하셨나요, 목퍼드 씨?"

"네, 함께하다가 말다가 오랫동안 그랬죠." 그가 무심히 말했다. "대장 자리는 비어 있었어요. 서배스천 부인이 이따금 새로운 피아니스트를 좋아하기로 마음먹으면 클레망은 꼭 한번 시험해보거든요. 지금까지는 마음에 쏙 드는 사람이 없었답니다."

"그러면 서배스천 부인께서도 음악을 즐기시나요?"

"아, 그럼요! 부인은 로버트 레스터 경의 따님이거든요." 목퍼드는 루시가 이 이름을 알아듣는지 흘긋 보았다. 루시가 멀뚱멀뚱 있자 중얼거렸다. "레스터 경은 우리와 함께한 지휘자 중 가장 훌륭한 분이었어요. 피아니스트 자리를 꿰차려면 클레망의 마음에도 들어야 하고 서배스천 부인의 마음에도 들어야 합니다. 그게 궁금한 거라면."

루시의 볼이 다시 붉어졌다. "아니, 그게 궁금했던 건 아니에요. 저는 서배스천 부인께서 남편의 음악적인 면에 관심이 많은지 궁금했어요."

"모든 면에 관심이 있다고 해야겠지요. 서배스천 부인은 친정에 있을 때 집안일을 전부 지휘했거든요. 지휘자 역할에 아주 잘 어울리고요." 그는 얼굴에 강렬한 조명이 드리운 것처럼 짧은 코를 주름이 잡히도록 찡그렸다.

목퍼드에게는 기묘한 매력이 있다고, 루시는 생각했다. 입은 옷은 완연한 평상복이었으나 무대의상처럼 보였다. 초록색 실크 셔츠와 초록색 넥타이가 눈에 띄었다. 연극적인 모습일 수밖에 없었다. 그렇게 연출된 사람이었고, 루시는 그가 자신의 기묘한 모습을 좋아하는지 싫어하는지 아리송했다. 소심하기도 하고 뻔뻔하기도 해서 걷잡을 수 없는 사람이었다. 하나만은 분명했다. 그는 루시 옆에서 불편했으며 루시 역시 그 옆에서 불편했다. 자리에서 일어나려는데 문간에서 부스럭거리는 소리가 났다. 서배스천이 아니라 기차표를 가져온 경비원이었다. 경비원은 목퍼드에게 표를 건네더니 기차가 몇 시에 떠나는지, 1층에 마차가 언제 준비되는지 알려주었다.

루시는 경비원이 떠나자마자 자리에서 일어나 이제 가봐야겠다고 말했다. 두 사람 모두 즐거운 여행을 즐기기를 바란다고, 혹시 자기가 서배스천 씨를 도울 일이 있으면 연락해달라면서.

"전보를 보내겠지요. 분명히. 여드레는 지나야 돌아올 겁니다. 오라토리오 공연이 둘, 리사이틀이 셋이라. 루시를 못 봐서 실망스럽겠지만 뭐든 금방 잊어버리는 친구지요."

루시는 엘리베이터를 타고 내려가며 또 서배스천의 연습실에 올라갈 일이 있을까 궁금해했다.

전에도 목퍼드와의 만남이 두려웠으나 이렇게 용기가 꺾이고 감정 상할 일이 생길 줄은 미처 몰랐다. 목퍼드가 루시 자신이나 루시와 서배스천의 관계에 관한 의견이 있다는 것에 열렬한 적개심을 느꼈다. 두 사람만의 작은 세계에 제삼자가 침범한 것은 이번이 처음이었고, 그것이 끔찍이도 싫었다. 그래, 둘 사이에 루시 이야기가 오간 것이다. 어쩌면 자연스러운 일이겠으나 마음이 아프기는 매한가지였다. 루시를 괴롭히는 것이 또 있었다. 루시는 젊지도 늙지도 않은 이 기이한 남자, 화려하고 다소 거부감이 드는 이 남자가 전적으로 신뢰할 만한 사람이 아닌 것 같았다. 루시가 부추겼다면 서배스천 부인의 사생활 이야기를 잔뜩 흘렸을 터였고, 서배스천에 관해 이야기하는 어조가 불쾌할 정도로 막역했다. 루시가 보기에 그는 끔찍이도 이기적이고 허영심이 많으며 그가 '클레망'이라고 부르는 남자를 질투하고 있었다. 그의 허연 얼굴을 머릿속에서 지워내고 싶었다.

루시는 발걸음을 서두르며 자신이 저지른 실수를 떠올렸다. 목퍼드의 술수에 놀아나 외부인의 시선으로 자신을 관찰하고 말았다. 경험 없고 교육도 받지 못한 시골 소녀가 목퍼드의 빈자리를 채우려 하다니 가당치도 않다고 생각하게 된 것이다.

그렇다면 왜 그들은 전문 반주자를 구하지 않았을까? 시카고에 전문 반주자가 한둘이 아닐 텐데. 루시 같은 애송이가 서배스천의 연주를 담당한다니, 이런 우스운 꼴이 있나. 대체 어떻게 루시가 그 일을 맡게 된 걸까? 처음 서배스천의 연습실에 간 것은 와달라는 요청을 받았기 때문이다. 그런데 그곳에 있는 것이 좋아서 가고 또 갔다. 서배스천 역시 흡족하고 즐거운 듯했고, 아주 친절했다. 심지어 루시는 서배스천이 자신의 미숙하고 무지하고 그다지 총명하지 못한 면을 좋아한다고 느끼기도 했다. 모든 것을 다 가진 사람과 아무것도 갖지 못한 사람이 맺은 우연한 관계였다. 그리고 다른 누구도 그 관계에 지분이 없었다. 루시는 이 남자의 삶 한복판에 뚝 떨어졌고, 그의 현재와 과거에서 취할 수 있는 것을 취했다. 루시가 서배스천의 반주를 맡는다는 것은 한 시절의 꿈에 지나지 않았다. 어쩌면 그의 다정함 역시 꿈일지 몰랐다. 그렇다면 이 관계에 진실한 것은 하나도 없었다. 루시의 감정만 빼고. 감정만은 진실했다.

그날 오후 루시는 교습이 두 개나 잡혀 있어 아우어바흐의 연습실로 갔다. 연습실에 있는 동안 날씨가 바뀌어 음울한 겨울비가 내리기 시작했다. 루시는 비 내리는 귀갓길을 걷는 것에 익숙했기에 교습이 끝나자마자 곧장 연습실을 떠나 집을 향해 발걸음을 옮겼다. 하지만 잠시 후 정신을 차리고 보니 서쪽이 아닌 동쪽을 향해 걷고 있었고, 금세 미시간 애비뉴 끄트머리에 도달했다. 루시는 아츠 빌딩 반대편에서 왔다 갔다 서성이며 서배스천의 창문으로 보이는 불빛을 바라보았다. 시간이 흐르자 창 너머가 캄캄해졌다. 경비원이 어깨에 납작한 여행 가방을 짊어지고 가서 마차 뒤편에 단단히 고정하는 모습이 보였다. 그 뒤로 서배스천과 목퍼드가 나타나더니 짐이 운반되는 동안 차양 밑에 서서 이야기를 나누었다. 채비가 끝나자 서배스천이 경비원과 짐꾼에게 팁을 주고는 걸음이 불편한 목퍼드를 마차에 태운 뒤 자신도 뒤따랐고, 마차는 사라졌다. 루시는 온 세상에 혼자 남은 듯 속상했다.

그리고 천천히 도시를 가로지르며 북적이는 거리에서, 비를 피하려고 서두르다가 자신에게 몸을 부딪는 사람들에게서 위로를 얻었다. 도시에는 외로움을 느낄 공간이 넉넉하다고, 아무도 눈치채지 못한다고, 루시는 생각했다. 그리고 자신이 애달픔에 허덕인다면 다른 사람도 마찬가지였다. 도시는 시골의 허허벌판과 다르기에 혼자 서서 애끓을 일이 없었다. 슬프고 낙담한 사람들이 이렇게 많이 눈에 띈 적은 처음이라는 생각이 들었다. 마차에 묶인 말처럼 홀딱 젖은 부랑자들이 쉼터에 들어가려고 문 앞에 서 있었다. 옆에는 웬 노인이 보도의 쇠창살에서 솟아오르는 수증기를 쐬고 있었다.

보통 루시는 자신이나 다른 누군가가 느낄 추위 따위는 아랑곳하지 않으며 풍선을 쫓는 남자아이처럼 급한 마음으로 거리를 활보했었다. 하지만 오늘 밤에는 이 모든 사람이 동지인 듯했고, 그들에게 겸허한 애정을 느꼈다.

9

서배스천이 떠난 후 아흐레가 흘렀고, 루시는 이제 영영 그의 반주자가 될 수 없는 것이 아닐까 궁금해지기 시작했다. 서배스천은 아우어바흐에게 보내는 편지 속에 특별히 덧붙이는 말도 없이 루시의 수표를 끼워 넣었다. 금액이 지나치게 높아 꼭 퇴직금을 받는 것 같았다. 수표는 아직 현금으로 바꾸지 않은 채 서랍장 맨 위에 놓여 있었다.

루시는 매우 바빴다. 항상 해온 교습에 더해 아우어바흐에게 네 번이나 개인 지도를 받았고, 혼자서 연습도 열심히 했다. 하지만 정신은 딴 데에 있었다. 어쩌면 그는 더 잘 맞는 반주자를 찾았거나, 일을 재개할 정도로 제임스 목퍼드의 건강이 좋아졌는지도 몰랐다. 그날 연습실에서 목퍼드가 루시의 코트를 들고 뒤에 서 있었을 때, 루시는 테이블 위에 있는 거울을 흘긋 봤다가 그의 얼굴에 이상한 미소가 스치는 것을 목격했다. 웬 꿍꿍이속이라도 있는 것처럼.

서배스천이 떠나고 열흘째 되는 날은 아침인데도 사위가 어두운 바람에 늦잠을 잤다. 바깥에 폭풍이 휘몰아쳤고 열린 복도 창문 밑으로 들이친 눈이 소복했다. 루시는 가운을 걸치고 작은 빗자루와 신문으로 눈을 쓸어 치운 뒤 난방을 켜고 침대로 올라가 방이 따뜻해지기를 기다렸다. 별다른 생각 없이 침대에 누워 있는데 누군가가 문을 두드려 깜짝 놀랐다.

남자아이가 외쳤다. "웨스턴 유니언 전보요!"

고무 우비를 입은 남자아이가 떠나자 루시는 가만히 서서 노란색 봉투를 바라보다가 전보를 꺼냈다. 분명 서배스천이 보낸 것이라는 확신이 들었는데, 난생처음 받은 전보이기도 했다.

목요일 오전 항상 보던 시간에 연습실로 와줬으면 해요. 그간 잘 지냈기를.

서배스천

목요일이면 내일이었다. 루시는 거울에 전보를 붙여두고 옷을 갈아입었다. 10년 후를 상상했다. 아마도 해버퍼드에서 동네 아이들에게 피아노를 가르쳐주고 있을 미래에 이 전보 쪽지만큼 시카고 시절을 생생하게 환기하고 그 현실성을 증명할 물건은 없을 것 같았다.

빵집으로 내려가자 슈네프 부인이 환한 미소를 머금고 맞아주었다. "오늘 아침은 든든히 먹겠지요? 전보 배달하는 애가 와서 루시를 찾던데, 아무래도 나쁜 소식 같지는 않고."

아니라고, 좋은 소식이라고, 루시는 부인에게 말했다.

"그것참 잘됐군. 이제 아침 든든히 챙겨 먹어요. 수심에 잠긴 모습을 보니 영 마음이 안 좋더만." 부인은 독일어 억양이 역력한 말씨로 대꾸하고는 앞치마로 테이블을 닦아낸 뒤 깨끗한 냅킨을 깔았다.

잠시 후 루시는 긴 덧신을 신고 서둘러 은행에 들러 수표를 현금으로 바꿨다. 그러고는 백화점에 가서 연습실에 입고 갈 옷을 샀다. 실크 블라우스와 자수 재킷까지 한 벌인 예쁜 옷이었다. 새로 산 옷 꾸러미를 들고 돌아오는 길에는 꽃집에 들러 제비꽃도 한 다발 샀다.

루시는 오후 동안 옷과 서랍을 정리했다. 4시가 되자 아우어바흐의 연습실에 가서 교습을 했다. 집으로 돌아왔을 때는 방이 어둑어둑했다. 살짝 열어둔 창틈으로 들어오는 공기가 신선했고, 제비꽃 향기가 가득했다. 겨울의 거리를 통과한 여행자에게 봄이 찾아온 듯했다. 루시는 네모난 회색 창문 앞에 앉아 저물녘 어둠 속에서 휴식했다.

어제 루시는 병원 대기실에 있는 환자 같았다. 진정한 삶을 사는 것이 아니었다. 그저 시간만 흘려보냈다. 납덩이라도 삼킨 것처럼 무엇을 하든 이상하게 속이 답답했다. 오늘은 모든 것이 부드럽고 평온했다. 들이마시는 공기조차 다감했다. 점원들도 전부 친절했다. 삶이란 모름지기 이렇게 따스해야 했다.

곧 네모난 창문 밖이 새카맣게 물들자 가스등을 켜고 피아노 앞에 앉아, 서배스천이 떠나기 전에 연습하던 〈아름다운 물레방앗간 아가씨〉•에 나오는 곡을 연주하기 시작했다. 그리고 생각했다. 분명 그는 시카고로 돌아오는 길이겠지. 안락한 여객선 특실에서 저 멀리 북쪽의 거대한 설국을 지나고 있겠지……. 그곳에는 숲과 호수가 가득하다는, 어디선가 들었던 이야기를 떠올렸다.

10

눈보라가 휘몰아친 다음 날 아침 도시의 거리는 무척 질척거려서 루시는 평소처럼 호숫가를 따라 산책하지 않았다. 새로 산 옷에 흙탕물이 튈까봐 걱정스러웠다. 루시는 곧장 아츠 빌딩으로 향했다. 경비원과 인사를 나누고 한 번 더 엘리베이터에 올라탈 수 있어서 어찌나 기쁘던지!

"그간 제가 안 와서 편안하셨죠, 조지 아저씨? 서배스천 씨는 돌아오셨나요?"

"네, 루시 양. 어제 아침 일찍 돌아오셨어요."

루시는 깜짝 놀랐다. 어제 돌아왔다니? 세상에, 어제 받은 전보에는 오늘 돌아온다고 적혀 있었는데. 아니, 다시 생각해보니 그런 말은 없었다. 분명 세인트폴에서 기차를 타고 출발하기 직전에 전보를 보낸 것이리라. 발송 시간을 정확히 확

● 슈베르트가 1823년에 작곡한 가곡집으로, 총 스무 곡이 포함되어 있다. 집을 떠나 물레방앗간에서 일하게 된 청년이 그 집 딸을 짝사랑하다가 좌절하는 내용이다. 뮐러의 시에 곡을 붙였다.

인하지 않았다. 기분이 묘했다. 서배스천은 어제 이 건물에서 전보를 보냈을지도 몰랐다! 그의 사람 대하는 방식을 궁금해 하다가 어느덧 연습실 문 앞에 도착했다.

서배스천이 문을 열었다. 여느 때처럼 엘크 가죽 신발과 짧은 재킷 차림이었으나 떠나기 전보다 한결 젊고 생기 넘쳤다. 루시가 들어오자 웃음을 터뜨리며 양손을 가볍게 어깨 위에 얹었다.

"루시가 왔네! 한번 봅시다. 말해봐요. 착하게 잘 지내고 있었는지. 새 옷을 사셨군. 그것도 이렇게 예쁜 걸로!"

서배스천의 손에 붙들린 채 현관에 서 있는 루시에게 언뜻 연습실을 가득 채운 싱싱한 꽃향기가 느껴졌다. 음악실 안으로 들어갔더니 원래 난로의 철망 옆에 있던 차탁의 위치가 옮겨져 있었다. 그 위에 놓인 커다란 프림로즈 화병 안에는 크림색 장미, 꽃송이가 무거워 축 처진 아카시아가 빽빽했다. 루시는 탄성을 내질렀고 피아노 쪽으로 가다가 멈춰 서서 꽃을 바라보았다. 지금껏 보았던 그 어떤 것보다 탐스럽고 강렬했다.

"그래, 오랜 친구인 다정한 숙녀께서 어제 시카고에 들렀다가 날 만나고 가셨지요. 오늘 아침 기차 타러 가는 길에 꽃을 사줬어요. 그것도 이렇게 멋진 것으로."

루시가 미모사를 본 적은 꽃집 창문 너머로 엿보았을 때를 제외하면 이번이 처음이었다. 미모사 옆에 오랫동안 머물렀다. 남부의 정원을 통째로 옮겨놓은 듯했다. "분명 애틋한 사이신가봐요." 루시가 중얼거렸다.

서배스천이 미소를 지었다. "아마도. 그리고 그분은 과거를 실제보다 더 애틋하게 기억하고 있을 테지요. 종종 그런 일이 있어요. 그래서 다행이기도 하고!" 서배스천이 루시가 연주할 악보를 피아노에 올려놓았다. "〈아름다운 물레방앗간 아가씨〉로 시작해서 지칠 때까지 계속해봅시다. 오늘 아침에는 연습할 기분이 나는군."

루시는 서배스천의 노래가 그날처럼 아름다운 적이 없었다고 생각했으나 그런 찬사를 입 밖에 내기는 너무 부끄러웠다. 그는 순서대로 노래를 계속하다가 마무리 지었다. 포트와인을 한 병 꺼내 루시와 함께 난롯가에 앉았다. 북부에서 공연할 예정이라고, 자신은 합창단과 공연하기를 좋아한다고 했다.

"사실 그런 걸 싫어하는 가수들도 많죠. 그런데 나는 합창단 사람들이 참 친근하더라고. 마음에 들어요. 특히 노래를 잘하는 사람들이면. 미니애폴리스에서는 소프라노들 실력이 아주 훌륭했어요. 베이스도 마찬가지고. 대부분 독일, 스웨덴 출신이었는데. 합창단 사람들은 음악에서 무언가를 톡톡히 얻어내는 사람들이에요. 그들에게 음악은 삶을 버티게 해주는 동력이지, 그저 대화 소재가 아닌 거야. 배관공이든 양조업자든 은행원이든 재단사든, 노래에서 중한 의미를 발견하지 않았다면 계속하지 못해요. 겨우내 일주일에 하룻밤씩 시간을 내야 하는걸."

바로 그때 와이스본이 전화를 걸어 서배스천은 통화를 하러 갔다. 돌아왔을 때 루시는 또 꽃 위로 몸을 굽히고 있었다. 서배스천은 꽃병을 들고 서서 햇볕 쪽으로 내밀었다.

"그래, 아름답지요? 온갖 것이 떠오르네요. 청춘, 사랑, 희망, 영원할 수 없는 것들." 그는 뒤돌아 난롯가를 향한 채로 선반에 두었던 담배를 집어 들었다.

서배스천이 자기만의 상념에 빠진 듯해 루시는 조심스럽게 현관으로 가서 코트와 모자를 썼다. 인사하러 돌아와보니 그는 여전히 난로 철망 옆에 서서 담배를 피우고 있었는데, 왜인지 오늘은 누군가가 다가오기를 바라는 내색이었다. 그러나 악수할 때 살펴보니 딴생각에 빠진 것 같기도 했다.

"서배스천 씨." 루시가 불현듯 미소를 지으며 물었다. "사랑에 빠져 즐겁지 않으셨나요?"

서배스천은 천천히 고개를 저었다. 눈썹을 찌푸린 채 입은 웃고 있었다. "아, 아, 아니, 그다지." 몸을 돌려 재떨이를 찾으며 장난스럽게 말했다. "왜 묻지요? 루시는 즐거운 사랑에 빠졌나?"

어느덧 문간에 다다른 루시는 손잡이를 쥐었다. 나가고 싶은 마음이 간절했지만, 알 수 없는 마음으로 발걸음을 멈추고 뒤돌아 그를 마주했다. 그러나 그를 바라보지는 않았다.

"네, 즐거워요. 그리고 그 누구도 제 사랑의 즐거움을 망칠 수 없답니다."

루시는 자신의 목소리를 들었다. 제대로 숨을 쉬지 못해 작고 갈라진 목소리였다. 문밖으로 뛰쳐나온 후에는 엘리베이터 버튼을 누르는 대신, 있는 힘껏 뛰어 5층 계단을 내려갔다.

어린 시절 루시는 꾸중을 들었을 때면 자리를 박차고 나가 하염없이 달리고는 했다. 시골길을 따라 플랫강까지, 빠르게 더 빠르게, 아픈 마음을 앞지를 것처럼 달렸다. 그때처럼 있는 힘껏 뛰어 도심을 가로지르는 사이 아껴 입으려던 새 옷에 흙탕물이 잔뜩 튀었다. 루시는 눈물을 흘리며 누가 보든 상관없다고 생각했다. 연습실에는 절대 돌아가지 않을 생각이었다. 감정을 숨길 수 없다면 거리를 두어야만 했다. 그래도 그런 식으로 루시를 놀리다니 매정했다. 서배스천이 그런 식으로 행동하리라고는 단 한 번도 예상한 적 없었다. 그는 부유하고 아름답고 세련된 여자들, 루시가 가지지 못한 모든 것을 가진 여자들을 만나온 남자였다. 자아도취에 빠져 신이 나서는 루시 게이하트를 우습게 여겼다. 사실 루시는 꽃을 보자마자 불편함을 느꼈다. 서배스천에게 금처럼 귀한 장미를 보낼 권리가 있는 미지의 여자를 어렴풋이 질투했던 것이다. 오늘이 오기 전까지 루시는 서배스천이 자신에게 매정할 일은 절대 없으리라 믿었다. 무심할 수는 있어도 매정할 수는 없다고 생각했다. 게다가 서배스천은 착각하고 있었다. 루시는 그에게 그런 식의 애정을 느끼는 것이 아니었다. 그에게서 아무것도 바라지 않았다. 그가 루시에 관해 알아주기를 바라지도 않았다. 그런데 왜 그런 질문을 했을까?

집에 거의 다 왔을 때 루시는 문득 걸음을 멈추고 가만히 서서 강렬한 놀라움이 담긴 얼굴로 질척한 땅을 내려다보았다. 만약 루시가 그의 질문을 오해한 것이라면! 그도 그럴 것이, 그가 루시의 삶에 관해 무엇을 알겠는가? 으레 학생 중에 좋아하는 사람이 있다고 판단했을 터였다. 루시는 예뻤고, 사랑에 빠지는 것이 꽤 자연스러운 나이였다. 아저씨가 그런 식으로 아가씨를 놀리는 것은 칭찬하려는 의도였다. 루시는 어깨의 긴장을 풀고 천천히 걸어갔다.

그렇다면 아무런 문제도 없었다. 아니지, 문간에서 했던 바보스러운 말만 빼면 아무런 문제도 없을 뻔했다. 아, 왜 그런 식으로 상처와 분노를 드러냈을까! 감정을 느끼는 족족 말로 내뱉다가는 언젠가 후회할 일이 생길 거라고, 폴린이 시도 때도 없이 경고했건만.

방으로 돌아온 지 삼십 분도 되지 않았는데 배달부 소년이 전보를 전해주었다. 답신 비용까지 이미 처리되었으니 기다렸다가 받아 가겠다고 했다. 루시는 두려운 마음으로 봉투를 열었다. 서배스천이 보낸 것으로, 콘서트홀에서 5시에 만나 차를 마실 수 있는지 묻고 있었다. "중요한 일"이라고 덧붙였다.

순간 그와 마주하는 장면을 상상하니 도저히 견딜 수 없었다. 다행히도 거절할 명분이 있었다. 루시는 거짓 없는 답신을 보냈다.

"죄송하지만 5시에 아우어바흐 선생님 연습실에서 교습을 해야 합니다."

루시는 서명을 하고 싶지 않았으나 배달부 소년이 꼭 해야 한다고 고집했다. 그가 떠나자 손에 들린 노란 종이를 바라보다가 시선을 돌려 서랍장 위에 놓인 다른 전보를 보았다. 겨우 어제 온 전보였다. 그사이에 도대체 무슨 일이 일어난 것일까? 루시는 생각을 포기했다. 피곤해서 머리가 돌아가지 않았다. 될 대로 되라지. 루시는 드러누워 거의 두 시간을 잤다. 4시가 되어 아우어바흐의 연습실에 가려고 일어났을 때는 평소처럼 기운이 났다.

그날 오후 루시는 학생을 여느 때보다 오래 잡아두었다. 아우어바흐가 문을 빼꼼 열고는 가기 전에 자기 연구실에 들르라고 했다. 그래서 가봤더니 그는 책상 앞에 클레멘트 서배스천을 앉혀두고 대화를 나누고 있었다. 서배스천은 루시가 들어오자 자리에서 일어나 손을 내밀었다. 내일 연습에 관해 얼굴을 보고 이야기하고 싶었다며, 루시에게 전화가 없으니 아우어바흐를 통해 연락하기로 했다는 것이다. "밖에 마차가 기다리니 겸사겸사 집에 데려다주면 되겠군. 가는 길에 이야기하자고요. 이제 이 꼬마 숙녀가 어디 사는지 알게 되겠어, 파울. 주소를 보니까 시카고강 중류에 사는 것 같던데."

함께 마차에 자리 잡은 뒤 서배스천은 즉시 본론으로 들어갔다.

“자, 루시 양. 아침에는 무슨 심정으로 그렇게 휑하니 나가버렸지요? 나이가 들면 으레 젊은 사람에게 그런 말을 하기 마련인데. 고상한 이야기는 아니지만 다들 하는 말이라 익숙하잖아요. 다른 사람은 몰라도 **루시는** 분명 익숙할 텐데! 왜 그렇게 신경질을 냈지?”

루시는 마차의 창밖을 내다보았다. 설명하기 힘들었다.

“모르겠어요, 서배스천 씨. 그렇게 말하고 부끄러웠어요. 서배스천 씨의 말투가 왠지 따갑게 느껴졌던 것 같아요. 깜짝 놀랐어요. 제발 잊어주세요. 매정한 마음으로 하신 말 아니라는 것 알아요.”

“매정? 세상에, 루시! 안 돼. 우리 사이의 신뢰가 그보다는 두터워야지. 우리의 오전 시간에 먹구름이 끼어서는 안 돼. 그럴 여유가 없어요. 떠날 날이 머지않았는데, 그때가 되면 얼마나 안타까울까.”

마차가 모퉁이를 돌자 빵집 창문 너머로 초록 불빛이 보였다. 마차가 바로 멈춰 섰다.

“이곳이 루시 양이 사는 곳이군! 루시가 내 쪽으로 와서 차를 마셔주지 않는다면, 내가 여기로 와서 커피나 한잔하면 되겠어요. 보아하니 아주 근사한 곳 같은데.” 서배스천은 리놀륨이 깔린 목제 층계 밑까지 루시를 바래다주더니 모자를 손에 들고 가만히 서서 미소를 머금은 채 루시의 얼굴을 내려다보았다. 서배스천의 눈에는 루시가 그날 아침에 알아본 새로운 생기가 그대로 남아 있었다. "그러면 내일 보는 거죠? 내일은 부엉이처럼 진지해지도록 하지. 루시에게는 농담 금지!"

다음 날 아침 현관문을 열어준 것은 주세페였다. 활짝 웃으며 속사포처럼 수다를 늘어놓았다. 이제 루시는 주세페가 무슨 말을 하는지 제법 이해할 수 있었다. 언젠가 서배스천이 이탈리아어 문법을 가르쳐주며 최대한 알아들어보라고 일렀던 것이다. 주세페의 이야기에 따르면 서배스천은 몸이 안 좋은 커닝엄 씨를 만나러 위층에 올라갔는데 금방 돌아올 터였다. 그때까지 루시는 앉아서 몸을 녹이면 됐다. 주세페는 무릎을 꿇고 앉아 난롯불에 바람을 불기 시작했다. 그러고는 잠시 멈추었던 먼지 털기를 이어가며, 어린 나이에 서배스천 같은 위대한 예술가와 일하는 루시에게 참 운이 좋다고 말했다. 세상에 교육만큼 중요한 것은 없다고, 만약 자기 아버지가 학교에 보내줬다면 '파레 일 카메리에레'• 하지는 않았으리라고 했다. 루시는 처음으로 그런 생각을 했다. 항상 미소를 머금은 이 작은 남자에게도 회한이 있을지 모른다고. 다만 이렇게나 속이 깊은 사람이라면, 혹시 어제 두 사람의 어긋남을 알아채지는 않았을까?

• '집사 일'이라는 뜻의 이탈리아어.

11

2월이 얼마 남지 않은 일요일 오후, 루시는 방에 앉아 창문과 맞붙은 이웃 건물의 뒷면을 내다보았다. 무늬 없이 회색으로 칠한 벽돌 벽이었다. 일주일 중 유일하게 일요일에는 가만히 생각에 몰두할 여유가 있었다. 토요일에는 온종일 교습을 했으나 일요일에는 일정이 없었다.

그날 아침 루시는 한 달, 아니 두 달이 쏜살같이 흘러갔구나 싶어 어안이 벙벙했다. 그간의 삶은 사뭇 기이했다. 일주일 중 닷새, 두 시간 동안 세상과 단절된 채 서배스천과 함께했다. 안개로 둘러싸인 산속의 외딴 언덕에 단둘이 있는 것 같았다. 주세페 외에는 그 누구도 보이지 않았고, 그 어떤 목소리도 들리지 않았다. 저 아래 도시의 풍경은 희미했다. 그러다가 11시 30분이 되면 도시가 손가락을 들고 찌르기 시작했다. 전화가 울렸고, 서배스천이 남은 하루와 저녁을 준비하는 통화 소리가 들렸다. 12시쯤 되면 루시는 엘리베이터에 올라타 다시 지상의 시카고로 내려갔다.

모두가 날씨를 두고 불평했으나 루시에게는 완벽했다. 어두컴컴하고 비바람이 휘날리는 아침이면 곧 다가올 따뜻하고 조용한 시간이 한층 아름다울 것만 같아 그쪽을 향해 발걸음을 재촉할 수 있었다. 진눈깨비와 눈을 뚫고 도시를 가로지르는 루시에게 더러운 거리는 항상 빛깔이 바뀌는 잿빛 절벽 사이의 좁은 강 같았고, 자기 자신은 물살에 떠밀리는 나뭇가지나 나뭇잎 같았다. 연습실에 도착하면 그런 흥분과 열성은 사라졌다. 신나게 춤을 추다가 멈춘 듯 마음이 가라앉았다. 거대한 자연의 힘 같은 것이 루시를 다잡았다. 세상 만물이 순리대로 흘러가기 시작했으며 사소하고 성가신 것들은 시야 밖으로 밀려났다. 생은 단순하고 고귀한 것으로 거듭났다. 아무렴, 생은 즐거운 것이었다. 서배스천이 종종 부르는 슈베르트의 〈송어〉•처럼 세월과 변화에 마모되지 않는 즐거운 것이었다.

루시는 회색 외벽을 따라 흐르는 빗줄기에서 시선을 거두고 낡은 피아노 앞에 앉아 〈송어〉를 연주하고 또 연주했다. 더욱 강렬하게 서배스천의 존재를 환기하는 곡들이 있었지만, 이 곡은 연습실을, 그곳에서 두 사람이 함께 보내는 시간을 닮아 있었다. 세상 그 어느 곳에 있든 이 곡을 듣는 순간 자리에서 붕 떠올라 연습실에 착륙하게 될 것만 같았다. 커다란 창문 두 개 사이에 피아노가 놓인 그곳, 등 뒤에 난롯불이 타오르고 앞에는 호수의 풍경이 펼쳐지는 가운데 그가 이쪽 저쪽으로 무심하게 걸어 다니며 노래를 부르는 그곳에.

• 슈베르트가 1817년에 다니엘 슈바르트(1739~1791)의 시를 가사 삼아 작곡한 가곡. 맑은 물에서는 잡히지 않던 송어가 흙탕물에서 잡히자 속상해하는 내용이다.

그날, 출장 공연이 없어서 시카고의 연습실에 남아 있던 서배스천은 힘든 하루를 보내고 있었다. 잔혹한 건물 위로 잔혹한 비가 내리는 하루 내내 조금씩 절망이 차올랐다.

조간신문을 펼쳤다가 제네바에서 보낸 특전을 읽고 오랜 학창 시절의 친구가 사부아에 있는 요양원에서 죽었다는 사실을 알게 되었다. 서배스천은 래리 맥가윈이 아픈 것조차 몰랐다. 지난 몇 년간 두 사람은 사이가 소원했다. 하지만 새카만 글씨의 기사 제목에 눈길이 닿자마자 냉랭했던 마음은 온데간데없이 사라졌다. 열렬하고 넉넉한 청춘의 우정, 함께 보낸 학창 시절만이 현실로 남았다. 그도 그럴 것이, 그에게 학창 시절은 어제처럼 생생했다. 그는 누군가가 옆에서 자고 있는 듯 가만히 신문을 내려놓았다. 자신의 부고를 읽은 것 같았다. 같았다고? 그것은 자신의 부고였다. 사망 선고는 두 사람, 두 사람의 전성기에 내려진 것이었다.

서배스천은 친구의 부고 앞에서 자신의 젊음이 조금도 되돌릴 수 없이 영영 사라졌음을 그 어느 때보다 절절하게 인정할 수밖에 없었다. 그 전까지는 젊음을 되찾을 수 있으리라고 막연하게나마 믿었다. 지금은 무기력과 환멸의 시절이지만 전부 일시적인 것이라고, 전에 느끼던 생을 향한 뜨거운 마음이 돌아오리라고 믿었다. 모퉁이만 돌면 죽었던 것이 되살아나리라. 어느 날 아침, 잠에서 깨면 과거의 자신으로서 잠자리를 박차고 일어날 수 있으리라. 이제 그는 지나간 청춘에 관한 세간의 이야기가 그냥 하는 말이 아니라는 사실을 알았다. 그가 찾던 것은 휘발 물질처럼 공기 중으로 날아가버렸고, 눈앞에는 텅 빈 단지만 놓여 있었다. 공허, 그가 느끼는 감정은 바로 그것이었다. 연습실에 있는 사물들이 그에게서 멀리 물러나 전보다 냉담한 시선으로 서로를 바라보는 듯했다. 맥가윈은 이 모든 것에서 벗어났다. 잿빛 하늘, 내리는 비, 식어버린 애정으로부터. 문득 이 공간, 이 도시, 이 나라가 전부 생경하고 적대적으로 느껴졌다.

과거의 뚜껑을 열었더니 온갖 기억이 되살아났다. 모든 것이 잘못된 듯했다. 지금 돌아보니 인생이 엉망진창이었다. 오십이 다 되어가는 나이에 보금자리라고 부를 나라도 집도 가족도 없고, 곧 친구도 다 없어질 터였다. 이런 꼴이 되었으니 직업적 성공을 거두었다 한들 자축하기 힘들었다. 그에게는 인간이 맺을 수 있는 가장 깊은 관계, 이 세상, 한 고장, 한 핏줄과 맺은 관계가 없었다. 그는 알고 있었다. 그런 관계는 찾아서 구할 수 있는 것이 아니었다. 오랫동안 마음을 쏟으면 부지불식간에 다져지는 것이었다. 실로 생활 방식이어야만 했다. 그것이 정확히 무엇이든 그에게는 없었고, 그는 그런 관계야말로 인간이 누릴 수 있는 가장 만족스러운 것이라고 믿기 시작했다. 우정? 래리는 가장 아끼던 친구였다. 여성과의 사랑? 그 영역에서는 달콤하게 추억할 만한 것이 거의 없었다. 그는 사랑하는 여자와 결혼했고, 그들은 몇 년간 행복했다. 이제는 부부 모두가 둘 사이에 대서양을 두고 있어야 마음이 편했다. 부부 사이가 멀어진 원인은 예술가와 그의 아내 사이에 일어날 법한 평범한 사건이 아니었다. 질투가 원인이라고 할 수도 있겠으나 예사로운 질투는 아니었다.

두 사람은 아이가 없었으므로 서배스천은 영리한 남자아이를 데려와 키우기로 했다. 입양할 당시에는 사실상 어린이였고, 집도 부모도 없었다. 오페라 코미크에서 노래하던 부부가 남긴 고아였다. 심성이 착했으며 마음을 다해 서배스천 부인을 좋아했다. 하지만 부인은 아이를 싫어해 가혹하게 대했다. 예민한 아이인 데다가 부인을 너무나도 좋아했기에 부인의 딱딱한 태도는 잔인할 지경이었다. 1년 반쯤 지나자 더는 견딜 수 없던 서배스천이 좋은 학교를 골라 마리위스를 보내버렸다. 하지만 상황은 나아지지 않았다. 전에는 짐작조차 하지 못했던 아내의 성정을 목격한 뒤였으니까. 아내를 향한 감정이 변해버렸다. 아내는 남편의 변화를 감지하고 앙심을 품었다. 서배스천은 아이가 보고 싶어서 파리에 들러 만나고는 했다. 아내는 이것조차 못마땅하게 여겼다. 서배스천은 태어난 곳인 시카고로 돌아왔으나 열여덟 살에 떠난 뒤로 삶의 대부분을 해외에서 보낸 후라 고향이 낯설었다.

서배스천이 난롯가에 앉아 있는 것도 벌써 몇 시간째였다. 목이 깔깔할 때까지 담배를 피웠고, 마음으로 세상 이곳저곳을 방황했다. 과거의 기억을 바닥까지 긁어보았으나 감미로운 추억은 없었다. 그의 영혼은 편안한 자세를 취하지 못했다. 맥베스•가 한 말이 떠올랐다. **아, 마음속에 전갈이 우글거려요, 여보!** 더럽혀지지 않은 아름다운 추억이 정녕 단 하나도 없단 말인가? 지금 이 세상에 그가 코에 대고 싱그러운 향기를 맡을 꽃 한 송이, 어린 꽃가지 하나 없단 말인가? 그의 시선이 이쪽저쪽으로 방황하다가 피아노에 머물렀다. 어쩌면 있을지도 모른다!

서배스천은 자리에서 일어나 창문을 활짝 열고 목에 스카프를 감았다. 바람이 담배 연기를 몰아내는 동안 여기저기로 걸어 다녔다. 그는 루시 생각을 했다. 그날 아침 루시가 한 시간이라도 옆에 있었다면 기분이 그렇게 울적하지는 않았을 테다. 자신에게 빠진 어린 아가씨에게 연민을 구하는 것은 위험한 행동이었지만 루시는 달랐다. 그는 이쪽저쪽으로 서성이며 루시의 마음은 사뭇 다르다고, 지금껏 마주쳤던 수많은 위장된 감정이 아니라고 되뇌었다. 그 자체로 완전해 상대에게서 무언가를 취할 필요가 없는 감정이었다. 평소 루시는 너무나도 진중해서 때때로 남자아이처럼 느껴졌다. 루시의 감정은 청춘의 뜨거운 열정이라기보다는 기사의 충성심과 비슷했다. 젊은 사람들이 허영심 때문에 저지르는 무분별하고

• 윌리엄 셰익스피어(1564~1616)의 4대 비극 중 〈맥베스〉의 동명 주인공. 왕이 된다는 예언을 듣고 살인을 저지른 끝에 파멸에 이른다.

나약한 배신 따위는 절대 저지르지 않을 터였다. 서배스천의 이름을 들먹여 이득을 취하는 일도 결코 없을 터였다. 악의 없이, 가령 다른 학생들 앞에서 자신을 더 대단한 사람처럼 부풀리려고 서배스천을 이용하는 일도 없을 것 같았다. 위험한 세상에서 자리 잡고 자기 밥벌이를 하려고 애쓰는 청년이 그런 성정을 지니다니 대단한 일이었다. 서배스천은 성별을 막론하고 루시처럼 눈부신 영혼을 지닌 사람을 단 한 번도 만난 적 없었다. 루시가 그에게 잠깐 수줍은 시선을 던질 때면 눈 속에서 금빛이 번쩍였고, 그는 그 안에서 헌신을, 불꽃처럼 번득이는 상상력을 포착했다. 하지만 유혹하거나 호소하는 기색은 없었다. 루시는 그의 옆에서 은근히 무언가를 요구함으로써 관계에 검은 그림자를 드리우지 않았다. 그와는 정반대로, 관계를 통해 이익 보는 것을 경멸하는 정신이 느껴졌다.

불현듯 사위가 싸늘하게 느껴졌다. 시계를 보니 5시였다. 한 시간 가까이 서 있던 셈이었다. 음악실의 공기가 상쾌했다. 그의 내면도 상쾌했다. 가슴의 답답함도, 혀끝의 씁쓸함도 사라지고 없었다. 창문을 닫고 침실로 가서 옷을 갈아입었다. 십오 분 후에는 디너 재킷 차림으로 방에서 나와 외투를 입었다. 1층으로 내려가 가장 먼저 눈에 띈 마차에 올라탄 뒤 운전사에게 루시의 주소를 알려주었다.

빵집 앞에 도착해 마차에서 내린 뒤 운전사에게 기다리라고 일렀다. 루시가 이미 저녁을 먹으러 내려와 있을지도 모른다는 생각에 식당부터 쓱 둘러보았다. 그러고는 3층까지 올라갔다. 어느 문을 두드려야 할지 몰랐으나 어딘가에서 음질이 형편없는 피아노 소리가 들렸다. 〈송어〉였다. 그는 미소 지었고, 루시가 연주를 끝냈을 때 조심스럽게 문을 두드렸다.

"누구세요?"

"서배스천입니다, 게이하트 양. 잠시 이야기 좀 할 수 있을까요?"

루시는 낙담한 눈으로 방을 둘러보았다. 날이 저물었으니 잘 안 보이겠지. 잠옷 가운을 잘 여미고 문을 빼꼼 열었다.

"일요일에는 괴롭히면 안 되는데 말이지? 그렇지만 다른 약속이 없다면 오늘 밤에 나랑 나가서 저녁이나 먹을까요? 기분이 울적해서 혼자 식사하기가 싫네."

"이런, 그럼요, 서배스천 씨. 옷을 갈아입어야 하는데, 금방 할 수 있어요."

"서두르지 말아요. 평소 속도대로 느긋하게 입어요. 아직 때도 이른걸. 나는 내려가 마차에서 기다리겠어요. 그리고 빵집에서 빵을 하나 사야겠네요. 그래야 주인께서 루시가 고루하고 예의 바른 사람과 외출한다는 걸 아실 테니까."

루시는 문을 닫고 가스등을 켰다. 입을 만한 이브닝드레스라고는 서배스천의 공연을 보러 갈 때마다 입었던 검은색 레이스 드레스 한 벌밖에 없었다. 하지만 그가 차림새 근사한 여자와 저녁을 먹고 싶었다면 같이 가자고 제안할 여자가 수도 없이 많았으리라, 루시는 자신을 다독였다. 루시에게 입을 옷이 없다는 것은 분명 공공연한 사실일 테고, 그가 개의치 않는다면 루시도 상관없었다. 그러나 서배스천과 외출할 것을 알았다면 거금이 들더라도 새 옷을 샀을 것이다.

서배스천과 함께 호텔 식당에 들어선 루시는 한가한 실내를 보고 기뻤다. 그가 바글바글한 세련된 사람들 사이로 초라한 여자아이와 걸어갈 필요는 없을 테니까. 수프를 주문하고 기다리는데 서배스천이 처음으로 미소를 지었다.

"나 때문에 놀랐겠군요. 초대도 안 받고 그렇게 불쑥 나타났으니. 난 오늘 하루 종일 연습실에 콕 박혀 있었어요. 혹시 조간신문에서 그 기사 봤나요? 어제 래리 맥가원이 사부아에 있는 요양원에서 죽었다는 기사. 오래전에 우리는 세상에서 가장 친한 친구였어요. 같이 음악 공부를 했지요."

루시는 마담 드 비농의 장례식에 다녀왔던 날을 떠올렸다. 그러나 서배스천에게 슬픈 일이 생겨 마음이 안 좋다고 중얼거린 것이 고작이었다.

"나도 마음이 안 좋은데, 엉뚱하게 안 좋아요. 나 자신이 불쌍한 거야. 옛날에 그런 참혹한 소식을 들었다면 드러누워 어린애처럼 울었겠지. 그런데 우정이란 게 영원하지 못해. 이래서 인생이 고달픈 겁니다. 젊은이들은 절대 모를 거예요."

수프와 와인을 가져온 웨이터가 식탁을 떠나자 서배스천이 이야기를 계속했다.

“별다른 이유도 없이 사이가 멀어졌어요. 5년 전에 내가 프랑스에 있을 때 찾아왔거든요. 아내랑 나는 샹티이에 마련한 자그마한 집을 단장하는 중이었고, 새로 꾸민 곳이 참 흡족했어요. 래리가 온다고 해서 잔뜩 기대했는데 영 기대 같지 않더라고. 우리 집도, 직원들도, 친구도, 그 어느 것도 좋아하지 않던걸. 싫은 마음을 그대로 표현하는 바람에 실망스러웠고 언짢았어요. 작별할 때도 냉랭했지요. 이미 그때부터 몸이 안 좋았던 게 분명해. 사사건건 까탈스럽게 굴고, 상처 주는 날카로운 지적을 많이 했어요.”

“그리고 한 번도 안 만나셨어요?”

“한 번도. 이런저런 일들에 치이는 바람에. 편지 몇 통 주고받기는 했지만, 아무런 의미도 없는 편지였어요. 기사를 보니 래리가 죽은 요양원은 살랑슈의 산속에 있다지. 우리가 20대 초반 여름에 걸어서 여행을 다녀온 곳이 바로 거기예요. 아파서 누워 있으면서 분명 그 시절을 떠올리지 않았을까. 그때 우리는 언덕에 누워서 배낭을 머리에 벤 채 몇 시간이고 그 산을 올려다봤지요. 매일 새벽같이 일어나서 해가 뜨기 전 발코니로 나갔고, 산봉우리의 빛깔이 달라지는 광경을 바라보며 좋은 아침이라고 서로 인사했어요. 왜 더는 나를 만나고 싶어 하지 않았을까, 자꾸 궁금해지네. 왜 지난여름에 나를 부르지 않았을까?”

서배스천은 와인을 많이 마셨고, 자기 삶에 관해 그 어느 때보다 많이 이야기했다. 듣자 하니 유학 생활을 위해 난생처음 시카고를 떠나는 기차에 탔다가 래리 맥가윈을 만났다. 맥가윈 역시 유학 생활을 앞두고 있었고, 게다가 같은 선생 밑에서 공부할 예정이라는 것을 곧 알게 되었다. 셰르부르에 도착했을 때 두 사람은 이미 친구 사이였다. 파리에서 함께 연습실을 구했고 같은 숙소에 묵었다.

서배스천은 오랫동안 느긋하게 저녁을 먹었다. 둘은 식당이 텅 비었을 때쯤 비로소 자리에서 일어나 마차를 타고 루시네 동네로 갔다. 서배스천은 고마운 마음에 루시의 팔짱을 끼고 손을 꼭 붙들었다. "이렇게 멋진 밤을 선물해주다니 정말 다정하군요, 루시. 이야기 상대가 필요했는데, 그게 루시였으면 좋겠다고 생각했지요. 다른 사람 말고."

루시가 서배스천 쪽으로 고개를 홱 돌리고는 그의 옷소매를 잡았다. "아아, 서배스천 씨, 평생 그 어떤 슬픔도 겪지 않으시면 좋겠건만! 저는 서배스천 씨를 생각하면 행복해져요. 그리고 저 같은 사람이 많거든요. 다들 갖고 싶어서 애쓰는 걸 전부 가지셨잖아요. 그걸 귀하게 생각할 줄 모르시나봐요. 정말 모르세요!" 루시는 자신이 바보 같은 이야기를 하고 있다는 사실을 깨닫고 입을 다물었다.

서배스천은 루시의 이야기가 아닌 따뜻하고 앳된 목소리에 밀려드는 감정에 귀 기울였다. 루시처럼 진실의 울림이 있는 목소리를 정확히 정의하기란 불가능하다고, 그런 목소리를 오해하는 것도 불가능하다고 서배스천은 생각했다. 옷소매를 붙잡은 루시의 손을 양손으로 감쌌다. "내가 슬퍼 보이나요, 루시? 모두가 실망을 안고 살아가지요. 여기서 난 때때로 외롭답니다. 우리가 함께 연습하는 오전에는 외롭지 않아요. 그때는 기분이 좋아. 말하니 생각났는데, 내일 오전에는 와이스본과 할 일이 있답니다. 5시에 와서 같이 차나 마시면 어떨까요? 난 그러면 좋겠는데."

마차가 모퉁이를 돌았고, 빵집의 푸르스름한 흰 조명이 나타났다. 서배스천은 루시를 계단 밑까지 바래다주었다. "기억해요." 서배스천이 말했다. "내일은 쉬는 날이에요. 늦잠 푹 자고 아주 좋은 꿈을 꿔요. 우리가 스무 살 동갑내기로서 같이 프랑스 알프스산맥으로 도보 여행을 떠나는 꿈을 꿔도 좋겠네. 그러면 내가 동이 틀 때 발코니로 나가 루시를 부르지요!"

12

다음 날 오후 루시는 천천히 미시간 애비뉴를 향해 걸었다. 그날만큼 이 도시가 사랑스러운 적이 없었다. 시카고는 자신이 원하는 것에 젊음을 바치고, 자신이 원하는 비밀을 갖고, 자신이 우러러보고 싶은 대상을 골라 자신만의 방식으로 충성을 다할 수 있는 자유를 주었다. 간밤에 내린 비가 공기 중에 쌉싸름한 봄의 향기를 남겼다. 오늘 거리에 울려 퍼지고 머리 위에서 윙윙거리는 도시의 소음은 왠지 애처로운 분위기가 감도는 것이 꼭 구슬픈 아코디언 음악 같았다. 상점 창문 너머로 보이는 온갖 어여쁜 것들, 모피와 보석, 장미와 난초 옆을 지날 때마다 전부 자기 것인 듯 느껴졌다. 물론 포장해서 집으로 가져올 수는 없었다. 둘 공간도 없잖은가? 다만 그 가운데서 함께 살아갈 수 있었다.

마침내 5시가 되고 황혼의 잿빛도 사라지자 루시는 아츠 빌딩을 향해 걷기 시작했다. 엘리베이터를 타고 올라가는데 덜컥 겁이 나기에 아예 생각을 안 하기로 했다. 놋쇠 문고리를 들어 올리는데 서배스천이 문을 열었다. 루시가 인사를 건네고 모자와 외투를 벗기도 전에 와락 껴안았다.

두 사람은 어두침침하고 비좁은 현관에서 외투와 지팡이에 둘러싸인 채로 오랫동안 서로를 끌어안고 서 있었다. 루시는 자기 마음속에 있는 모든 것을 내주는 기분이었다. 더는 숨길 것이 없었다. 서배스천의 부드럽고 깊은 호흡 속으로 오롯이 빨려 들어가는 기분이었다. 루시의 소심, 불안, 혼란은 전부 흩어졌다. 무언가 아름답고 고요한 것이 서배스천의 마음에서 루시의 마음으로 흘러들었다. 지혜와 슬픔이었다. 루시의 비밀을 알아챈 서배스천이 보답으로 자신의 비밀을, 자신이 삶을 포기했다는 사실을 고백했다. 이제 그 누구도 서배스천과 삶을 나눌 수 없을 것이다. 하지만 그에게는 인간이 오래도록 품어온 아름다운 꿈을 향한 맑은 믿음이 있었다. 그것을 루시에게 가르쳐주고 루시와 나눌 생각이었다. 두 사람은 아무런 말 없이 함께 음악실로 들어섰다.

난로 앞에 차가 준비되어 있었다. 주전자에 있던 물이 끓다가 전부 증발해서 서배스천은 루시를 혼자 두고 물을 채우러 갔다. 루시는 좀처럼 음악실 안으로 들어갈 수 없었다. 책장과 피아노가 저 멀리 손이 닿지 않는 곳에 있는 듯했다. 루시 자신도 저 멀리에 있는 듯했다. 머지않아 모든 것이 사라질 것만 같았다. 이제 서배스천도 루시의 속마음을 아는 만큼 해고가 불가피하다고 생각할지도 몰랐다. 말 한마디면 그곳에서 루시의 존재는 완전히 지워질 터였다.

서배스천이 돌아와 앞에 섰으나 루시는 자기 이름이 들릴 때까지 차마 고개를 들 수 없었다.

"겁내지 말아요, 루시. 루시와 사랑을 나눌 생각은 없으니까. 내가 루시를 사랑하는 건 사실이지만." 서배스천은 루시의 의자 팔걸이에 걸터앉았다. "왜 내 앞에서 그렇게 웅숭그리고 있지요? 쪼그만 손이 너무 차갑네. 뭐가 두려운 건가요?"

"모르겠어요. 모든 게 변해버릴 것 같아서 두려워요. 이제 오지 말라고, 반주 일은 그만두라고 하실 것 같고요. 저를 자르지 마세요. 귀찮게 하지 않을게요."

"자른다고? 난 그렇게 이타적인 사람이 아닌데. 그게 옳은 결정일지도 모르겠군. 하지만 루시는 정말 사랑에 빠진 게 아니에요. 잘 알고 있겠지만 난 아버지뻘이니까. 전부 자라나는 과정이에요. 인생을 알아가는 과정이고. 아마 난 젊음의 싱그러움에 빠진 거겠지. 하지만 지금은 루시의 모든 걸 사랑한다고 믿고 있어요, 루시. 전에 이곳의 아침은 지루하고 숨 막혔어요. 그런데 루시 덕분에 감미로워졌지. 창가에 서서 루시를 기다리기 시작했고, 바람을 맞으며 총총 걸어오는 모습이 보이면 마음이 가벼워졌어요. 나는 청춘의 열정을, 청춘의 불꽃 같은 마음을 사랑해요. 한때 우리 집에서 착한 남자아이를 맡아 길렀어요. 먼 학교에 보내야 했지만. 루시 덕분에 내 삶이 얼마나 달라졌는지 몰라! 루시가 문을 두드리면 꼭 봄이 찾아온 것만 같았어요. 루시에게는 모든 것이 새롭고 굉장하겠다고 생각하니 일하러 갈 때도 한결 기운이 나던걸."

루시는 기쁨의 눈물을 감추기 위해 서배스천의 어깨에 얼굴을 묻었다. 서배스천이 자신에게서 무언가를 얻었다는 말을 듣게 되다니! 조금 전까지만 해도 그런 것을 바라는 자기 자신이 세상의 모든 꿈 중에서도 가장 허무맹랑한 꿈을 꾸고 있는 것이라고 생각했고, 이런 자신이 너무나도 바보 같아 혼자서 부끄러워하고 있었다. 그렇게 가만히 앉아 있으니 루시는 다시금 서배스천의 호흡 속으로, 심장박동 속으로 흘러드는 느낌이었다. 이것이 영원할 수 없으리라는 사실을 알았다. 곧 마음을 가다듬고 평정을 되찾아야 할 터였다. 하지만 루시가 아는 또 하나의 사실이 있었다. 이것이 한평생 끝나지 않으리라는 것.

누군가가 가볍게 문을 두드렸다. 익숙한 소리였다. 루시는 물러나 난롯가로 갔다. 주세페는 자기 열쇠로 들어오기 전에 항상 그렇게 문을 두드렸다. 문틈으로 고개를 들이밀고 옷 갈아입을 준비가 되었는지 물었다.

서배스천은 들어오라고 대답하고는 잽싸게 옷을 꺼내놓았다. "저녁 약속이 있어서요, 루시. 가는 길에 데려다주지요. 잠깐 여기서 기다려요. 오래 걸리지 않으니까."

서배스천은 주세페와 함께 사라졌고, 루시는 의자에 다시 앉았다. 손을 벌려 무릎 위에 얹은 채로 옴짝달싹하지 않고 가만히 앉아 거리에서 들려오는 희미한 소음에 귀를 기울였다.

이십 분 후 서배스천이 디너 코트를 입고 나타났다. "이렇게 빨리 옷 갈아입을 수 있어요, 루시?" 그가 난로 앞에 서서 흰 장갑을 끼고 있는데, 누군가가 문에 열쇠를 넣었다. 문을 열고 안으로 들어온 사람은 역시 디너 코트 차림의 제임스 목퍼드였다. 실크 모자를 뒤로 젖혀 쓰고 손에는 지팡이를 들고 있었다. 루시를 보더니 모자를 벗고 고개를 숙였다.

"들어와, 지미! 어디 있다 온 거지?" 서배스천이 쾌활하게 외쳤다. 목퍼드는 이미 안에 있으니 들어오라고 말할 필요가 없다고, 루시는 생각했다. 그의 등장에는 어딘가 무례한 구석이 있었다.

"숙소에 있다 왔지. 친구들과 저녁 약속이 있어. 마차 좀 태워달라고 부탁할까 싶은데."

서배스천은 목퍼드의 뻔뻔한 부탁이 재미있다는 듯 웃음을 터뜨렸다. "미안하지만, 오늘 마차 비용은 알아서 해결해야겠는걸. 게이하트 양을 집에 데려다줘야 하거든. 여기서 기다리겠다면 되돌아올 수도 있겠지만."

"고마워. 그럼 기다리지." 목퍼드는 외투와 모자를 피아노 위에 올려놓더니 절뚝거리며 차탁 쪽으로 가서 차와 함께 곁들이라고 마련해둔 샌드위치를 먹기 시작했다. 사용하지 않은 찻잔 두 개를 들여다보더니 콧잔등을 찌푸렸다. 루시는 놀라서 그를 바라보았다. 어떻게 그렇게 새하얗지, 밤마다 얼굴에 하얀 화장품이나 액체 파우더 따위를 바르는 것일까. 그는 샌드위치 접시 위로 서배스천을 흘끗 바라보았다.

"훈장을 달았네?"

"벨기에 공사관을 위한 자리거든."

이번에는 서배스천의 목소리가 조금 냉랭하다고 루시는 느꼈다. 옷깃을 보니 작은 보라색 매듭이 달려 있었다. 주세페가 서배스천의 외투를 가져왔다.

목퍼드는 샌드위치를 다 먹고 손가락을 닦았다.

"얼마나 걸리지?"

"아, 이십 분이면 충분할 거야."

"도착하면 경비원을 올려 보내겠어? 약한 다리로 미리 내려가 서 있고 싶지 않아서. 그럼 좋은 밤 보내시길, 게이하트 양." 루시가 자리에서 일어서자 목퍼드는 엉거주춤 일어섰다가 곧장 다시 앉았다. 연습실을 나서는 길에 살펴보았더니 가장 푹신한 의자에 몸을 쭉 뻗고 앉아 소파에 불편한 발을 올린 채로 느슨하게 담배를 물고 있었다.

"목퍼드 때문에 기분 거슬리면 안 돼요." 서배스천이 뒤따라 마차에 타서 문을 닫으며 루시에게 말했다. 루시가 항의하려 하자 팔을 부드럽게 쓰다듬었다. "아아, 우리 루시. 무슨 생각을 하는지 얼굴에 다 쓰여 있다니까! 속내를 숨기는 재주는 없나봐. 지미는 가끔 경박할 때가 있지요. 어렸을 때 제대로 교육받지 못했거든. 사실 빈민가 출신이에요. 아내가 소개해주었지요. 장인어른의 친구가 이 별나고 엉큼한 인재를 발굴했거든요. 천성이 나쁜 사람은 아닌데, 건강이 좋지 않아요. 그래서 짜증이 많고. 요즘은 나랑 전쟁 중이지. 자기 권리를 위해서라나. 어울리는 패거리가 옆에서 바람을 넣은 게야. 연주회 책자에 자기를 찬조 피아니스트라고 써야 한다는 거예요. 반주자가 아니라. 내가 싫다고 했더니 삐졌어요."

루시는 하고 싶은 말이 많았으나 실제로 입 밖에 낸 것은 고작 질문 하나였다. "그렇다면, 전반적으로 목퍼드 씨가 충심 있는 사람이라고 생각하세요?"

서배스천이 웃음을 터뜨렸다. "충심? 반주자가 그 정도면 충심 있는 편이겠지. 너무 많은 걸 기대하면 안 되거든!"

13

전에 루시는 생일이 3월인 것이 싫었다. 시카고에서 3월은 한 해 중 가장 날씨가 끔찍했다. 그리고 고향인 해버퍼드에서도 3월은 항상 칙칙했다. 플랫강의 얼음이 다 녹아 사라졌거나 상태가 엉망이라 스케이트를 탈 수 없었다. 바람이 끊이지 않았으며 대기에는 경작 중인 논밭이나 강둑의 모래 먼지가 가득했다. 하지만 올해 3월은 루시 인생에서 최고의 한 달이었다.

서배스천은 4월에 진행할 동부 순회공연에서 무슨 곡을 부를지 정하는 중이라 매일 오전의 연습이 하나같이 중했다. 이제 연습실은 전보다 활기찬 생활공간이 되었다. 그는 루시가 좋아하는 모습을 본 후로 꽃이며 식물을 잔뜩 가져다놓았다. 현관문을 열고 루시를 맞이할 때마다 입을 맞추었다. 그 접촉, 장난스러울 때도 있으나 결코 서두름 없는 접촉으로 두 사람은 완전한 이해에 다다르는 듯했다. 소리마다 침묵마다 아름다운 친밀감과 신뢰가 깃들어 있었다. 연습실에서 호흡하는 공기는 다른 곳과 달랐다. 루시는 그곳이 빛깔조차 특별하다고 생각했다. 바깥세상에는 땅 위로 갈색 안개와 매연이 뭉글거렸으나 안에는 부드러운 금빛이 감돌았다. 날씨는 줄곧 좋지 않았다. 호숫가에는 얼음이 녹고 짓이겨져 층층이 쌓여가고 도시 위로 비와 물기 많은 눈이 퍼부었으며 강풍이 우산을 망가뜨리고 거리로 날려버렸다. 그러나 일단 아츠 빌딩에 도착하면 엘리베이터에 안겨 온화한 기후로 날아오를 수 있었다.

매일 밤 적막 속에 혼자 있을 때, 그때 루시는 가장 큰 행복을 느꼈다. 하루가 다 지난 후에! 왜 그런 것일까, 그는 알지 못했다. 어둠 속에서 그날 오전을 이루는 순간순간을 전부 곱씹었다. 그 어떤 것도 잊지 않았다. 노래 한 소절도, 서배스천의 얼굴에 떠오른 표정이나 손짓 하나도 잊지 않았다. 조용한 밤에는 생각할 시간이 충분했고, 1월 4일 이후의 몇 주가 그 전까지 살아온 21년보다 더 풍요로웠다는 사실을 깨달았다. 생은 숫자로 셈할 수 있는 것이 아닌 듯했다.

그렇다고 과거의 삶이 불행했다는 뜻은 아니었다. 처음 시카고에 온 뒤로 줄곧 행복했다. 작은 마을을 벗어나 도시에서 살게 된 것, 파울 아우어바흐처럼 친절하고 성실한 사람에게 가르침을 받게 된 것이 행운이라고 생각했다. 하지만 그 시절은 아득한 과거였다. 처음 클레멘트 서배스천의 목소리를 들었던 밤 새로운 삶이 시작되었다. 그 전까지 루시의 손에 들려 있던 것들은 전부 하찮고 허무맹랑했다.

그때부터는 생각도, 행동도, 심지어 외모까지도 너무나 달라져 자기 자신을 몰라볼 지경이었다. 다만 변화를 통해 자기 자신에게 더욱 충실해지고 있었다. 이제는 무엇이든 지나치게 좋아하거나 싫어하는 것이 두렵지 않았다. 자기 것을 취하고 중요하지 않은 것을 거부할 힘을 찾아낸 듯했다.

어느 날 아침 서배스천이 오래된 영어 가곡 〈여인은 자기 사랑을 고백하지 않았네〉•를 부르기 시작했다. 미소를 머금고 이리저리 걸어 다니며 몇 번을 반복해서 불렀다. **하지만 숨겨놓은 속마음이, 꽃봉오리 안의 벌레처럼, 당신의 장밋빛 뺨을 갉아먹네.**

서배스천은 피아노 옆에 멈춰 서서 몸을 굽히고 루시의 얼굴을 가까이서 바라보았다.

"우리 루시 뺨은 멀쩡한데!"

루시는 깜짝 놀라서 얼른 손으로 볼을 감쌌다. "그럼 안 되나요? 저는 숨길 게 없어요!"

"아무것도? 고민 하나 없어요?"

"어떻게 그런 질문을 하세요? 저는 하루하루를 오롯이 서배스천 씨에게 내어드리며 사는걸요?"

"나한테 루시의 삶을 내주는 게 낭비라는 생각은 안 해요?"

"제 생각에는 낭비가 아니에요. 이제 다 부르셨나요?"

"한 번만 더 불러봅시다."

노래가 끝나자 루시는 피아노에서 일어서며 길게 숨을 들이쉬었다. "처음 들어보는 노래네요. 가사도 좋아요."

• 프란츠 요제프 하이든(1732~1809)이 셰익스피어의 희극 〈십이야〉에서 가사를 취해 곡을 붙인 작품.

서배스천이 웃었다. "아, 그래요? 그게 끝이 아니랍니다." 그가 책장 쪽으로 가서 손가락으로 작은 빨간색 가죽 책등을 훑다가 한 권을 꺼냈다. "가져가요. 이 노래 가사도 있고 다른 것도 있으니 마음껏 읽어봐요. 좋은 구절이 아주아주 많답니다." 가끔 서배스천은 아이 대하듯 놀리는 어조를 썼다.

루시는 얼굴을 붉혔다. 분명 읽어본 책이었는데, 그때는 그저 우스꽝스러운 희극이라고만 생각했다. 진실한 인물은 단 한 명도 보이지 않았고 다들 허세만 부리는 것 같았다. 서배스천을 만나기 전의 루시는 낱말에 직접적인 뜻 외에 다른 의미가 깃들 수 있다는 사실을 알지 못했다.

14

서배스천이 동부 순회공연을 떠나고 오래 지나지 않아 루시는 해리 고든에게서 편지 한 통을 받았다. 오페라 주간에 시카고에 방문할 계획이니 전에 했던 약속을 기억해달라는 내용이었다. 그 시절에는 봄마다 뉴욕 오페라단이 시카고를 방문해 몇 주 동안 공연을 선보였다. 작년에 루시는 해리와 오페라를 보러 다니며 즐거운 시간을 보냈다. 하지만 이제는 모든 것이 바뀌었다. 루시는 해리를 보고 싶지 않았고, 해버퍼드를 비롯해 자신의 배경을 이루는 그 어떤 것도 떠올리고 싶지 않았다. 요즘에는 매일 도서관에 가서 신문을 종류별로 샅샅이 뒤지며 서배스천의 공연 기사를 읽었다. 시간이 드는 일이었다. 지금 루시는 자신이 원하는 방식대로 살고 있는데, 그 삶은 해리의 등장과 함께 망가질 터였다. 해리는 지금껏 루시가 망상과 자기기만 속에서 살았다는 사실을, 루시 게이하트 본래의 삶을 어떻게든 일깨워주리라.

해리는 편지로 어디에서 만날지 물었다. 해리는 빵집으로 루시를 데리러 오는 것을 싫어했고 루시는 이를 알고 있었다. 서배스천은 외식하려고 루시를 데리러 왔을 때 아래층 식당에서 기다리는 것을 개의치 않았으나 해리는 언짢아했다. 루시는 해리가 머물 호텔에 짧은 쪽지를 보내 월요일, 수업이 끝날 시간에 맞춰 아우어바흐의 연습실에서 만나자고 알렸다. 아우어바흐의 연습실은 교실로 쓰이지 않을 때면 응접실로 변했다. 뒤쪽에는 아우어바흐 혼자 쓰는 연구실이 있었다. 복도 건너편을 보면 유달리 음산한 북향 공간이 있었는데, 그곳에서 루시는 어린 학생들의 연주를 봐주고 자유 시간에 연습을 했다.

월요일 오후에 이 뒷방에서 나온 루시는 아우어바흐가 직접 응접실에 나와 해리 고든을 맞이하고 있는 광경을 보았다. 두 사람은 죽이 잘 맞는 듯했다. 루시는 응접실을 가로질러 해리 쪽으로 다가가며 문득 달가운 감정을 느꼈다. 해리는 정말이지 쾌활한 미소로 루시를 반겨주었다. 상쾌하고 건강해 보였으며 새로 장만한 회색 옷을 입은 모습이 근사했다. 순간 루시는 평소에 가장 높이 평가하던 해리의 장점, 그에게 훌륭한 춤 실력과 지칠 줄 모르는 스케이트 실력을 선사한 매력적이고 균형 잡힌 몸을 의식하게 되었다. 파울 아우어바흐는 해리를 만나게 되어 루시만큼 즐거운 듯했다. 좀처럼 두 사람을 놓아주지 않으며 해리에게 또 들르기를 종용했고, 루시에게는 언제 한번 해리를 데리고 집에 와서 아내를 만나고 가라고 했다.

문간에서 두 사람을 배웅할 때는 해리에게 언제 시카고에 도착했는지 물었다. 해리는 이미 사흘 전에 시카고에 도착했다는 사실을 숨기고 "아침 기차를 타고 왔습니다"라고 답했다. 사실은 재단사에게 편지를 써서 정장 두 벌을 준비해두라고 이른 뒤, 마지막으로 입어보고 재단을 마무리한 옷이 호텔에 도착하기 전까지 어디에도 방문하지 않고 있었다. 옷 잘 입는 시카고 남자들의 복장을 그대로 갖추고 싶던 것이다.

연습실을 떠난 후에 해리는 근사한 곳으로 식사하러 가자고 했다. "이르지만 지금 갈까, 아니면 집에 가서 옷 갈아입고 있을래? 내가 데리러 갈게."

"아, 아니야! 내일 저녁에 정식으로 식사하고 오페라 보러 가자. 지금은 어디 조용한 곳으로 가줬으면 좋겠어. 둘이 이야기를 나눌 만한."

"네가 좋다는 대로 해야지. 우리 일주일 동안 좋은 시간 보낼 거잖아. 그렇지, 루시?"

해리가 좋은 시간을 보내려고 작정하면 폴카•나 쇼티셰••를 출 때처럼 파트너를 휘어잡는다는 사실을 루시는 기억하고 있었다. 루시는 해리와 다소 격렬하고 조마조마한 춤을 추는 것이 좋았다. 해리는 박자 감각이 좋았고 파트너 뒤에서 굉장한 기운과 힘을 보여주는 남자였다.

그날 저녁 집으로 돌아온 루시는 해리를 다시 보니 좋았다고 되뇌었다. 오랜 친구를 끊어내고 싶은 생각은 전혀 없었다. 해리가 지금처럼 자만하지만 않았어도 아주 지적인 사람이 될 수 있었을 텐데, 루시는 옷을 벗으며 생각했다. 해리는 일종의 정신적 근시가 있어서 자신과 직접적인 관련이 없는 것은 좀처럼 이해하지 못했다. 하지만 그날 밤에는 해리의 자아도취가 싫지 않았던 것이, 그가 자신뿐 아니라 모든 것에 도취한 상태였기 때문이다. 서비스나 음식을 트집 잡는 시골 사람 특유의 실수를 저지르지 않았다. 실수나 거들먹거림 없이 웨이터들에게 후한 팁을 주었다. 집으로 돌아오기 전에 마차를 타고 미시간 애비뉴를 한 바퀴 돌고 싶다며 고집을 부렸다. 긍정적인 징조였다! 고든 가족은 훌륭한 말과 마차를 소유하고 있어 거리의 마차를 잡아타는 일은 뼈아픈 사치라 여겼기에 최대한 여정을 단축하려 했다. 해리의 이야기

• 보헤미아 지방에서 유래한 4분의 2 박자의 경쾌한 춤곡.

•• 폴카와 비슷한 스코틀랜드 춤곡.

를 듣는 것이 얼마나 즐거운지 잊고 있었다고, 루시는 생각했다. 무엇보다 목소리가 좋았다. 그가 사용하는 몇 가지 위장술을 파악하면 무슨 말을 하든 목소리만 듣고 속내를 짐작할 수 있었다. 약간의 유감이 섞인 신실하고 믿음직스러운 어조는 대출받으러 온 고객을 거절할 때 사용하는 것이었다. 이와 크게 다르지 않은 방식으로 (걱정하는 기색은 덜하되) 친근함은 변함없는 목소리가 있는데, 이것이 진짜 그의 목소리였다.

다음 날 저녁, 해리는 〈아이다〉•를 보러 가기 위해 새로운 정장을 입고 나타났다. 아주 근사하고 적절한 차림이었다. 루시는 오후 내내 학생들을 가르친 터라 저녁을 먹으러 해리가 머무는 호텔로 가는 길이 자못 피곤했지만, 쾌활한 해리를 보자 생기가 샘솟았다. 공연장에 도착해보니 자리가 굉장히 좋았다. 해리가 몇 주 전에 예약한 덕분이었다. 해리는 그 어느 때보다 기분이 좋았고, 그의 말을 인용하자면 루시가 "감상적으로 떠받드는" 것들이 등장해도 단 한 번도 놀리지 않았다. 음악, 관객, 그리고 루시와 함께하는 시간을 즐겼다. 테너를 향한 관심도 진심이었다. 3막의 듀엣은 자신이 생각하는 이상적인 음악이라고 속삭이기도 했다. 〈개선행진곡〉이 시작되자 부드럽게 박자를 맞췄으며 트럼펫의 음정이 어긋나는데

• 이탈리아의 작곡가 주세페 베르디(1813~1901)의 비극 오페라로, 1871년 초연. 이집트에서 의뢰받아 작곡했다.

도 개의치 않았다.

집으로 이어지는 계단 발치에 서서 해리의 작별 인사를 받았을 때, 루시는 그와 오페라를 보러 가는 것이 좋다고 거짓 없이 말할 수 있었다.

15

〈오텔로〉•를 보고 온 다음 날 오전, 루시는 미술관에 데려가달라는 해리의 부탁 때문에 연습을 건너뛰었다. 사뭇 잔잔하고 맑은 아침이었고, 두 사람은 미시간 애비뉴를 향해 걷다가 잠깐 쇼핑도 했다. 루시는 핑계가 생길 때마다 멈춰 서며 늑장을 부렸다. 작년에 둘이 미술관에 갔을 때는 사사건건 의견이 엇갈려 격하게 싸웠고 돌아오는 길에 기분이 엉망이었다. 해리에게는 마셜 필드 백화점이 훨씬 나은 곳이었고, 그에게 어울리는 손수건과 넥타이를 골라주는 일은 즐거웠다. 그러나 해리는 자꾸만 시계를 보다가 개장 시간이 되자마자 루시를 데리고 미술관으로 직행했다. 과연 루시의 신경을 긁을 만한 군말을 하지 않으려고 애쓰고 있었다. 실제로 해리의

• 셰익스피어의 〈오셀로〉를 바탕으로 베르디가 작곡한 오페라로, 1887년 초연.

발걸음과 목소리에서 조심성이 느껴졌다. 분명 지난봄의 루시가 무지막지하게 화를 낸 것이다! 해리는 단 한 번도 눈을 가늘게 뜨거나 머리를 굴리지 않았다. 가끔 그림 앞에 서서 화가의 허풍을 폭로하고 싶다는 듯 어깨를 펴고 입가를 찌푸릴 때는 있었지만, 우스갯소리를 하려고 들지는 않았다. 프랑스 인상주의 기획 전시장에 다다르자 한계에 이르렀는지 그림 속의 부정확한 부분을 꼬집기 시작했다.

"자, 이건 인정하겠지, 루시……." 그는 루시를 설득하려 들었다.

"물론 인정하는데, 그다지 중요한 문제는 아닌 것 같아. 나는 미술을 잘 모르지만, 대상을 정확히 재현하기 위한 작품도 있고 그저 감정 같은 것을 표현하기 위한 작품도 있다고 생각해. 그런 작품에는 정확성이 중요하지 않지."

"하지만 신체 구조는 과학적 사실인걸." 해리가 고집을 부렸다. "그리고 사실은 모든 것의 근간이야."

루시는 한때 그랬던 것처럼 선불리 대답하는 대신 고개를 살짝 기울인 채 조용한 목소리로 대꾸했다. "그래, 해리? 난 잘 모르겠어." 해리는 불안해지고 말았다.

아무런 대답도 하지 않았다. 루시의 목소리에 깃든 무언가 때문에 마음이 몹시 유해졌다. 루시가 피곤한가보다, 해리는 생각했다. 열려 있는 문이 보였다. 문 너머 건물 뒤쪽으로 호수를 조망하는 석제 주랑이 있었다. 해리는 루시의 팔꿈치를 잡았다.

"발코니로 가서 바람 좀 쐬자."

아침 공기는 전보다 따뜻했으나 안개가 피어 도시의 윤곽이 가려져 있었다. 호수는 어렴풋한 푸른빛이었고 그 위로 모든 것이 은은했다. 은빛 안개가 멀리까지 퍼져나가는 가운데 아른아른한 푸른빛과 초록빛이 보였다. 회색 갈매기조차 나른한 날갯짓으로 날아갔다. 곧 봄의 소낙비가 내릴 것만 같았다. 이런 아침이면…… 루시는 목구멍까지 차오르는 아릿함을 느꼈다. 저 멀리서 부드럽게 다가오는 봄, 지상에 닿기 전 이미 하늘의 색채 속에서 만발한 봄이 엿보일 때면, 내면에서 마음이 부서질 듯한 강렬한 갈망이 깨어났다. 이제야 발견한 행복감은 어디로 간 걸까? 모든 것이 행복을 위협했다. 세상의 작동 방식이 행복을 반대했다. 행복이 루시에게서 달아났다. 머릿속에 있던 매혹적인 멜로디를 잊어버린 듯, 그 분위기와 그것을 들었을 때 느끼던 기쁨은 기억나지만 정확한 선율은 도통 떠올릴 수 없을 때처럼 루시는 행복을 잃어버렸다. 그리고 루시는 오늘 같은 삶, 다른 종류의 삶을 받아들일 수 없었다. 숨이 막혔고, 내면에서 광적인 두려움이 싹텄다. 그 삶으로 영원히 곤두박질할지도 모른다는 두려움이었다. 자기 삶과 육체를 놓아버리고 그저 욕망으로 남을 수만 있다면, 쓸데없는 것은 다 놓아버리고 갈매기와 함께 하늘 위로 날아올라 저 멀리 변화하는 파랑과 초록의 세계로 갈 수 있다면!

아득한 목소리가 점심 식사에 관해 이야기하고 있었다. 루시는 깜짝 놀라 현실로 돌아왔다.

"아니, 해리, 그만해. 나 머리가 아파서 얼른 집에 가고 싶다. 오늘 밤에 같이 외출하려면 누워서 두통을 가라앉혀야겠어."

오후 내내 루시는 가만히 방 안에 있었다. 휴가 내내 해리 고든의 옆자리를 지키며 그를 위해 최선을 다하겠다고 되뇌었다. 발칵 성질을 부려 나중에 후회할 일을 만들어서는 안 됐다. 루시가 이렇게나 변해버린 것이 해리 잘못은 아니었다. 시카고에 오려는 해리를 막지 않은 것이 후회스러웠지만, 이렇게 된 이상 최선을 다해 즐겨야 했다. 오페라를 연달아 네 작품이나 본 것은 즐거운 경험이었다. 지금껏 루시는 훌륭한 오페라를 많이 관람하지 못했다. 너무 바쁘고 너무 가난했다. 두 사람은 좋은 좌석을 차지한 청년들답게, 그 모든 것을 즐기러 온 관람객다운 태도로 오페라를 보았다. 오늘 밤에는 〈라 트라비아타〉•를 볼 것이고, 내일과 토요일에는 저녁 공연이 아닌 아침 공연을 예약해두었다. 〈로엔그린〉••을 본 적

• 알렉상드르 뒤마 피스(1824~1895)의 소설 《동백 아가씨》를 원작으로 한 베르디의 오페라로, 1853년 초연.

•• 독일의 작곡가 리하르트 바그너(1813~1883)의 오페라로, 1850년 초연. 중세 문학과 설화집을 참고해 현대적인 이야기로 재창조했다. 전통적인 오페라 형식에서 벗어나 라이트모티프나 불협화음 등 현대적인 요소를 도입했다.

이 없는 루시는 그 작품이 가장 궁금했다.

16

토요일은 바람 불고 햇살 좋은 4월다운 날이었다. 거리에는 남자아이들이 제비꽃과 수선화를 팔았고, 아코디언을 든 악사들은 너 나 할 것 없이 〈오 솔레 미오!〉•를 연주했다. 루시는 잔뜩 들떠 행복한 결말을 확신했다. 해리는 내일 떠날 예정이었다.

공교롭게도 루시는 오케스트라 연주로 〈로엔그린〉의 전주곡조차 들어본 적이 없었다. 첫 몇 소절부터 충격적이었다. 1막이 반도 지나지 않았는데 혼자 있고 싶어졌다. 해리와 함께 즐길 만한 오페라가 아니었다. 루시는 그에게서 한껏 멀어지는 자신의 마음을 눈치챘다. 음악은 서배스천의 연습실에서 줄곧 감각하던 것, 보이지 않고 침범할 수 없는 세계를 향한 믿음을 환기했다. 장막이 닫히고 조명이 밝아진 후에도 루시의 눈은 눈물로 빛나고 있었다. 해리가 놀린다 해도 상관없었다. 하지만 해리는 놀리지 않았다. 옆에서 루시를 흘긋 보

• 이탈리아 나폴리의 민요. '오, 나의 태양'이라는 뜻의 제목처럼 밝은 햇살을 찬양하는 내용.

고는 책자를 읽었다. 곧 조심스럽게 한마디 던졌다.

"테너가 굉장해. 그렇지 않아? 연기도 좋던데."

"맞아. 믿음이 느껴지는 연기야." 루시가 조용히 대꾸했다. 해리에게 적대감을 느꼈으나 사실 그는 지극히 훌륭하게 처신하고 있었다. 루시가 깊이 감동했다는 것을 잘 알았다. 남자가 오페라에 그런 식으로 감동한다면 우스꽝스러울 테지만 여자라면 꽤 매력적이라는 것이 해리의 의견이었다.

장막이 걷히고 2막이 시작되자 루시는 자리에서 꿈틀거리며 불안해했다. 같은 줄 왼쪽 끝에 한 남자가 몸을 굽히고 루시를 바라보았다. 붉은 얼굴, 새하얀 셔츠 앞섶, 흥분으로 땀이 밴 미소. 루시는 숨을 고르고 큰 소리로 외쳤다. "주세페!" 다만 그는 너무 멀리 있어 루시의 목소리를 듣지 못했다. 루시는 몸을 굽히고 손을 흔들었다. 주세페는 연거푸 고개를 숙였는데, 평소에 보여주던 고용인의 몸짓과는 달랐으나 오롯이 마음을 다한 존중이 느껴졌다.

주세페를 본 루시의 온몸에 기쁨이 솟구쳤다. 몸이 떨리고 손이 차가워졌다. 주세페, 루시의 다른 삶에 존재하는 그 역시 지금껏 그곳에 있었던 것이다! 루시는 그 어떤 것도 사라지지 않았으며 모든 것이 돌아오리라는 예감을 안고 남은 시간을 견뎠다. 커튼콜에 맞춰 가수들이 등장했을 때는 그들 대신 주세페를 바라보았다. 그는 일어선 채로 손을 앞으로 뻗어 손뼉을 치고 있었다. 흑백 실크 머플러가 무릎 끝까지 닿았다. 무거운 장막이 드리우기 시작하자 모자와 외투를 홱 집어 들고는 잽싸게 관객 사이로 비집고 나갔다. 루시는 해리가 진득하게 들고 있던 망토 안으로 팔을 넣었다.

"저 열정적인 사람은 누구야?" 해리가 루시를 극장 뒤편으로 데려가며 다감하게 물었다.

"내가 반주하러 다니는 연습실에 있는 사람이야. 이탈리아에서 왔어."

"음악 공부하는 학생이야?"

"아, 아니! 그냥 일하는 사람이야. 하지만 음악을 아주 좋아해."

해리가 웃었다. "그런 것 같네!"

두 사람이 북적이는 로비로 조금씩 나아가는데, 해리가 자꾸만 로엔그린이 백조에게 부른 작별의 노래를 흥얼거렸다. 루시는 해리의 주의를 돌리려고 잽싸게 다른 이야기를 시작했다. 그러나 그 노래가 마음에 들었던 해리는 흥얼거리기를 멈추지 않았다! 둘은 극장을 벗어나 믿을 수 없게 온화한 4월의 한낮에 입장했고, 해리는 마차를 잡았다.

"마차 타고 돌아다니면서 신선한 공기를 조금 마셔볼까? 저녁 먹기는 이르잖아. 한 시간쯤 공원을 빙 둘러보자. 마차에 타면 아무도 널 찾아내지 못할 거야, 루시." 해리는 루시 옆에 앉아 긴 다리를 쭉 펴고 부드럽게 웃기 시작했다. "있지, 아까 그 스파게티 아저씨 어딘가 귀여운 구석이 있더라. 난 사람들이 즐거워하는 걸 보면 좋아. 그런데 무슨 재주로 그렇게 좋은 자리를 구했을까?" 해리는 근심이 담긴 목소리로 말했다. 걱정스러운 듯했다.

"아, 무언가를 아주 깊이 애호하면 가격을 따지지 못하는 법이야!" 루시는 무심하게 대꾸하려 했다.

해리는 고개를 저었다. "그래도 결국에는 가격을 따지는 날이 오기 마련이지, 나의 여인이여."

루시는 입술을 깨물었다. 그야말로 해리 고든이란 인간을 정확히 보여주는 말 아닌가! 일주일 내내 이탈리아 오페라를 보러 다니며 주워들은 것이다. '나의 여인이여'라니! 게다가 조금 전에는 흥에 취해 테너의 아리아를 흉내 내려 했다! 루시는 창밖을 내다보며 봄의 뽀얀 푸른빛 하늘과 비둘기 빛깔 호수에 집중하려고 애썼다. 저 멀리 등대에서 희미한 불빛이 반짝였다.

해리는 루시의 침묵에 개의치 않았다. 매년 루시를 데리고 오페라를 보러 다녀야겠다고 생각하고 있었다. 다만 뉴욕으로 가는 쪽이 나을지도 몰랐다. 그러면 해버퍼드 은행 업무가 한가한 한겨울에 다녀올 수 있었다. 해리에게는 자기만의 계획이 가득했으며 미래는 찬란해 보였다. (감상적인 남자를 질색하는) 그인지라 자신의 부끄러운 한 부분을 감추며 살아야 했지만, 그 삶은 루시를 통해 살아가면 그만이었다. 혼자서는 할 수 없을 만한 즐거운 일들을 루시 핑계로 할 수 있을 터였다. 해리는 루시의 팔을 누르며 좌석에 등을 편히 기대고 앉아 또 백조 노래를 부르기 시작했다.

루시가 몸을 뺐다. "아니, 이렇게 부르는 거야, 해리."

해리가 세차게 고개를 끄덕이며 웃음을 터뜨렸다. "그러네! 이제 저녁 먹게 마차를 돌려 식당으로 돌아갈까."

두 사람이 저녁을 먹으러 간 콘서트홀 호텔의 식당은 인파로 왁자했다. 저녁 공연을 보기 전에 식사하러 온 사람이 한가득이었다. 해리는 마음에 드는 자리를 발견해 수프와 샴페인을 주문했다. 좋은 것을 즐기기에 이른 시간은 없다는 말을 더했다. "내 집이 생기면 언제든 샴페인을 마실 수 있도록 잔뜩 사놓을 거야. 언제 좋은 일이 생길지 모르니까 대비해야지."

식사하는 내내 해리는 말이 많았다. 내일 집에 돌아가기 싫지만 곧 아버지가 자리를 비울 예정이라 은행 일을 맡아야 한다고 했다. 아버지는 류머티즘 때문에 핫스프링스에 가서 온천을 즐길 예정이었다. 해리는 루시에게 시간을 한껏 내어주어 고맙다고 말했다. "루시가 없었다면 나한테 음악은 별다른 의미가 없었을 거야. 음악은 루시를 떠올리는 수단일 뿐이지."

루시는 그를 향해 미소를 지어 보였다. 평소보다 생기가 없었다. 지독하게 피곤했다. 오늘 밤이 마지막이니 하느님께 감사할 일이었다! 한계점에 도달한 루시는 이제 자기 혼자만의 삶으로 돌아가고 싶을 뿐이었다.

식사가 도무지 끝나지 않았다. 디저트를 먹었는데도 끝이 아니었다. 해리는 술을 주문하고 시가에 불을 붙였다. 몸을 숙여 식탁 건너편으로 손을 뻗더니 루시의 접시 옆에 놓여 있던 장갑을 집어 들었다.

"자, 루시……." 해리의 목소리에 깃든 애정과 위엄에 루시는 이어질 말이 두려워졌다. "자, 이제 본론으로 들어갈 시간이 됐지? 우리는 서로 잘 아는 사이야. 네 귀여운 모험도 이 정도면 충분하고. 넌 세상을 전부 보고 싶겠지. 나와 함께라면 더 제대로 볼 수 있을 거야. 시간 낭비할 이유 없잖아? 지금은 4월이야. 난 우리가 5월에 결혼해야 한다고 생각해. 아, 네가 원한다면 6월도 괜찮겠지! 하지만 한 해 여름을 또 흘려보낼 수는 없어."

루시는 얼굴을 찌푸리고 해리의 시선을 피했다. "말도 안 돼, 해리. 난 상대가 누구든 결혼할 준비가 안 됐는걸. 결혼하려면 아직 멀었어."

해리가 손바닥으로 무겁게 식탁을 쳤다. "그렇지만 난 됐다고! 준비됐단 말이야. 그리고 우리 둘 다 항상 알았잖아. 언젠가 결혼하리란 걸."

루시가 어색한 웃음을 터뜨렸다. "그랬나? 참 해리는 모르는 게 없다니까!"

해리가 멋쩍은 듯 씩 웃었다. "그렇기는 하지." 그러고는 평소와 다른 정직한 눈빛으로 루시를 바라보았다. 안경처럼 눈을 가리던 가식적인 친절을 다 허물어뜨린 시선이었다. "마음 깊은 곳에서 줄곧 알고 있었어. 너 없이는 어떤 방식으로든 행복하게 살 수 없을 것 같아. 정말이야."

진심이 느껴졌다. 루시는 아무런 말도 할 수 없었다.

"모든 게 네가 바라는 모습 그대로일 거야. 네가 원하는 집, 네가 원하는 친구, 전부 누리게 될 거고. 나는 네가 원하는 대로 꾸린 삶을 원해. 내가 원하는 삶은 그것뿐이야."

루시는 덫에 걸린 심정이었다. 해리의 시선이 솔직했고 고백도 솔직했다. 해리가 이런 식으로 행동할 때면 두려워졌다. 해리가 유쾌한 남자의 가면을 벗고, 어쩌면 그 누구에게도 노출하지 않은 날것의 자신을 보여주는 동안 그의 앞에 가만히 앉아 있어야만 하는 상황이 부당하게 느껴졌다. 해리가 더 깊은 이야기를 시작하기 전에 막아야만 했다. 루시는 식탁 맞은편으로 손을 뻗었다.

"그만해, 해리, 제발! 소용없어. 이번 겨울에 모든 게 달라졌어. 내 삶은 다른 사람에게 묶여 있어. 끝이야. 선택의 여지가 없어. 난 다른 남자를 사랑해."

처음에 고든은 루시의 이야기를 이해하지 못하는 것 같았다.

"잠깐…… 이게 무슨 말이지? 다른 남자? 그런데 그 남자는 네가 일주일 내내 나랑 노는데도 가만히 내버려둬? 지금 장난치는 거지, 루시!" 해리가 위협하는 듯한 눈으로 루시를 바라보았다.

자기 발로 뛰어든 구덩이였으니 자기 힘으로 빠져나와야

했다. 끝내버려야 했다. "아니, 장난치는 거 아니야. 그 사람은 지금 시카고에 없어. 나한테 일을 맡기신 분이야. 내가 반주하는 가수. 난 과거의 내가 아니야. 다른 사람에게 말할 생각은 없었지만, 네가 마음대로 미래를 계획하도록 내버려둘 수는 없으니까."

딱딱하게 굳어 있던 고든의 얼굴이 루시의 이야기를 듣는 동안 살며시 풀어졌다. 수수께끼의 실마리를 찾았다는 듯 눈동자가 반짝였다. 상황 파악도 못 한 채 루시의 손 위에 자기 손을 얹고는 루시가 손을 빼내려 애쓰는데도 놓지 않았다.

"이런, 루시! 여자애라면 누구나 음악 선생과 사랑에 빠지는 법이라지만, 너만은 다르다고 생각했는데!"

루시는 분노로 화끈거리는 뺨의 열기를 느꼈다. "음악 선생 아니야! 위대한 예술가라고." 루시가 중얼거렸다. 자신의 이야기가 너무나도 유치하게 들려 더 화가 치밀었다.

"잘 알았어. 반대하지 않을게. 위대하면 더 좋지! 하지만 곧 극복할 거야, 귀여운 루시." 그는 괘념치 않기로 했다. 눈부신 관용을 베풀고 있었다. 루시는 반항의 눈빛을 쏘아주고 손을 억지로 빼냈다. 해리는 잠시 고민에 빠지더니 몸을 기울이고 부드럽게 물었다. 자신만만한 목소리로 루시를 놀리려 했다. "자, 그렇다면, 루시, 그 얼토당토않은 상사병은 어디까지 간 거야?"

식당이 루시의 눈앞에서 기울어지고 술렁였다. "어디까

지?" 루시가 외쳤다. 순간 경멸감이 가득 차올랐다. "어디까지? 끝까지, 끝까지! 이제 돌이킬 수 없어. **그렇게** 상황 파악이 안 돼?" 해리의 얼굴이 보이지 않았다. 용광로를 들여다볼 때처럼 눈앞이 캄캄했다. 하지만 해리가 자리에서 일어나 떠났다는 것만은 알았다.

마음을 가다듬자 식당 맞은편 끝에서 수석 웨이터와 이야기하는 해리가 눈에 들어왔다. 그는 웨이터의 손에 무언가를 쥐여주더니 식당을 떠났다.

루시는 천천히 얼음물을 마셨다. 거짓말을 한 것이 부끄러웠다. 루시는 진실한 감정에 관해 이야기하려고 했다. 그러나 해리에게 감정은 아무런 의미도 없었기에 사건으로 충격을 줘야만 했다. 루시는 해리가 타고난 무감한 성정, 정말 심각한 일이 아니라면 무엇이든 무시하고 넘겨버리려는 태연스러운 태도를 참지 못하고 순간 이성을 잃었다. 해리가 자신의 완력과 커다랗고 건강한 몸집을 이용해서 몸이 없는 감정을, 믿음과 열정을 조롱하려는 것처럼 느껴졌다. 해리가 그런 사람이라는 사실을 줄곧 알았으면서 왜 그에게 잘해주려 했을까? 뭐, 이제는 끝났다. 일찌감치 그의 어리석음과 자만심을 꿰뚫었다면 좋았으리라. 어쨌든 성공한 것 같았다. 해리는 돌아오지 않았으니까.

십오 분쯤 지났을 때 수석 웨이터가 루시 자리로 와서 몸을 굽힌 채 말을 걸었고, 어색한 상황이 자연스럽고 깔끔하게 정리되었다.

"고든 씨가 말하기를, 십 분 내로 통화가 끝나지 않으면 기다리지 말고 먼저 가라고 하시더군요. 무슨 말인지 알 거라고 하셨습니다."

"네, 고마워요." 루시는 장갑과 가방을 집어 들었다. 가방에 돈이 한 푼도 없었다. "계산서는요?" 루시가 더듬거렸다.

"계산은 다 됐습니다, 손님. 마차 불러드릴까요?"

"네, 부탁드려요."

웨이터가 심부름꾼에게 마차를 부르라고 시키고는 루시의 망토를 들어주었다. "밖이 여름 저녁처럼 아주 따뜻합니다, 손님. 오페라 공연 기간 내내 날씨가 좋았지요. 작년에는 끔찍했는데!" 어조와 억양이 도드라지지는 않았으나 분명 이탈리아인이었다. 그는 저명한 인사를 안내하듯 권위 있는 태도로 루시를 데리고 길쭉한 식당을 가로질렀고, 현관에 다다르자 아랫사람을 시켜 루시를 마차에 태워주었다. 루시에게는 마차를 불러준 심부름꾼에게 건넬 동전 한 닢 없었다. 해리 고든은 그렇게, 루시 혼자 집에 가도록 내버려두고 쌩 떠나버렸다. 겁쟁이 야만인 같으니! 집에 가면 서랍장에 돈이 조금 있을 테지만, 없었더라면? 루시가 걸어가든 말든 본인은 상관없다는 것이다.

마차가 빵집 앞에 서자 루시는 마부에게 위층으로 올라가서 돈을 받아 갈 수 있을지 물었다. "너무 피곤해서 다시 내려

오기 싫네요, 아저씨."

"그럼요, 아가씨. 마차 고정할 때 쓰는 추를 꺼내겠습니다. 매어두는 동안 잠시 앉아서 기다리세요." 마부는 루시를 부축해 3층까지 올라와 마차 삯을 받은 뒤 고맙다는 인사를 남겼다.

17

다음 날 아침 잠에서 깬 루시는 몸이 아프고 쑤셨다. 잠시도 혼자 있고 싶지 않아서 부리나케 아우어바흐의 연습실로 갔다. 개인 지도를 받을 수 있을지도 몰랐다.

아우어바흐는 손에 신문을 든 채로 루시를 맞아주었다. "이것 봐라, 루시. 클레멘트가 5월 3일 뉴욕에서 두 번째 공연을 한다는 광고야. 시카고에 오자마자 떠나야겠구나. 공연이 굉장히 성공적인걸."

중요한 것은 바로 그거였다. 루시는 즉시 기분이 나아졌다. 서배스천이 잘 지내고 있다면 다른 건 상관없었다. 아우어바흐도 평소보다 정신이 맑은 것 같았다. 그 뒤로 며칠 동안 워낙 유한 성격이라 쉽지 않았을 텐데도 집중력을 발휘해 루시의 연주를 비평했다. 중년다운 가정적이고 만족스러운 그의 생활 저변에는 뛰어난 음악적 지능이 있었는데, 자주 드러나는 특성은 아니었다. 한편 루시는 현실을 잊기 위해 연주에 몰두했다. 하지만 이상하게도 해리 고든과 마지막으로 나눈 대화가 자꾸 떠올라 화가 나고 부끄러웠다. 루시는 살면서 거짓말을 많이 하지 않았다. 당당한 사람이었다. 그리고 그날의 거짓말은 정말이지 천박하고 비굴하고 수치스러웠다! 서배스천에게 무언가를 요구할 자격이 있다는 듯한 주장이었다. 전혀 없는데. 서배스천에게 절대 고백하지 못할 방식으로 그의 이름을 이용했고, 그 생각을 하면 매번 귀가 뜨거워졌다. 어떻게 그런 말을 했지? 해리에게 편지를 쓸 생각도 했으나 쉽지 않았다. 자야 할 시간에 공들여 편지를 쓰고는 다음 날이 되면 부치기를 미루었다.

어느 날 저녁에 식사하러 아래층으로 내려갔다가 계단 앞쪽 현관문 밖에서 이쪽저쪽으로 서성이는 주세페를 보았다. 그는 검은 코트 차림이었으며 작고 진중하고 긴급해 보였다. 모자를 벗더니 머리를 드러낸 채로 서서 속사포처럼 이야기를 늘어놓은 탓에 루시는 아무것도 알아들을 수 없었다. 와이스본 씨가 급한 일로 연습실에 와 있다는 말만 알아들을 수 있었다. 루시는 손을 들어 올리고 제발 천천히 말해달라고 했다.

"스쿠시, 시뇨리나."• 주세페가 모자를 쓰고 다시 이야기를 시작했다. 서배스천이 와이스본에게 편지를 보내 계획을 완전히 바꾸겠다고 전했다는 것이다. 영국에서 온 공연 요청을

• '미안해요, 루시 양'이라는 뜻의 이탈리아어.

전부 수락하기로 해서 5월 4일, 두 번째 뉴욕 공연이 끝난 다음 날 배를 탈 예정이었다.

루시가 불쑥 물었다. "하지만 이번 주가 4월 마지막 주잖아요, 주세페. 시카고에 들르실 시간은 있나요?"

"**시, 시뇨리나.**• 사흘 동안." 서배스천은 다음 날인 금요일 시카고에 도착해서 월요일 밤에 떠날 계획이었다. 주세페도 같이 배를 타고 가서 영국 일정이 끝날 때까지 함께하다가 이탈리아에 있는 아버지 댁에 들르기로 했다. 여름 내내 연습실을 비울 테니 온종일 짐을 싼 참이었다. 와이스본 씨의 부탁으로 루시를 찾아온 것은 아니었다. 혹시 루시도 나름대로 일정을 잡거나 계획을 바꿔야 할지 모르겠다는 생각이 들어 혼자 찾아온 것이었다.

"아뇨, 그럴 일 없어요, 주세페. 저는 아무런 계획이 없거든요. 같이 가고 싶네요."

"그러면 좋겠지요, 루시 양. 지금까지 같이 지냈던 것처럼! 10월에 돌아오면 다시 함께하게 될 겁니다. 여름은 금방 지나갈 테니까."

루시는 주세페를 보내줄 수가 없었다. 그가 전해준 소식에 놀란 마음이 조금이나마 가라앉고 새로운 전망을 받아들일 준비가 될 때까지 붙잡아두었다. 주세페를 데리고 동네를 빙

• '네, 루시 양'이라는 뜻의 이탈리아어.

빙 돌면서 여행 준비와 이사에 관한 사소한 질문을 던졌다. 피아노도 처분한 걸까? 아니, 피아노에 관한 지시는 없었다.

루시가 사는 동네는 퇴근 시간이면 일터에서 귀가하는 인파로 북적북적했다. 울퉁불퉁하고 지저분한 도로에 트럭 바퀴가 부딪히는 소리 때문에 루시와 주세페는 서로가 무슨 이야기를 하는지 제대로 듣지 못했다. 아이들 무리가 롤러스케이트를 타고 괴성을 지르며 거리를 달렸으나 루시는 아이들이 지나가는지도 몰랐다. 주세페에게 꼭 붙어 있으려 했고, 주변 풍경은 백지나 다름없었다. 사위로 거대한 공허가 펼쳐졌다. 루시를 떠올린 사람은 이 자그맣고 사려 깊은 남자가 유일한 듯했다. 그조차도 자기 머릿속에서는 이미 떠난 사람이었다. 그는 그들이 타기로 한 여객선 '빌헬름 대왕'에 관해 이야기하기 시작했다. 선박의 길이, 무게, 수용 인원……. 자신은 마에스트로와 영국에 갔다가 프랑스로 갈 예정이랬다. 피렌체로 떠나기 전에는 샹티이에 있는 마에스트로의 집, 강아지, 서배스천 부인도 보고 가기로 했고. 참, 서배스천 부인은 귀족 가문의 딸인데, 루시도 알고 있었는지?

마침 모퉁이에 다다른 루시는 한참을 빙빙 돌아서 그런지 피곤한 탓에 주세페의 이야기가 버겁고 작별 인사가 달가웠다. 들려줘서 고맙다는 인사까지 깜빡했다. 저녁을 먹으러 식당에 가는 대신 힘없이 위층 방으로 갔다.

그렇다면 귀환은 없다. 또 다른 출발이 있을 뿐이다. 이제 루시는 애초에 서배스천과 만나지 말았어야 했다고 생각하고 있었다. 그의 목소리를 듣고, 멀리서 바라보고, 사적인 실망으로 얼룩지지 않은 추억만 간직한 채 살았다면 더 좋았으리라. 현재 루시의 삶에는 확실한 것도 안전한 것도 없었다. 루시는 어린아이가 띄운 연처럼 허공에 둥둥 떠다니고 있었다. 바람이 잦아들면 더러운 거리에, 짐마차와 롤러스케이트 옆에 처박히고 마는 것이다.

분명 지난 한 달은 창밖에서 위협적인 3월의 비바람이 몰아치는 동안 금빛 차양 아래 봄꽃에 둘러싸인 채 살았다. 그때는 충격적인 소식을 듣게 될까 두려워하지 않았다. 어쩌면 루시에게 주어진 것은 이것뿐인지도 몰랐다. 아주 조금밖에 누리지 못하는 사람들도 있으니까. 모든 것을 잃고 있는데도 몸부림칠 힘도 없고 불평할 권리도 없다니 이상했다. 그저 양손을 맞잡고 앉아 모든 것이 사라지는 광경을 지켜봐야만 했다. 결국 사람은 자기 분수를 넘어설 수 없었다. 운이 좋으면 까치발을 하고 신선한 공기를 조금이나마 호흡할 수 있겠지만, 다시 추락할 수밖에 없었다. 아래로, 아래로, 지상으로. 처음부터 도약하지 못했던 삶보다 더 끔찍했다. 서배스천이 6월에 떠나리라는 것은 전부터 알고 있었다. 하지만 그때는 6월이 먼 훗날처럼 느껴졌다. 오래도록 깊은 고민에 빠질 필요가 없었다. 그가 떠나면 나날이 지나고 시간이 흘러도 아무 일도 일어나지 않으리라는 사실을 전에는 미처 몰랐다.

토요일 아침 루시는 서배스천의 연습실에 앉았다. 옆에는 서배스천과 아우어바흐가 있었는데, 두 사람은 루시가 연락을 받고 이쪽으로 이동하기 훨씬 전부터 논의를 시작한 참이었다. 루시에게, 루시에 관해, 루시 옆에서 이야기했다. 루시는 열심히 들을 때도 있고 듣지 않을 때도 있었다. 연습실에 도착해서 아우어바흐를 발견하자 모든 것에 무심해졌다.

한 사람은 아주 오랫동안, 다른 한 사람은 아주 가까이 알고 지냈다. 그런데 지금은 두 사람 다 낯설었다. 마치 일자리에 지원해서 면접 중인데 합격하지 못할 것 같은 느낌이었다. 무엇보다 루시 자신이 원하지 않았다. 그게 무엇이든. 아주 작은 바람이나 욕망의 추동도 느껴지지 않았다. 그들이 하는 이야기에서 믿음이 가는 것은 하나도 없었다.

첫 번째 충격적인 소식은 서배스천이 다음 겨울을 시카고가 아닌 뉴욕에서 보내리라는 것이었다. 루시에게 11월에 뉴욕으로 와서 지금껏 시카고에서 했던 것처럼 반주를 해달라고 했다. 올여름에는 시카고에 머물며 다음 공연 기간을 위해 준비하고 공부해야 한다고, 서배스천과 아우어바흐가 합의를 보았다는 것이다. 아우어바흐는 시카고에 머물 생각이었다. 내년에 가족을 데리고 외국으로 가려고 저축하고 있었다. 연습실은 10월까지 계약이 되어 이미 값을 치른 상태였다. 서배스천은 자신이 떠나자마자 루시가 그곳으로 집을 옮기면 좋겠다고 했다. 루시가 사는 곳보다 훨씬 시원할 테니까.

루시는 묵묵히 듣고만 있다가 입을 열었다.

"아뇨, 집을 떠날 수는 없어요, 서배스천 씨. 익숙한 곳이고, 거기 있으면 편해요."

"하지만 여기는 호수에서 부는 바람이 들어요. 시카고는 무지 덥잖아. 잘 알겠지만. 그리고 머물다보면 곧 편해질 텐데요. 아직 편해지지 않았다면!"

루시는 고개를 저었다. "아뇨, 그럴 수 없어요. 이곳으로 이사하면 다른 사람이 된 기분일 거예요."

아우어바흐가 루시를 설득하려 들었지만, 서배스천이 말을 잘랐다. "아니, 파울. 강요하지는 말자고. 그래도 분명 이곳을 연습실로 사용할 마음은 있겠지요, 루시? 멀쩡한 피아노를 버려두지는 않을 테지요?"

물론 서배스천의 피아노는 기꺼이 연주할 것이다. "하지만 조금 시간을 두고 고민해야겠어요."

"시간이 많지 않은데, 루시. 루시에게 아무런 계획도 마련해주지 않고 떠나기는 싫어요. 이번 여름에는 시골에 가서 농사지을 여유가 없단 말이지. 우리는 루시가 다음 공연 기간에 대비해서 진지하게 연습했으면 좋겠어요. 내가 루시에게 가장 필요하다고 생각하는 게 뭔지 파울은 잘 알고 있어요. 아주 집중해서 가르쳐주기로 약속했답니다."

이때 아우어바흐가 자리에서 일어났다. 잠시 모자를 들고 서서 미소를 머금은 채 루시의 시무룩한 얼굴을 내려다보았다.

“못 이기는 척 클레멘트의 설득에 넘어가줘, 루시. 뉴욕에서 겨울을 보내면 좋을 거야. 그리고 봄에는 우리 가족과 빈에 다녀와도 좋겠지. 아내가 자주 그러더라. 루시도 같이 가면 좋겠다고.” 두 남자는 연습실을 나서서 엘리베이터로 갔다. 루시는 그들이 여전히 자신에 관해 이야기한다는 것을 알았다. 혼자 남아 엉엉 울고 싶으니 둘 다 사라졌으면 좋겠다고 생각했다. 그들이 루시에게 원하는 것은 전부 손에 닿지 않는 곳에 있는 듯했다.

돌아온 서배스천이 소파 한구석에 힘없이 앉아 있는 루시 옆에 섰다.

“아아, 참 고단한 아침이군! 파울은 이해가 느리고, 루시는 이해를 안 하려 고집부리고. 기쁜 기색이 요만큼도 없는 이유가 뭘까? 이제 내 노래에 반주하기 싫은 거예요? 시카고에 깊은 애착이 생겨서 떠나기 싫은 건가?”

“겨울이 오려면 한참 남았잖아요.” 루시가 고개를 들고 미소 지었다. 벌써 기분이 많이 좋아진 참이었다. “5월은 얼마 안 남았고요. 5월에 같이 연습을 못 하게 되어 실망스러운 것 같아요.”

“아, 원래 일정이었다면, 이틀 만에 끝낼 준비를 한 달 내내 질질 끌었을 거야. 루시의 여름 계획이 급선무지요. 다음 성수기는 나한테 아주 중요한 시기가 될 거예요. 루시에게도 중요하기를 바라고. 루시 나이에 뉴욕 겨울 공연에 오른다니,

장래가 얼마나 창창한지 모르는군! 새로 구한 반주자와 일하는 것도 마음에 들 거예요."

"그럼 목퍼드 씨는……?"

"이제 돌아올 일 없어요." 서배스천은 책상으로 가서 무언가를 찾으며 어깨 너머로 루시에게 말했다. "그 친구는 아직 모르지만. 영국에 가서 전부 처리할 거예요. 믿음직한 사람이라고 생각하려 하지만, 같이 일한 지 너무 오래됐나봐요. 와이스본과 작당해서 나한테 이런저런 자잘한 속임수를 썼더라고. 그러니 새로운 에이전트와 새로운 반주자를 구해야지. 이번 순회공연이 일으킨 가장 좋은 효과는 다시 불이 붙었다는 거예요. 여기에." 그가 자신의 가슴을 두드렸다. "여전히 열정을 품고 살아가는 오랜 친구들을 많이 만났어요. 그런 건 전염되는 법이거든." 그는 편지 한 통을 주머니에 넣고 소파로 돌아왔다. "아, 이제야 내가 알던 루시로 돌아왔군! 내가 마련한 온갖 근사한 계획이 현실이라는 걸 알게 된 거지요?"

"아뇨, 제 앞날을 생각한 게 아니에요. 서배스천 씨 생각을 했어요. 좋은 일이 생기신 것 같아서."

"착하기도 하지!" 서배스천은 루시를 일으켜 안았다. 오랫동안 자리를 비운 뒤의 첫 포옹이었다. "좋은 일이 생겼고말고! 좋은 것을 되찾은 거야."

18

서배스천이 시카고에서 보내는 마지막 날 저녁, 아츠 빌딩에 간 루시는 짐마차를 대동하고 온 제임스 목퍼드를 보았다. 여행 가방 외에 녹슨 양철 짐 가방과 커다란 안락의자도 있었다. 숙소를 정리한 탓에 서배스천에게 보관을 부탁한 모양이었다. 목퍼드가 나타나는 바람에 약간 어수선해졌다. 주세페는 침실로 짐 가방을 끌고 가며 루시에게 따라오라고 손짓했다. 그러고는 눈 따가울 일 없도록 나중에 그 괴상한 의자를 치우겠다고 속삭였다. 루시를 위해 음악실을 근사하게 남겨두겠다, 중고품 상점처럼 만들지 않겠다는 말이었다. 루시는 주세페가 목퍼드를 싫어한다는 사실을 전부터 눈치채고 있었다. 언젠가 말하기를 서배스천이 가장 아끼는 담배통이 없어졌는데, 자신이 이곳의 책임자인 만큼 여분의 열쇠를 가진 사람은 목퍼드 말고 아무도 없다는 것을 잘 안다고 했다. **아무도 없다고요!** 기민한 눈동자에 위협이 번뜩였다.

모리스 와이스본까지 도착해 모두가 음악실에 모였고, 순수한 기쁨에 들뜬 사람은 목퍼드뿐이었다. 시카고를 떠나게 되어 들뜬 나머지 루시에게도 호의적으로 대했다. 서배스천은 피아노 뒤편의 책장에서 악보 더미를 살펴보고 있었다. 주세페는 거대한 배를 타고 바다 건너 고향으로 떠나게 되어 기뻐하더니 이제 열의를 잃어버렸다. 배경처럼 짐 가방 사이에 손을 포갠 채 서 있는 엄숙하고 묵묵한 모습이 꼭 관이 운구되기를 기다리는 듯했다. 물론 그들은 빨리 짐꾼이 와서 짐을 가져가기를 기다리는 중이었다. 연습실의 공기는 무겁고 뜨거웠다. 창문을 다 열어놓았는데도 실바람 한 줄기 불지 않았다. 창밖의 호수 위로 새카만 하늘이 드리웠고, 이따금 잔잔하게 천둥이 울렸다.

서배스천이 루시를 불러 연습에 참고할 것들을 알려주었고, 루시는 귀 기울이려 애썼다. 그런데 와이스본과 목퍼드 때문에 집중하기가 힘들었다. 그들은 모두에게 자신들의 이야기를 들려주고 싶은 듯 큰 소리로 대화했다. 활짝 열린 창문가에 앉아서 마지막 남은 포트와인을 해치우고 있었다. 와이스본은 이곳에 오기 전부터 술을 마시고 있었던 것이 분명했다. 짙은 푸른빛이 감도는 볼이 두툼하고 눈이 가늘었다. 두 사람은 함께 앉은 순간부터 우애가 넘쳤다. 서로에게 좋은 돈벌이를 제공해온 협잡꾼 형제가 애정으로 환히 빛나고 있었다.

"착수하게 되면 전보 보내줄 거지? 응?"

피아노 뒤에 있던 서배스천은 흥미로운 눈초리로 흘긋 두 사람을 바라보았다. 루시는 그들의 술잔이 닿는 모습을 보았다. 한 잔은 둥글둥글 토실토실한 손에, 다른 잔은 주근깨 박힌 창백한 손에 들려 있었다.

바로 그때 쿵쿵 육중한 소리가 들리더니 누군가가 문을 두드렸다. 주세페가 단숨에 달려 나가 짐꾼을 맞이했다. "드디어!" 서배스천이 중얼거렸다. 짐 가방을 아래층으로 보내자마자 외투를 입고 목퍼드와 와이스본 쪽으로 몸을 돌렸다.

"신사분들, 나는 여기저기 들렀다가 게이하트 양을 집에 데려다줄 겁니다. 이제 연습실에는 올 일이 없어요. 역에서 뵙지요. 들고 갈 짐은 주세페가 11시에 내려줄 테니 열쇠는 경비원에게 맡기시고."

서배스천이 평소에 이용하던 마차가 삼십 분 전부터 밖에서 대기 중이었다. 서배스천은 마부에게 창문을 열고 공원으로 가자고 했다.

"이 야단법석에 기진맥진하겠어요. 나도 마찬가지랍니다." 서배스천이 말했다. 마차는 대로를 달렸다. 서배스천이 루시의 머리를 끌어당겨 자기 어깨에 뉘었다. "자, 눈 감고 쉬어요. 남은 세 시간은 오롯이 우리 거니까." 루시가 몸을 기대자 그 보드랍고 앳된 몸이 옆에 닿는 것이 느껴졌다. 루시는 잠든 아이처럼 가볍게 호흡했다. 서배스천도 눈을 감았다. 두 사람의 얼굴 위로 따뜻한 밤바람이 닿았다. 시간이 흐르자 나무와 새로 깎은 잔디 향기가 풍겼고 혼곤한 도시의 소음이 잦아들었다.

서배스천의 얼굴에 물방울이 튀었다. 창밖으로 손을 뻗었더니 가랑비가 내리고 있었다. 곧 빗줄기가 굵어지고 봄 소나기가 쏟아졌다.

"루시, 자요?"

"아니요."

"새로운 곳으로 떠날 생각에 즐겁죠, 아닌가요? 연습실에 정이 들어서 그렇지. 여름내 문이 꽉 닫힌 채로 먼지만 쌓이지는 않을 테니 다행이네요. 루시가 오갈 테니까. 루시 생각을 할 거예요. 배를 타고 가는 동안 매일 아침 시계를 보고 시차를 계산해야지. 루시가 피아노 뚜껑을 열었을까 아직일까 상상하면서."

루시가 얼굴을 더 깊이 묻었다. 서배스천의 어깨를 쥔 손에 힘이 들어갔다. 차오르는 눈물을 더는 참을 수 없었다.

"이것보단 의연해야 하는데. 정말 죄송해요!" 루시의 목소리가 떨렸다.

"걱정하지 말아요, 루시. 울고 싶으면 울어요. 나도 같이 울어볼까."

"두려워서 그래요."

"또 두려워? 뭐가?"

"아아, 돌아오지 않으실 것 같아서요! 왠지 그런 예감이 들어요."

"그건 그저 루시가 이제 막 삶을 시작하는 단계라 작별에 익숙하지 않아서 그래요. 수도 없이 작별을 겪어도 가끔은 가슴 아플 때가 있지만." 서배스천은 마음이 무거워졌다. 루시 때문인지 자신 때문인지 알 수 없었다. 자기 삶에서 도망칠 방도가 있을까 궁금해졌다. 콘서트와 호텔, 목퍼드, 아내, 프랑스의 집, 영국의 친구들, 그의 정체성과 소유로부터 도망칠 수 있을까. 그의 앞에 펼쳐진 미래에 그가 간절히 원하는 것은 없었다. 그리고 돌아왔을 때 이 젊음과 헌신이 전과 같지 않으리라는 것을, 그는 알았다. 지금 그의 가슴에 맞닿아 있는 감정은 오직 오늘 밤에만 유효했다. 다시는 만나지 못할 두 사람의 작별이었다.

루시는 서배스천이 무슨 생각을 하는지 알았다. 자신을 감싸는 포옹 속에서 가망 없는 절망을 느꼈다. 가로등을 지날 때 루시는 고개를 들었고, 번쩍이는 빛 속에서 서배스천의 얼굴을 보았다. 아, 바로 그때 떠올랐다! 서배스천이 〈우리 둘은 작별했네〉를 불렀던 밤, 그가 자신의 삶을 바꾸어놓았다는 것을 깨달았던 밤이. 그런 예감은 무의미하지 않았다. 그런 예감은 미래에서 온 것이었다. **분명 그날이 예고해줬네, 이 이별의 슬픔도.** 그들은 무언가를 잃어버릴 운명이었다. 두 사람 모두 그것에, 서로에게 매달렸으나 잃어버릴 수밖에 없었다.

잠시 후 서배스천은 마차를 세우고 마부에게 기다려달라고 말했다. 그는 루시의 팔을 잡고 함께 구불구불한 자갈길을 이쪽저쪽으로 오랫동안 걸었다. 굽이를 돌 때마다 갓 피어난 라일락 꽃잎의 쌉싸래한 향기가 훅 밀려들었다. 비는 그쳤으나 무성한 나무에서 물이 뚝뚝 떨어져 두 사람을 적셨다. 손과 얼굴이 촉촉했다. 감미로웠다. 하늘에는 별 하나 보이지 않았으나 여기저기 흩어진 가로등 사이 두 사람 위의 암흑은 부드러운 벨벳 같았다. 어쩌면 내년 여름에는 이곳에서 멀리 떨어진 밤하늘 아래를 걷고 있을지도 모르겠다고, 서배스천은 루시에게 말했다. 루시가 아우어바흐 가족과 함께 여행을 떠난다면 서배스천도 빈으로 와서 합류할 생각이었다. 수많은 정원, 숲, 산, 루시에게 처음으로 보여주고 싶은 것들이 잔뜩이었다.

두 사람은 발길을 돌려 마차로 향했다. 발밑에서 비에 젖은 자갈들이 자박자박 속살거렸다. 서배스천은 가로등 밑을 지나며 시계를 꺼내 보았다. 루시에게는 아무 말 없이 마부에게 루시의 주소를 알려주었다. 그들은 도심을 떠날 때와 마찬가지로 돌아갈 때도 침묵을 지켰다.

빵집 입구 앞에 도착하자 서배스천은 마차에서 내려 3층에 있는 루시의 방문까지 함께했다. 흐릿한 복도의 조명 속에서 루시의 얼굴을 양손으로 감싼 채 오랫동안 바라보았고, 루시는 예의 두려움이 되살아나는 것을 느꼈다. **오랫동안 이어질 이별**…… 더는 견딜 수 없었다.

"가세요." 루시가 속삭였다. "이제 가세요!" 루시는 서배스천의 팔도 입술도 거의 의식하지 못했다. 그저 잠시 후에는 그가 떠나고 없으리라는 생각뿐이었다. 서배스천은 루시를 가까이 더 가까이 꼭 끌어안다가 놓아주었다. 방 안으로 들어온 루시는 문에 바투 기대서서 서배스천의 잽싸고 무거운 발걸음이 2층으로, 1층으로 내려가는 소리에 귀 기울였고, 곧 마차 문이 쿵 닫혔다.

서배스천은 루시가 듣고 있다는 사실을 알았다. 더는 떨리는 마음으로 귀 기울일 필요 없도록 부러 마차 문을 세게 닫았다. 마지막 신호. 좌석에 등을 기댄 뒤 눈을 감았고 마차는 느릿느릿 출발했다. 덜커덩덜커덩 바퀴가 굴러가는 소리에 저항하듯 큰 소리로 혼잣말했다.

"나의 밤에는 아름다운 별이 떴다네."•

19

5월 중순의 어느 더운 아침, 루시는 싱싱한 라벤더 꽃잎 주머니를 넣으려고 서랍을 열었다. 차곡차곡 쌓인 모슬린 속옷을 집어 들었더니 열지도 않은 편지가 한 통 있었다. 해버퍼드에서 온 폴린 언니의 편지였다! 루시는 웃음을 터뜨렸으나 정말이지 부끄러웠다! 일주일 전 서배스천의 연습실을 사용하기 시작하며 새로운 생활에 적응하려고 애쓰던 참이라 혹시 편지를 읽었다가 상심할까 걱정스러웠다. 폴린의 편지는 종종 그런 효과를 발휘했기에 루시는 잠시 편지를 시선이 닿지 않는 곳에 치워두었다. 그러고는 까맣게 잊어버린 것이다.

• 하인리히 하이네(1797~1856)의 시. 다만 원작과는 달리 시제가 과거형이다.

편지를 집어 들고 살펴보는데 아무래도 잊어버린 것이 나쁜 일만은 아닌 듯했다! (불길하게도) 편지는 두툼하고 묵직했으며 봉투에 적힌 글씨는 평소보다도 악필로, 언덕 아래로 굴러가는 달걀 같았다. 폴린은 독일인의 습성을 많이도 물려받았으면서 독일인의 필체는 물려받지 못했으니 참 안타까웠다!

봉투를 뜯자 오려낸 신문 기사가 바닥으로 떨어졌다. 폴린은 곧장 본론에 들어갔다. 해리 고든이 결혼한 것이다! 신부는 세인트조의 아크라이트 양이었고, 둘은 알래스카로 신혼여행을 떠났다. 해버퍼드 사람들이 전부 "수군거리고" 있었다. 루시에게 고약한 처사였다고 생각했다. 루시의 오랜 친구들에게는 엄청난 충격이었다. 해리의 '의도'가 진중하다고 줄곧 믿었건만. 다들 폴린에게 대체 무슨 일이 일어난 것인지 물어왔는데 폴린은 뭐라고 답해야 할지 판단이 서지 않았다. "이런 상황을 고려했을 때" 폴린이 뭐라고 답하면 좋을까?

루시는 편지를 조각조각 찢어 쓰레기통에 버렸다. 해리는 보란 듯이 결혼하려는 것이었을까? 이렇게 서두르다니, 분명 아크라이트 양도 다소 번잡했을 것이다. 하지만 해리에게 그런 것쯤은 전혀 문제 되지 않을 터였다. 복수에 성공할 수만 있다면. 신부에게 허락된 준비 기간이라고는 기껏해야 일주일 정도였겠지! 《세인트조지프 가제트》에 실린 기사를 보니 신혼부부는 해버퍼드에서 살 예정이었다! 분명 새 신부에게는 지루한 삶이리라. 루시는 기사를 구겨서 조각난 편지 위로 던졌다.

"정말 우습지." 루시는 혼잣말했다. "아크라이트 양이 좋아서가 아니라 나한테 복수하려고 결혼한 거라면."

루시는 웃음을 터뜨렸지만, 해리의 결혼 소식은 뒷맛이 씁쓸했다. 연습실에 가려고 준비하는데 오랜 친구를 잃었다는 생각이 들었다. 게다가 해리에게 했던 거짓말 때문에 자신의 성품을 비판할 수밖에 없었다.

아츠 빌딩에 도착해 경비원의 미소와 모자 위에 얹은 손을 마주하자 생각의 색채가 달라졌다. 엘리베이터 담당 조지는 잠시 멈춰 서서 덜루스에서 태풍이 오고 있다고 귀띔했다. 건물에서 일하는 사람들은 서배스천에게 충실하고 루시를 아주 좋아했다. 즐거운 일이었다. 다들 루시가 드나드는 것을 좋아했다. 요즘 건물에는 빈집이 많았다.

루시는 겨우내 옷을 걸던 바로 그 자리에 모자와 겉옷을 걸었다. 주세페가 놓고 간 서배스천의 비옷 한 벌이 현관에, 지팡이 세트가 선반 위에 있었다. 음악실로 들어가서 창문을 연 루시는 신선한 공기를 들이마시며 가만히 서서 반짝이는 푸른 호수를 내다보았다.

서배스천이 떠나자마자 곧장 연습실에 드나들기 시작한 것은 아니었다. 차마 올 수가 없었는데, 그가 유인선을 통해 보낸 짧은 편지를 받았다. 편지는 이렇게 시작했다.

이곳은 11시입니다. 그렇다면 루시는 막 연습실에 도착해 피아노 뚜껑을 열었겠군요. 루시가 게으름 피우는 것은 아닌지 귀를 쫑긋 세우고 있어야지. 난 아직도 바다가 아니라 그곳에 있는 기분이에요.

편지가 도착하고 한 시간 뒤 루시는 처음으로 연습실 열쇠를 사용했다. 연습실은 잠시도 삭막하다거나 버려진 듯한 분위기를 풍기지 않았다. 루시가 보기에 그곳은 서배스천의 존재감으로 가득했다. 그와 함께했던 과거가 축적되어 있고 앞으로 함께할 미래도 깃들어 있었다. 루시는 미래를 향한 믿음을 품을 수밖에 없었다. 루시가 연습실에 온 것은 그가 바라기 때문이었다. 이곳의 고요와 안정은 그의 다정함이었다. 그의 염려 덕분에 루시는 무더운 지상에서 이 높은 곳으로 날아오를 수 있었다. 뜨거운 초여름의 나날, 한끝의 상쾌함이 남아 있는 무더운 계절은 음악에 매진하기 좋았다. 그렇게 훌륭한 피아노를 마음대로 쓰는 것도, 그렇게 확실한 목표에 따라 생활하는 것도 루시는 처음이었다.

몇 주가 쏜살같이 흘렀으나 루시는 흐르는 시간보다 부지런했다. 무더운 7월의 열기도 루시에게서 활기를 앗아 가지 못했다. 시카고에서 보내는 첫 여름이었고, 도시의 여름 생활은 흥미진진했다. 해버퍼드보다 딱히 덥지도 않았다. 그리고 지루함은 훨씬 덜하다는 것을 하느님도 아실 테지! 흐르는 강물과 함께 마음도 넘실거리는 듯했고, 자꾸만 강가의 아름다운 것들을 찬미하게 되었다. 가만히 서서 면면히 살펴볼 수는 없었지만, 모든 것이 이쪽저쪽에서 반짝이며 존재감을 드러냈다. 루시는 오전 연습을 끝내고 피곤해지면 기꺼이 열기를 뚫고 집으로 기어들어 바느질을 하거나 잠옷에 리본을 달았다.

아우어바흐는 여름 동안 교습을 거의 하지 않고 루시에게 상당한 시간을 할애했다. 즐거이 루시와 함께하며 주말이면 자기 가족과 시간을 보내자고 초대했다. 아우어바흐는 사우스 쇼어에 집과 정원이 있었다. 초봄의 첫 초록이 싹트면 아침 일찍 일어나 두 시간 동안 정원을 돌보고 도심으로 출근해 학생들을 가르쳤다. 아내는 아이들이나 가정부가 잠에서 깨기 한참 전에 일어나 아우어바흐의 아침을 만들었다. 루시에게 말하기를, 나이가 들면 남편에게 해줄 것이 많지 않기에 온 집을 혼자 쓰며 근사한 아침을 차려주는 것이 즐겁다고 했다.

아우어바흐는 종종 해리 고든에 관해 물었다. 마음에 드는 청년이었던지라 루시와 잘됐으면 좋겠다는 바람이 있었다. 루시는 해리가 결혼했다는 이야기를 하지 않았다. 상처받았으나 경멸하는 척했다. 해리에게는 결혼할 권리가 없었다. 오랫동안 루시 게이하트의 남자였으니까!

어느 일요일 아침, 두 사람은 아우어바흐네 포도 덩굴 정자 아래 그늘에 앉아 있었다. 아우어바흐가 셔츠 바람으로 루시에게 질문을 던지기 시작했다.

"마음이 바뀐 것 같구나, 루시. 학생들을 가르치는 것보다는 클레멘트와 하는 일이 좋은 거지?"

루시가 아무런 대답도 하지 않자 아우어바흐는 이야기를 계속했다.

"클레멘트가 굉장히 예외적이라는 사실을 유념해야 해. 성악가들은 대부분 같이 일하기 좋은 사람들이 아니고, 돈도 잘 안 주려 하지. 무대 위에는 항상 남자 반주자만 올리고."

이번에도 루시는 아무런 대꾸가 없었다. 입술을 깨물고 포도 덩굴 너머 노란 호박꽃을 바라보았다. 아우어바흐가 미소 지었다.

"다른 계획이 있구나, 응? 그 덩치 큰 서부 청년? 내가 보기에는 그런 미래도 아주 흡족해."

"착각하셨어요, 아우어바흐 선생님. 우리는 그냥 친구랍니다."

"그럴 수도 있겠지. 하지만 색다른 결말을 맞게 되어도 나쁘지 않을 거야. 음악을 업으로 삼으면 실망할 일이 많단다. 작은 마을에 근사한 집과 정원을 두고 딱히 걱정할 일 없을 만큼 돈을 벌면서 가족과 함께하는 삶, 그게 가장 좋은 삶이지."

"선생님은 도시에 사시니까 그렇게 생각하시는 거예요. 작은 마을의 가정생활은 아주 지겹다고요. 저기 선생님 정원의 당근처럼 땅에 뿌리를 박은 기분이에요. 저는 차라리 뽑혀서 내쳐지겠어요."

아우어바흐가 고개를 저었다. "아니, 그럴 리가. 젊은 사람들이 그런 식으로 말하는 건 전에도 들어본 적 있지. 살아간다는 게 그 무엇보다 중요하다는 걸 루시도 알게 될 거야."

루시는 삶의 방식이 하나뿐인 것은 아니지 않냐고 대꾸했다.

"너 같은 여자라면 하나뿐이란다, 루시. 루시는 너무 착하잖아. 위대한 재능과 대단한 야망을 품은 여자들이라 해도, 글쎄, 모르겠다. 꽤 성공하는 사람들도 있지만, 부럽지는 않더라고."

다음 날 아침 루시는 연습실 창문을 열고 건너편 호수를 내다보며 더는 아우어바흐네 댁에 가지 않겠다고 다짐했다. 기가 꺾였다. 아우어바흐는 진중하고 철저한 독일인 음악 선생이었으나 그것이 전부였다.

20

루시는 종종 음악실에서 불을 다 끄고 커다란 창문을 활짝 열어놓은 채로 소파에 누워 길고 더운 저녁 시간을 보냈다. 그곳에 있다는 사실이 어찌나 생경하게 느껴지던지! 작년에 크리스마스를 맞아 고향에 다녀올 때만 해도 서배스천의 연습실에는 발을 들인 적도 없었고, 건물 현관을 통해 밖으로 나오는 그를 알아본 것만으로도 운이 좋다고 생각했으니까.

올여름에는 시골의 리듬에 맞게 생활의 속도를 늦출 필요가 없었다. 달빛 아래서 오랫동안, 아주 오랫동안 마을을 산책하는 밤, 우체국에 갔다가 돌아오거나 북쪽 끝에 있는 작은 루터 교회까지 다녀오는 밤은 이제 없었다. 고향에 있을 때는 이 시간이면 교회 계단에 앉아 저 멀리 하늘의 달을 쳐다보는 날이 많았다. 자신을 둘러싼 모든 것이 지극히 평온했고, 자기 내면에 있는 모든 것이 지극히 생생했다. 앉아 있는 것이 힘들어지면 더는 할 일이 없어 잽싼 걸음으로 집에 돌아올 뿐이었다. 잎사귀 빽빽한 단풍나무가 드리운 가만한 검은 그림자의 천막 속으로 입장해 흰 달빛 속으로 퇴장했다. 그리고 어김없이 사람들을 멀리했다. 해리를 비롯한 마을 남자아이들이 어울려 놀고 있었지만, 이런 밤이면 루시는 혼자 있고 싶었다. 루터 교회와 오래된 고등학교 건물 주변으로 자기 발자국이 남아 있지 않을까, 문득 궁금해졌다. 여름밤 사이 고이 간직할 당신의 잔상 하나 없던 시절, 어두워지면 홀로 밖에 나와 깊은 우물가에서 하염없이 하늘의 달만 바라보던 그 오랜 휴가 동안 자기 마음이 터져버린 것은 아닐까, 루시는 알고 싶었다. 나고 자란 조붓한 마을을 사랑했으나 그것은 가슴 아픈 사랑, 응답할 수 없는 망자를 향한 사랑이었다.

이제 세상은 멀리 펼쳐진 호수처럼 넓고 자유로워 보였다. 루시는 항상 무언가를 상대로 싸울 필요가 없었고, 자신보다 훨씬 튼튼한 무언가가 옆을 지켜주었다. 이 새로운 삶에 고통이 없지는 않았다. 하지만 공허하거나 무의미한 것, 떠올리면 감미롭지 않은 것은 하나도 없었다. 물이 뚝뚝 떨어지는 나무 밑을 거닐며 함께 씁쓸한 어둠을 들이마시던 마지막 밤까지도 감미로웠다.

애초부터 이 남자를 향한 루시의 사랑에는 슬픔의 그늘이 있었다. 아는 사이가 되기 전부터 그랬다. 거리에서, 미술관 계단에서, 대성당 현관에서 우연히 그를 알아보았을 때 루시의 마음이 동한 이유는 그의 얼굴에 어린 외로움과 실망의 기색 때문이었다. 그가 자리를 비운 요즘, 루시는 이따금 마담 드 비농의 장례식이 진행되는 동안 그가 아주 오랫동안 열렬히 기도하던 성당에 가보고는 했다. 그곳은 루시가 모르던 슬픔에 바치는 공간이었다. 그러나 루시는 그가 무릎 꿇었던 곳에 무릎 꿇고 앉아 슬픔이 아닌 그 사람을 위해 기도했다.

간간이 그의 안부가 도착했다. 절절한 사랑의 편지라기보다는 짧은 메모였다. 일이나 루시의 연습에 관한 몇 마디가 적혀 있었다. 그리고 항상 루시만을 위한 이야기가 있었다. 자신의 마음을 일렁이게 한 공간에 관한 일화, 추억, 문장 한 토막. 인간적인 이야기. 그가 재깍재깍 일정을 알려주었기에 루시는 어느 때고 그의 소재를 알 수 있었다. 이제 그는 뮌헨에서 여름 일정을 마치고 휴가를 맞아 이탈리아의 호수로 이동할 계획이었다.

21

어느 날 아침, 파울 아우어바흐의 아내는 정원에 나와 남편에게 아침 식사가 준비되었다고 알렸다. 9월이었고, 아우어바흐는 포도나무를 다듬고 있었다.

아내가 커피를 가져오는 사이 파울은 자리에 앉아 조간신문을 펼쳤다. 그가 아내를 부르는 소리가 들렸는데, 목소리만으로도 끔찍한 일이 일어났다는 사실을 알 수 있었다. 식사실로 달려갔다. 파울은 말없이 식탁 위에 펼쳐진 신문을 가리켰다. 부인은 기사 제목만 읽고 파울의 옆자리에 주저앉았다. 두 사람은 밀라노에서 온 전보를 함께 읽었다.

어제 클레멘트 서배스천과 제임스 목퍼드가 물에 빠져 죽었다는 소식이었다. 코모 호수로 배를 타고 나갔다가 갑자기 태풍이 불어 배가 뒤집혔다. 배에 탄 사람은 셋, 가수와 반주자, 벨기에 출신 바이올린 연주자인 귀스타브 비르츠였다. 호숫가에서 사고 현장이 보였기에 즉시 카데나비아에서 배를 두 척 보냈으나 비르츠만이 구출되었다. 그가 사고 당시의 상황을 전했다.

세 사람이 탄 배는 산들바람이 전부 잦아든 후에도 돛을 내리지 않은 상태였다. 산 쪽에서 휘몰아친 허리케인이 덮치자 배가 즉시 전복되었다. 비르츠 자신은 전복의 충격에 저 멀리 나가떨어졌다. 가라앉았다가 수면으로 올라왔을 때 다른 두 사람이 물속에서 몸부림치는 것을 보았다. 서배스천은 수영 실력이 뛰어났으므로 걱정스럽지 않았다. 목퍼드는 헤엄칠 줄 몰랐고 겁에 질려 있었다. 서배스천의 목에 팔을 걸고 있었다. 목퍼드가 훨씬 몸집이 작은 만큼 서배스천이 감당할 수 있으리라 판단한 비르츠는 호숫가에서 출발한 배를 향해 헤엄쳤다. 물이 워낙 차가워서 벌써 몸이 뻣뻣해지고 있었기에 다시 어깨 너머를 돌아볼 여유도 없었다. 앞서던 배 위로 올라가서 봤더니 두 사람의 머리는 사라지고 없었다. 뒤따르던 구조선에서는 그들이 전복된 배에 매달려 있으리라 판단하고 계속 나아갔다. 하지만 두 사람 모두 찾지 못했다. 목퍼드가 서배스천을 꼭 옭아매는 바람에 함께 물속으로 가라앉은 것이 분명했다. 아직 시체는 수습하지 못했다.

아우어바흐가 시계를 확인했다. "세상에, 미나, 가여운 루시가 이 기사를 읽기 전에 어서 가봐야겠어! 아직 7시도 안 됐네. 8시가 되어야 식사하러 내려올 거야."

"잠깐, 여보, 기다려요! 나도 가야겠어요. 이 위에 외투만 입으면 돼요. 아, 가여운 루시, 가여운 루시!"

제2부

1

그해 플랫 계곡에서는 파랗고 노랗게 물든 긴 가을이 도무지 끝나지 않을 것만 같았다. 11월 내내 해버퍼드의 여자들은 1902년의 최신 유행인 맞춤 정장에 때때로 작은 털목도리를 두르고 마을을 돌아다녔다. 그 누구도 겨울 외투 입을 생각을 하지 않았다. 나무들은 여전히 시멘트 보도 위로 풍성한 금빛 잎사귀를 드리웠다. 강가의 커다란 미루나무는 여름에 비해 나긋해진 파란 하늘을 배경으로 삼아 흰색으로, 은색으로 빛났다. 공기에도 특별한 우아함이 깃들었다. 비 내리는 날이 적어서 옥수수수염이 그슬리기 시작했기에 불평할 이유가 충분한 농부들조차 매일 아침 들판으로 나올 때면 내년에는 모든 것이 나아질 거라고, 삶은 제법 수지맞는 도박이라고 생각했다.

그런 아침이면 해버퍼드의 개척자 중 한 사람인 앨릭 램지를 떠나보내고 홀로된 램지 부인은 응접실의 커다란 창문 옆에 의자를 놓고 앉았다. 가장 좋아하는 덮개를 씌운 안락의자였다. 족히 일흔 살쯤 되는 노인이었으나 해버퍼드 사람들은 좀처럼 부인의 나이를 의식하지 못했다. 위엄 있는 부인의 모습을 보며 살아온 시간이 너무나도 길었기 때문이다. 게다가 그 나이로 보이는 외모도 아니었다. 자세가 여전히 꼿꼿하고 이목구비도 반듯했으며, 태도나 몸가짐에서 근엄한 분위기가 풍겼다. 이웃들은 램지 부인이 시간이 지나며 유해졌다고, 생각이 깊어지고 동정심이 많아졌다고 말했다. 10년 전이었다면 화창한 가을날 오전 9시에 푹신한 의자에 앉아 있지는 않았을 것이다. 마차를 타고 경치 좋은 곳으로 떠나거나, 중심가에서 장을 보거나, 급행열차를 타고 오마하에 가서 하루 동안 쇼핑을 즐겼을 것이다. 지금도 매일 오후가 되면 마차를 타고 나가거나 산책을 했다. 하지만 오전에는 사뭇 조용하게 지냈다. 한때는 결코 기력이 동나는 법이 없었건만 이제는 힘을 아끼며 살아야 하는 듯했다. 그리고 다른 사람에게, 모든 사람에게 전보다 관심을 기울였다. 오늘 아침에는 창밖 너머로 등교하는 아이들을 지켜보았다. 반바지와 셔츠 차림의 남자아이들, 풀 먹인 깅엄 원피스 차림의 여자아이들. "뛰어가거라, 몰리, 어서!" 마지막 종소리가 울리기 시작하자 발걸음을 재촉하는 통통한 여자아이에게 부인이 외쳤다.

종소리가 그치고 학교의 붉은 벽돌 건물에 마을 아이들이 전부 안전하게 자리 잡자 어른들이 등장해 우편 업무를 보기 위해 우체국으로 향했다.

살을 빼려고 걷는 의사 브리지먼 씨의 통통한 아내, 제칠일 안식일예수재림교회에 다니는 과묵한 남자 제리 슬리스, 매코맥 신부, 장례식마다, 실은 기회가 되면 언제든 노래를 불러대는 자그마하고 산망스러운 잭먼 부인. 한 사람씩 집 앞 거리로 나와 황금과 자수정 빛깔의 꼬깃꼬깃한 잎사귀가 무겁게 달린 느릅나무의 흰 가지 밑을 거닐었다.

문득 램지 부인은 의자에서 몸을 돌려 오마하에서 잠시 들른 딸 매지 노월에게 말했다. 노월 부인은 길쭉한 이중 응접실 뒷방에서 대학생 아들이 입을 스웨터를 뜨는 중이었다.

"매지, 저기 루시 게이하트가 가는구나. 많이 변했어, 가여운 것. 너는 알아보지도 못할 거다. 전에는 지나칠 때마다 들여다보더니."

거리를 따라 걸어오는 호리호리한 여자아이는 도통 양옆으로 눈길을 주지 않았다. 앞을 보는 것 같지도 않았다. 분명 눈에 아무것도 들어오지 않는 것이라고, 노월 부인은 생각했다. 고개를 살짝 숙이고 어깨를 움츠린 모습이 다른 사람 눈에 띄는 일 없이 조용히 지나가고 싶어 하는 듯했다. 램지 부인은 그냥 보내주고 싶지 않았다. 몸을 숙이고 손가락에 낀 커다란 카메오 반지로 창문을 두드렸다. 여자아이는 화들짝 걸음을 멈추고 창문을 흘긋하더니 미소를 지으며 손을 살짝 흔들어 보인 뒤 잽싸게 발걸음을 옮겼다.

램지 부인은 멀어져가는 여자아이를 바라보았다. 여전히 사랑스러운 파란 눈동자에 회한과 불안이 서려 있었다. 투명한 은빛으로 빛나는, 사파이어 같은 눈동자였다. 루시는 전에도 걸음이 빨랐지만 분위기가 딴판이었다. 옛날에는 즐거운 것을 향해 서두르듯 도통 지체할 수가 없다는 걸음걸이였다. 이제는 도망치려고, 아니면 그저 몸을 혹사하려고 걷는 것 같았다.

노월 부인은 앞방으로 와서 어머니의 어깨 너머로 창밖을 내다보고 있었다.

"어쩌다 저렇게 됐을까." 램지 부인이 중얼거렸다. "시카고에서 사랑에 빠졌다가 저렇게 됐다는 사람들도 있고. 거기서 평판이 나빠지는 바람에 저렇게 됐다는 사람들도 있고. 그렇지만 난 루시가 평판에 신경 쓰는 아이 같지는 않아서."

"다른 이야기도 있잖아요." 딸이 덧붙였다. "해리 고든이 저 애를 차버리고 아크라이트 양과 결혼해서 그렇다고."

"말도 안 돼!" 램지 부인이 고개를 홱 젖혔다. 옛 시절의 불 같은 성정이 엿보였다. "차버린 사람이 있다면 그건 루시겠지. 그 애는 루시만 있다면 마음이 차고 넘쳤을 녀석이야. 그 녀석 부부를 보자마자 간파했지. 성이 나서 그 얼굴 기다란 여자랑

결혼했구나. 그 녀석에 비하면 루시가 훨씬 아까워."

"해리는 잘나가는 사업가인데요. 게다가 아주 잘생겼고." 노월 부인이 우습다는 듯 말했다.

"외모야 잘생겼다고 할 수도 있겠지. 나라면 그저 나쁘지 않은 수준이라고 표현하겠다만. 내면은 억센 스코틀랜드 놈이야. 거기서 비슷한 녀석들을 수도 없이 봤어. 돈 한 푼 아끼면 어찌나 뿌듯해하는지, 자랑에 유세에."

노월 부인은 미소를 머금고 계속 스웨터를 짰다. 램지 부인은 창밖으로 지나가는 사람들을 구경했다. 어쩌다가 안을 바라보는 사람이 있으면 고개를 끄덕이고 미소를 지었으나 딱히 주의를 기울이지는 않았다. 정신이 다른 데에 있었다. 곧 한숨을 내쉬더니 혼잣말하듯 말했다.

"무슨 일이었든, 일어나지 않았다면 좋았을 게야. 가여운 루시!"

노월 부인은 깜짝 놀라 뜨갯감에 고정했던 시선을 들었다. 어머니의 목소리에는 무언가 아름다운 것이 있었다. 아픈 아이나 곤궁에 빠진 친구를 위한 성급하고 열띤 동정심이 아니었다. 아니, 그보다는 덜 개인적이고 더 초월적인 감정이었다. 신적인 연민에 가까웠다. 원래 어머니는 불같은 성미인 데다가 자기 주변에만 관심이 있었는데! 세월이 한 사람의 목소리와 사리 분별에 끼치는 영향이 이런 것이라면 나이 드는 일도 그다지 걱정할 필요가 없겠다고, 딸은 생각했다.

루시 게이하트는 다른 길로 귀가해야겠다는 것 외에는 별다른 생각 없이 걸음을 재촉했다. 중심가 위쪽으로 오래된 고등학교 건물까지 가서 서쪽으로 돌면 램지 부인 댁에서 북쪽으로 네 블록은 멀어지게 된다. 평생 램지 부인을 좋아하고 존경하던 루시이기에 이제는 얼굴을 마주하기가 힘들었다. 지난 9월 집에 돌아온 뒤로 딱 한 번 램지 부인의 집에 들렀지만, 짧은 방문 내내 가만히 앉아 있는 것만으로도 힘겨웠다. 자꾸 목이 막히고 머리가 딱딱하게 굳었다. 오랜 친구인 램지 부인도 도움이 되지 않았던 것이다. 해버퍼드에서 루시를 도와줄 사람은 한 사람밖에 없었다. 지금도 그를 보기 위해 우체국으로 가는 길이었다. 수많은 아침을 우체국에서 보냈다. 사업가들은 전부 9시 30분쯤 우편 업무를 보러 우체국에 들렀기 때문이다. 문득 루시는 학교 종이 울린 것도 한참 전이라는 사실을 깨달았다. 늦었을지도 몰랐다. 더욱 발걸음을 재촉했다.

날이 따뜻해서 우체국의 이중문은 활짝 열린 채 고정되어 있었다. 드나드는 손님이 많았다. 루시는 아버지의 사서함 쪽으로 가서 느릿느릿 자물쇠를 돌렸고, 일부러 틀려가며 비밀번호를 맞추었다. 누군가를 기다리고 있었다. 머지않아 해리 고든이 들어왔다. 은행에서 쓰는 특별 사서함은 제이컵 게이하트의 사서함보다 뒤쪽에 있었다. 해리는 루시를 보지 못하고 등 뒤로 지나쳐 은행 사서함을 열었고, 가져온 가죽 가방에 편지를 넣었다. 뒤돌아 떠나려는데 루시가 바로 앞에 서 있었다.

"좋은 아침, 해리."

해리가 고개를 들고 모자를 벗은 뒤 외쳤다.

"우와, **좋은** 아침이야, 루시!" 여기서 만나다니 놀랍다는 듯한 태도였다. 루시가 떠났다가 돌아온 적 없다는 듯, 두 사람 사이에 특별한 우정 같은 것은 없었다는 듯. 중요하지 않은 고객의 부인이나 딸을 상대할 때 쓰는 가식적이고 깍듯한 목소리였다. 은행으로 소유권을 빼앗긴 가여운 농장의 여자 대하듯 쾌활한 태도로 루시를 무시했다. 안경을 쓴 것도 아닌데 마치 눈앞에 두꺼운 렌즈가 있는 것 같았다. 날카롭게 반짝이는 엷은 푸른색 눈, 고드름처럼 차디찬 눈. 해리는 루시에게 매정하지 않았다. 완전히 무심했다. 그리고 우체국을 빠져나와 편안하고 자신만만한 발걸음으로 거리를 걸었다. 야구 선수 시절, 그가 플랫 계곡에서 제일가는 투수였고 꼬마 루시는 관람석에서 경기를 지켜보던 그 시절에 마운드로 걸어 나갈 때마다 보여주던 발걸음 그대로였다.

루시가 해버퍼드로 돌아온 뒤로 줄곧 이런 만남이 계속되었고, 해리의 반응은 한결같았다. 똑같은 놀라움을 꾸며냈고, 똑같은 표정을 지었고, 똑같은 목소리를 냈다. 상대는 그의 어조를 속속들이 아는 사람인데도. 해리가 당황하거나 퉁명스럽게 굴었다면 루시는 어떻게든 화해를 시도했을 것이다.

하지만 이런 식으로 나오니 도저히 다가갈 수가 없었다. 루시는 가난한 농부들과 똑같은 처지였다. 해리가 이런 식으로 농부들은 손해를 보고 은행에는 이익이 될 거래를 제안하면 도저히 빠져나갈 수 없었다. 타고나기를 다감한 인상은 맑은 안색만큼이나 설득력이 강했다. 태도가 구두쇠 같지 않고 개방적이었기 때문에 분별이 재바르지 못한 사람이라면 논의가 다 끝난 뒤 마차를 타고 집에 돌아가는 길에서야 자신이 박한 계약에 서명했다는 사실을 깨닫기 마련이었다.

해리에게 쪽지 한 장이라도 전할 수 있다면, 루시는 걸음을 옮기며 생각했다. 해리와 거리에서 스칠 때 친근한 눈길을 주고받는 사이가 될 수 있다면 그것으로 족했다. 과거에 그가 보여주던 눈빛, 복잡한 속내 없이 즐거워하던 눈빛을 원했다. 이따금 길모퉁이에 서서 몇몇에게만 들려주는 진심 어린 목소리로 웃긴 이야기를 하고, 예전에는 만날 때마다 둘만의 암호처럼 사용했던 진솔하고 다정한 눈으로 바라봐준다면 그것으로 족했다.

루시는 폴린이 조간신문을 기다리고 있다는 것을 알았지만 바로 귀가하지 않았다. 마을 북쪽 끝에 있는 아담한 루터 교회로 가서 계단에 앉았다. 지대가 높고 탁 트인 벌판 가장자리에 위치한 곳이라 노릇노릇한 밀밭 고랑이 줄무늬를 이룬 야트막한 언덕이라든가 굽이진 플랫강을 굽어볼 수 있었다. 피곤해진 루시는 자리에 앉았다가 시간의 흐름을 잊어버렸다. 나무 계단 위로 햇살이 따뜻했다. 인근의 유일한 주택은 오세이지 오렌지 산울타리로 가려져 있어 적막하고 편안했다. 그런데 종소리가 들렸다. 학교 종이었다! 11시라는 뜻이었다. 루시는 있는 힘껏 집으로 뛰었다.

폴린이 식사실에서 식탁을 차리고 있었다. 루시는 곧장 폴린에게 갔다.

"신문 가져오는 거 깜빡해서 미안해, 언니. 산책하다가 생각보다 먼 곳까지 가버렸어."

"아, 괜찮아!" 폴린은 경쾌한 목소리로 말했는데, 실은 전혀 괜찮지 않다는 뜻이었다.

루시는 신문을 놓고 재빨리 위층에 있는 자기 방으로 올라갔다. 맙소사, 왜 이렇게 타인의 목소리에 민감해진 것일까! 만나는 사람마다 루시에게 부자연스럽고 위장된 목소리를 썼다. 이 마을에 진솔한 목소리라고는 아버지 목소리밖에 없는 것 같았다.

폴린이 루시에게 점심 준비가 끝났다고 외쳤다. 루시는 아래층으로 내려와 언니를 마주 보고 식탁에 앉았다. 아버지는 항상 마을에 있는 보헤미안 맥주 가게에서 점심을 먹었다. 폴린은 양갈비가 담긴 접시를 가져왔다. 커피 주전자와 채소는 이미 식탁 위에 있었다. "중요한 편지 온 거 있니?" 폴린이 자리에 앉으며 물었다.

"중요한 편지? 없어." 중요한 편지란 시카고에서 부르는 편지를 말하는 것이겠거니, 루시는 짐작했다.

폴린이 수다를 떨기 시작했다. 루시는 어렸을 때부터 언니가 주절주절 수다를 떨면 마음의 귀를 닫는 훈련을 했다. (어렸을 때부터 루시는 대부분의 여자가 너무 말이 많다고 생각했다.) 지금도 어린 시절처럼 집 밖에 있는 무언가에 집중하려고 애썼다. 둘만 있을 때면 폴린은 식사 방식이 상당히 스스럼없었다. 음식은 무시하고 이야기만 하다가 우적우적 먹고는 했다. 루시는 그런 행동을 전처럼 가볍게 여길 수 없었다. 신경에 거슬려서 자기 내면으로 침잠하게 되었다.

불쑥 폴린이 정말 필요한 이야기를 꺼냈고, 그제야 루시는 폴린에게 귀 기울였다.

"이런, 잊어버릴 뻔했네! 램지 부인이 전화해서 오늘 저녁에 네가 꼭 와줬으면 좋겠다고 하시더라. 너만 오라셔. 나는 지난주 매지가 다녀간 다음 날에 갔잖아. 너도 알겠지만 **다들** 매지를 참 좋아했지. 매지 아들이 올해 대학에 갔단다. 믿기니?"

"응, 기억나. 토디라고 불렀는데. 진짜 이름은 시어도어였잖아. 맞지? 오늘 저녁에는 다녀올 수밖에 없겠네."

"당연히 가야지. 램지 부인은 항상 널 가장 아꼈어." 폴린은 아량 넓게도 마지막 문장을 강조해 말했다. 실로 아량 있다고, 루시는 인정했다. 램지 부인은 항상 상대를 봐가며 폴린을 폴린답게, 루시를 루시답게 대했으니까. 하지만 상대를 부담스럽게 하는 아량을 좋은 것이라고 말할 수 있을까? 아량이란 자애심, 부드러운 이슬 같은 자질 아니었나?• 그때 언니가 루시의 몽상을 깨버렸다.

"루시, 너 또 아무것도 안 먹네! 그래서 안색이 그렇게 안 좋은 거야. 알지, 너는 창백한 게 안 어울린다고. 대구 간 기름이 들어간 약이 새로 나왔는데……."

루시가 단호하게 폴린의 말을 끊었다. "언니, 집에 왔을 때 그 약을 먹은 건 언니 좋으라고 그랬던 거야. 상태가 나아질 것 같아서 먹은 게 아니라고. 배고프지 않은데 음식을 먹어봤자 좋을 것 없어. 난 지난여름에 일을 너무 많이 하는 바람에 신경쇠약증 같은 것에 걸린 거야. 나한테 도움이 될 만한 거라면 오랫동안 혼자 있는 것뿐이지. 그래서 집에 왔고, 그래서 사람들을 만나러 다니지 않는 거야. 그래서 사과밭을 없애지 말라고 부탁한 거고. 해고당하지 않았어. 그렇게 생각하는 사람들도 있는 모양이지만. 내가 집에 돌아오는 바람에 아우어바흐 교수님은 큰 곤란을 겪으셨지. 하지만 아프다는데 일을 시키실 분이 아니니까."

"그래, 루시." 폴린이 접시를 모아 치우기 시작하며 말했다.

• 셰익스피어의 희극 〈베니스의 상인〉에 등장하는 포셔의 대사를 염두에 둔 문장. 포셔에 따르면 자애심은 하늘에서 내리는 부드러운 비처럼 강요할 수 없는 것으로, 베푸는 사람과 상대 모두에게 축복이어야 한다.

"지금껏 들은 것 중 가장 합리적인 상황 설명이구나. 당연히 난 네 상태가 좋아지도록 도와주고 싶지. 하지만 널 도와주기를 바란다면 무엇이 문제인지 조금은 이야기해줘야 하지 않겠니. 넌 우리한테 아무것도 말해주지 않았잖아."

"알아." 루시가 잘못을 인정하듯 말했다. 하지만 전보다 단단히 자기 안으로 숨어들어 바닥만 바라보았다. "난 그다지 합리적인 사람이 아니야. 언니가 아주 힘들었겠지. 그래도 조금씩 힘이 생기기 시작하는 것 같아."

이제껏 폴린은 루시를 대할 때 친절했고, 이렇게 말할 때도 의도만은 변함없이 친절했다.

"가족들에게는 담백하게 훌훌 털어놓아야지, 루시. 꾸며내지 말고. 우리는 그런 부류가 아니다. 네가 이런 식으로 나오면 어떻게 해야 할지 모르겠어."

"응, 알겠어, 언니." 루시가 아주 낮은 목소리로 말했다. 화난 것은 아니었으나 언니와 눈 한 번 맞추지 않고 위층에 있는 자기 방으로 올라갔다.

잠시 후 폴린은 루시가 낡은 담요를 들고 정원 뒤에 있는 사과나무밭으로 사라지는 모습을 보았다.

2

햇살이 환한 오후 내내 루시는 낮게 드리운 사과나무 가지 아래 바삭바삭한 황갈색 잔디에 누워 있었다. 사과나무밭은 면적이 12만 제곱미터 정도 됐고 완만한 오르막이었다. 루시는 가장자리에 누워서 구불구불 얽히고설킨 나무들이 쭉 늘어선 풍경을 내려다보았다. 아직도 가지에는 작고 빨간 사과가 달려 있었고, 희끗희끗 시들한 초록 잎사귀도 몇 장 보였다. 사과밭은 오랫동안 방치되어 먹을 만한 열매가 열리지 않았다. 부드러운 가을이 오래도록 늑장을 부리는 계절, 루시는 하루 대부분을 이곳에서 보냈다.

오랫동안 자기 멋대로 자란 사과나무들의 모양에는 어딘가 마음의 위로가 되는 구석이 있었다. 이곳에 있으면 루시는 추억과 생각에 잠겨 자신에게 무슨 일이 일어났는지 헤아릴 수 있었다. (먼 과거인 것만 같은) 그날 아침 친절한 아우어바흐 부부가 와서 루시를 자신들의 집으로 데려갔던 것을 기억했다. 파울은 굳이 설명을 듣지 않고도 알았다. 루시가 당장 이곳을 떠나 고향으로 돌아가야 한다는 것, 이제 다시는 시카고로 돌아오지 않으리라는 것을.

아우어바흐 부인이 루시의 짐을 쌌다. 빵집에 있는 사람들에게 자초지종을 설명했고, 기차표를 샀고, 루시를 기차에 태워주었다. 심지어 서배스천의 변호사가 와서 유품을 처분하기 전 연습실에 들러 '간직할 만한 소품' 몇 가지를 챙겨주기도 했다. 서배스천이 서랍에 남긴 손수건 몇 장, 장갑 한 짝, 친구들과 찍은 사진, 책 몇 권, 메모를 적은 악보였다. 루시와 상의 한마디 없이 골라 속달우편으로 해버퍼드에 보냈다. 지금은 루시의 짐 가방 밑바닥에 깔려 있었다. 루시에게는 의미 없는 물건들이었다. 차마 바라볼 수도 없었다.

한순간 얼어버린 마음, 한순간 부서져 버린 세상, 서배스천의 죽음은 그런 뜻이었다. 루시는 남겨진 세상에서 길게 호흡하거나 자유롭게 움직일 수 없었다. 기억으로 되살린 세상에서만 숨 쉴 수 있었다. 아름다운 시절이 있었건만, 전부 사라지고 말았다. 유년을 보낸 집을 둘러보는데 모든 것이 너무나도 생경해서 만지기조차 두려웠다. 자기 침대에 누워도 몸이 뻣뻣해졌고, 무언가가 아름다운 마음속 추억을 앗아 갈 것만 같아서, 그런 추억이 전부 망상이며 그 이상의 의미는 없다고 설득할 것 같아서 경계하게 되었다. 루시는 오직 사과나무밭에서만 안전했다. 이곳에서는 한때 삶과 함께하던 감정들이 되살아났다.

아버지의 집은 그럭저럭 편안해서, 루시는 자신이 살던 집에 자부심을 느끼던 시절을 떠올릴 수 있었다. 하지만 서부 마을의 목조 주택은 전부 지음새가 허술했기에 무신경한 사람들이나 살 만한 곳이었다. 방 사이의 벽이 너무 얇았고 특히 위층 침실의 상태가 심각했다. 루시의 방은 폴린의 옆방이었다. 언니에게 들린다는 것을 알기에 마음대로 울 수도, 불을 켤 수도, 침대에서 뒤척일 수도 없었다.

사과밭에서는 혼잣말을 할 수 있었는데, 이는 대단한 위로였다. 서배스천이 부르던 노래 가사를 반복해 부르며 그가 노래하던 방식 그대로, 그의 억양과 표현까지 따라 하기를 즐겼다. 조금씩 흥얼거리기도 했다. 눈물이 났으나 마음의 냉기가 풀어졌고, 그 어느 때보다 서배스천이 생생하게 되살아났다. 루시는 처음으로 그를 위해 연주했던 구절을 부르고 또 불렀다. **"아, 난 알아요……. 어떻게 천상에 있는 그를 찾을지……."** 부드럽게, 또 열정적으로 반복해 부르다가 눈물에 목이 막히고 말았다. 하지만 크게 노래를 부르면 서배스천의 일부가 아직 이 세상에 남아 있는 기분이 들어 위로가 되었다. 때로는 꿈속에서 다시금 서배스천의 노래가 들렸고, 루시는 그와 함께 지상을 넘어선 아름다움과 기쁨에 사로잡혔다. **"그러므로 의로운 자들은 아버지의 영토 천상에서 태양과 함께 빛나리라."** 꿈속에서 들리는 그의 목소리가 그렇게 노래했다.

하지만 때때로 잠들기가 두려운 루시는 위험을 감수하고 잠자리에 드는 대신 창가의 작은 의자에 오랫동안 앉아 있었다. 잠들었다가 얼음장처럼 차가운 호숫가에 빠져 흰 것에 옥죄인 채로 가라앉는 남자를 구해내려 몸부림치던 밤이 있었다. 남자의 눈은 언제나 이미 죽은 듯 감겨 있었다. 하지만 그의 어깨 뒤에 매달린 자는 초록색 눈을 부릅뜬 채로 공포와

욕심을 잔뜩 드러내고 있었다. 루시는 그 비겁한 결박을 끊어내려 애쓰느라 기진맥진하고 싸늘해진 몸으로 꿈에서 깼다. 그러면 다시 잠들지 못해 덜덜 떨면서 남은 밤을 지새웠다. 왜 루시는 서배스천에게 이 남자가 기어코 당신을 파괴할 것이라고 경고하지 않았을까! 대체 왜 그의 발밑에 몸을 던지고 목퍼드를 조심하라고 애원하지 않았을까! 목퍼드가 비겁하고 시샘하고 배신하는 인간이라는 것을 똑똑히 알았건만!

이런 끔찍한 밤을 지날 때마다 다른 사람과 같이 있으면 무슨 짓을 할지 모르겠다는 생각이 들었다. 아주 작은 것조차 루시의 통제력을 산산이 부숴놓았다. 그러면 춥고 두렵고 불안한 몸을 안고 이곳 사과나무 밑으로 왔고, 조금씩 마음의 짐이 줄어들고 단단한 가슴속 응어리가 풀어졌다. 그런데 이제 사과나무는 베어져 사라지게 되었다. 올가을 오래된 나무들은 생의 마지막 햇볕을 쬐고 있었다.

사과나무밭 바로 뒤에는 게이하트 씨에게 말이 있었을 때 말을 방목하던 목초지가 있었다. 2년 전 폴린이 이곳의 땅을 갈고 스페인 양파를 심었다. 수확해서 내다 팔았더니 벌이가 쏠쏠했고, 그렇게 사과나무밭의 운명이 정해졌다.

고향으로 돌아오고 겨우 일이 주쯤 지난 어느 아침, 루시는 도끼 소리에 잠에서 깼다. 잠시 아무 생각 없이 듣고 있는데 별안간 그것이 장작 패는 소리가 아니라는 사실을 깨달았다.

완전히 다른 소리였다. 진동이 없었다. 도끼는 살아 있는 것을 베어내고 있었다. 루시는 침대에서 벌떡 일어나 가운을 걸치고 집 뒤편에 있는 아버지의 안방으로 달려갔다. 뒤뜰과 사과나무밭이 보이는 방이었다. 아버지는 화장실에서 면도 중이었다. 안방 창밖으로 웬 남자가 사과나무밭에서 나무를 넘어뜨리는 모습이 보였다. 루시는 뒤쪽 계단을 뛰어 내려가 폴린이 아침 식사를 준비하고 있는 부엌으로 가서 사과나무밭에 나가보라고 했다. 빨리! 누군가가 나무를 베어내고 있다고.

폴린은 자그마한 눈으로 곁눈질했다. 무심하게 대답하려는 목소리가 몹시 부자연스러웠다.

"풀에게 오늘 오라고는 했다만, 이렇게 일찍 오라고 하지는 않았는데. 시끄러워서 깼다면 미안하다."

"나무에 무슨 문제가 있는데? 왜 베어내는 거야?"

폴린이 뜨거운 냄비에 달걀을 깼다. "쓸모도 없는 사과나무밭 다 밀어버릴 거라고 말 안 했니?"

"밀어버린다고…… 아아, 아버지는 어디 있는 거야?"

잔뜩 흥분한 동생의 목소리에 놀란 폴린이 달걀을 화구 뒤쪽으로 밀어놓고 돌아보았다.

"아버지도 그러라고 하셨어. 너도 분명 알겠지, 루시. 아버지 벌이가 넉넉하지 않아서 생활이 빠듯해. 내가 심은 양파가 집에 많은 도움이 됐어. 올가을에 사과나무를 다 밀어버리고 땅을 갈아놓은 다음 내년 봄이 되면 양파와 감자를 심을 거다. 멀리 밭에 다니면서 온종일 나가 농사지을 여유는 없는데다가, 그러면 소작꾼들이 농간을 부릴 거야. 하지만 여기에 심으면 가까이서 지켜볼 수 있으니 더 좋지 않겠니. 우리 집이 건사하려면 내가 움직여야 한다고."

"그렇지만, 언니, 올가을만은 참아줘. 지금은 안 돼. 나 너무 힘들단 말이야!"

"합리적으로 생각해봐라, 루시. 이미 이야기가 끝난 데다가 일을 미루면 한 해 수확을 놓치는 거잖아."

루시는 아직 잠기운이 다 가시지도 않은 상태였다. 폴린의 통통한 손을 붙잡고 격하게 외쳤다. "못 견디겠어. 못 견디겠다고! 지금 나한테는 사과나무밭밖에 없어. 올해만 그대로 둬. 언니가 손해 보는 만큼 내가 갚을게. 정말이야. 나, 곧 돈벌이 다시 시작할 거야. 마지막 한 푼까지 톡톡히 갚을게. 언니, 나가서 저 사람 그냥 가라고 해줘! 들어봐, 한 그루 넘어갔어! 다른 나무도 잘라낼 거라고. 못 견디겠어!" 루시는 의자에 털썩 주저앉더니 식탁 위에 훤히 드러난 팔을 올리고 엎드렸다. 양 갈래로 땋은 머리를 늘어뜨린 어깨가 쓰디쓴 울음으로 들썩였다. 폴린이 어두운 표정으로 얼굴을 찌푸렸으나 눈에는 눈물이 그렁그렁했다. 루시의 절망과 고통에는 의심의 여지가 없었다. 루시는 아픔에 허덕이고 있었다. 꼬마 시절 이후로 루시가 그렇게 절절하게 애원한 적은 한 번도 없었다. 폴린은 식탁 위로 몸을 구부려 돌연 어색한 포옹을 시도했다.

“자, 자, 동생아. 그렇게 속상해할 줄은 몰랐어. 그러면 내년 가을까지 그대로 둘게. 하지만 그때도 똑같은 심정이지 않을까?”

루시가 얼굴을 들었다. “내년 가을이면 난 집에 없을 거야. 어딘가로 떠나 나만의 생활을 하고 있겠지. 아버지 씀씀이가 헤퍼서 언니가 그만큼 애써야 한다는 것 알아.” 루시가 아주 낮은 목소리로 말하고는 목구멍으로 치밀어 오르는 응어리를 삼켰다. “하지만 언니가 올…… 올해만 눈 딱 감고 내 말대로 해주면 절대 후회하지 않을 거야. 언젠가 다 이해하게 될 거고.”

“알았다니까, 우리 동생. 가서 풀은 돌려보내마. 이제 위층에 가서 옷 갈아입어. 커피 한 잔 가져가서 갈아입으면서 마시고.”

루시는 고마운 마음으로 커피를 받아 들고 다시 위층으로 올라갔고, 그 느릿느릿 순한 발걸음은 사람들이 흔히 말하듯 버르장머리가 고쳐질 때까지 매를 맞은 어린애 같았다.

계단 꼭대기에는 마찬가지로 폴린을 겁내는 아버지가 자기 방문 앞에 서 있었다. 막 면도를 끝낸 뒤 깨끗한 셔츠를 입고 희끗희끗한 머리와 턱수염에 베이럼 화장수를 바른 모습이었다. 그는 루시에게서 커피 잔을 건네받아 서랍에 올려놓고는 딸을 안아주었다. 표현에 박한 그였으나 딸을 안아줄 때는 항상 애정이 가득했고, 입술에, 눈에, 머리에 입을 맞추었다.

아무 말 없이 한 손에 커피를 들고 다른 팔은 딸의 어깨에 두른 채로 나란히 걸었다.

3

해가 지려고 하자 루시는 사과나무밭을 떠나 집으로 돌아왔는데, 집 뒤편 포치에서 어깨에 망토를 두른 채 자신을 기다리는 폴린을 발견했다.

"루시, 그러다 감기 걸려. 4시 지나서는 외투 없이 밖에 있으면 안 돼. 어렸을 때부터 내가 아무리 일러도 도통 따뜻하게 입지를 않았지. 지금도 마찬가지구나. 램지 부인이 또 연락해서 너랑 이야기하고 싶다고 그러셨어. 오늘 밤에 가봐야겠다."

루시는 아무래도 그래야겠다고 대꾸했다. 루시가 저녁에 즐기는 일은 딱 한 가지뿐이었다. 아버지가 가게에서 돌아오면 함께 모차르트 소나타를 연주하는 것이었다. 아버지의 바이올린에서는 날카로운 소리가 났지만 한껏 연주를 즐기는 모습에 루시까지 흥이 나고는 했다.

루시는 저녁을 먹고 마을을 향해 걷다가 모퉁이를 돌아 사람들이 농담하듯 '잘사는 동네'라고 부르는 거리로 접어들었다. 한끝에는 램지 부인이 살고 반대편 끝에는 고든 가족이 살기 때문이었다. 램지 부인은 집 앞면의 커다란 창문 옆에서 블라인드를 걷고 실크 커튼까지 젖힌 채 등받이 높은 의자에 앉아 있었다. 집이 거리와 몹시 가까워서 지나가는 사람은 누구든 들여다볼 수 있는데도 부인은 항상 이렇게 생활했다. 가끔 이웃들이 부인은 거리에 응접실을 차린 것 같다고 말하기도 했다. 어렸을 때 루시는 이 집에 오는 것을 참 좋아했다. 정말이지 안락한 방, 오래된 멋이 있는 가구, 부드러운 꽃무늬 카펫. 응접실과 부엌 사이가 먼 덕분에 루시네 집처럼 두 공간이 뒤섞이지 않은 것도 좋았다. 동네에서 가정부를 둘이나 쓰는 여자는 램지 부인뿐이었다. 그런데 최근 해리 고든의 아내가 부부를 고용인으로 부리기 시작했다고, 언젠가 폴린이 소식을 전했다.

루시는 램지 부인의 볼에 입 맞추고는 빨갛고 폭신폭신한 대나무 스툴에 자리 잡았다. 어린 시절 뜨개질하는 법을 배울 때 앉던 의자였다. 이 집은 아무것도 변하지 않았고, 왜인지 다시 찾아올 때마다 반가웠다. 실체감, 색채와 따뜻함이 있는 집이었다. 이 집을 단장하고 꾸려가는 여자가 그런 자질을 타고났기 때문이었다.

"루시, 얘야, 나를 대하는 태도가 전과 다르구나. 이제 내가 늙어서 상대하기 싫은 게냐?"

루시는 기분이 안 좋고 멍할 때는 친구들을 찾아가기가 꺼려진다고 중얼거렸다. 여름 내내 시카고에서 일에 몰두했는데 결과가 좋지 않았다고 했다. "가을이 되니까 아무것도 못 하겠더라고요. 제 선생님의 부인께서 짐까지 대신 싸주셨다니까요. 저는 가만히 있었고요. 가당키나 한가요!"

램지 부인은 루시의 손을 도닥였다. 그렇다면 몇몇이 수군거리는 말대로 선생님을 언짢게 해서 해고당한 것은 아니었다.

"그래, 우리 루시. 이야기할 기분이 나지 않으면 가끔 들러서 연주나 들려주고 가렴. 네가 돌아왔다는 이야기를 듣자마자 피아노를 조율해놨단다. 저기 보이지. 매지는 건드리지도 않아."

루시의 얼굴이 환해졌다. "피아노 소리 듣고 싶으세요? 그러면 말씀대로 할까봐요! 저희 집에는 낡은 업라이트피아노밖에 없거든요. 아버지 가게에 있는 피아노는 조금 나은데, 오가는 사람들로 정신이 없어요. 꼬마였을 때는 아무렇지도 않았는데."

"꼬마였을 때? 세상에, 그러면 지금은 뭐니? 궁금하구나? 아니, 집에서 쉬는데 연습을 너무 많이 하면 안 돼. 지친 것 같아, 우리 루시. 걸음걸이도 지쳤더구나. 시골 공기 마시며 오래 쉬어야겠어. 그리고 플랫 계곡처럼 공기 좋은 곳이 없거든. 덴버는 지대가 너무 높고 시카고는 너무 낮아. 그리고 세상 어디를 봐도 여기만큼 가을이 멋진 곳은 없지. 스코틀랜드에서 보낸 가을은 내 인생에서 손해라고 셈하고 있단다. 남편은 실컷 즐겼지만!"

그렇다고, 집에 돌아와서 좋다고 루시는 말했다. 시카고에서 한 해를 꼬박 보내다니 너무 과했다.

"하지만 좋은 시간 아니었니? 분명 일이 즐거웠을 거야. 그렇지 않았다면 쭉 머물지 않았겠지. 일하면서 재미있는 일도 많았기를 바란다. 재능 있는 젊은이들이 너무 진지하게만 살면 마음이 안 좋더라고. 인생은 짧아. 할 수 있을 때 장미 꽃잎을 그러모아야지. 분명 루시도 조금 모았겠지."

루시가 환하게 미소 지었다. "조금요."

"있는 힘껏 즐겨라, 루시. 삶을 사는 것 외에 중요한 건 딱히 없어. 삶에서 누릴 건 다 누리렴. 난 이제 다 늙어서 잘 안다. 성취는 삶의 장식품 같은 거야. 가장 중요한 게 아니라고. 때로는 사람들이 실망스럽고, 때로는 나 자신이 실망스러워. 어쨌든 중요한 건 계속 살아가는 거란다. 루시는 아직 시작도 안 했어. 봄에 힘든 일이 있었다고 낙담하면 안 돼. 네 앞에 긴 여름이 있는 데다가 모든 일은 때가 되면 풀리기 마련이니까."

루시는 가만히 앉아서 대체 무엇 때문에 오랜 친구에게 하고 싶은 말을 할 수 없는 것일까 의아해했다. 램지 부인의 집으로 오는 길에는 적당한 오후에 응접실로 해리 고든을 초대해 그와 이야기할 기회를 마련해달라고, 그리고 둘이 만나는 동안 옆자리를 지켜달라고 부탁할 생각이었다(그 누구도 루시의 부탁을 거절하지 않았으니까). 하지만 지금 루시는 아무 말도

할 수 없었다. 한숨을 쉬고 자리에서 일어나 피아노 쪽으로 갔다.

연주는 한 시간 가까이 이어졌다. 다시 램지 부인의 피아노를 연주하게 되어 좋았다. 마을에서 좋은 피아노는 이것뿐이었다. 이 피아노가 세상에서 가장 훌륭한 피아노라고 확신하던 시절도 있었다. 램지 부인은 등받이 높은 의자에 꼿꼿이 앉아 손잡이를 팔꿈치로 꾹 누른 채 손가락 위에 고개를 가볍게 괴고 연주를 들었다.

램지 부인이 고개를 돌려 창밖을 내다봤다면, 키가 훌쩍한 남자가 다소 거들먹거리는 걸음걸이로 지나가는 모습을 포착했을 것이다. (블라인드를 여전히 올려둔 상태라 행인에게는 밝은 실내가 어두운 극장의 무대만큼 또렷이 보였다.) 그는 원래 자신의 경로에 맞게 모퉁이에서 곧장 북쪽으로 향하는 대신 방향을 틀어 램지 부인의 정원과 차고에 맞닿은 길을 따라 서쪽으로 향했다. 현관으로 또 응접실로 곧장 들어가고 싶은 강렬한 충동에 사로잡혔고, 실제로 그럴 뻔했다. 집 주변을 한 바퀴 빙 둘러 다시금 실내의 무대를 들여다보고 싶었다. 하지만 서쪽 모퉁이에 다다랐을 때쯤 이성을 되찾고 다시 경로에 맞게 북쪽으로 갔다. 겨우 한 바퀴 돌아가게 만든 보잘것없는 유혹이었다고, 그의 자존심이 말했다. 그 정도는 유혹이라고 할 수도 없었다!

작은 마을에서는 여럿의 삶이 바투 붙어 굴러간다. 사랑과 증오가 옷깃이 닿을 만큼 가까이서 두근거린다. 집 밖으로 나갈 때마다 모두가 오가는 거리 한복판에서 나를 속이고 배신했던 남자와, 세상 그 어떤 것보다 간절히 원했던 여자와 몇 마디 간격을 두고 스쳐 지나가야 하는 것이다. 어쩌면 그 여자의 치맛단이 살짝 닿을지도 모른다. 좋은 아침이라고 인사하고 자기 갈 길을 간다. 아슬아슬한 탈출. 저 넓은 세상에는 이토록 아슬아슬한 탈출이 없다.

4

루시는 유쾌한 기분으로 램지 부인의 집에서 돌아와 잠자리에 들었다. 새벽 4시쯤 폴린은 옆방에서 들려오는 공포에 사로잡힌 비명과 겁에 질려 흐느끼고 애원하는 소리에 화들짝 깼다. 이어지는 숨죽인 훌쩍임 때문에 몸이 떨렸다. 언젠가 집 앞에서 짐마차에 치인 강아지가 그렇게 운 적이 있었다.

루시가 자다가 울음을 터뜨린 것이 처음은 아니었다. 평소에는 곧 잠에서 깨 침대에서 뒤척이고 베개를 매만지는 소리가 들렸다. 루시의 방에 가서 말을 건 적은 한 번도 없었다. 사실 폴린은 두려웠다. 루시에게 무언가 문제가 있다는 것만은 확실했고, 폴린은 사과나무밭을 그대로 두어 다행이라고 생각했다. 밖에 나가 햇볕을 쬐면 분명 건강에 좋을 터였다.

폴린은 자기만의 방식으로 동생을 사랑했으나 분명 동생을 미워한 순간도 있었다. 사적인 증오와 혈연의 애정은 양립 불가능한 것이 아니라 함께 자라나고 강해지는 경우도 왕왕 있는 법이다. 폴린은 루시의 가장 특이하고 특징적인 것들이 모조리 괘씸했다. 하지만 자신이 게이하트 혈통이라고 간주하는 것에는 충심을 지켰다. 누군가가 루시의 연주를 칭찬하면 폴린은 이런 식으로 반응했다. "아, 그럼. 게이하트 집안사람은 음악적 감각이 뛰어나거든! 내가 노래 공부를 했더라면……." 자신은 루터 교회 성가대의 소프라노 겸 감독이었다.

폴린은 동생보다 훨씬 복잡한 사람이었다. 부산스럽고 노골적인 언행은 분명 격렬했으나 설득력이 강하지는 않았다. 폴린이 속으로 무슨 생각을 하고 느끼든 간에 그런 언행과는 별개라는 것이 느껴졌다. 진정한 폴린은 보이는 모습 이면에 있었다. 성가대 연습에 가는 길이나 오후의 차 모임에서 만나는 통통하고 작달막하고 수다스러운 여자는 폴린이 자기 앞에 세워둔 마네킹이었다. 낯익은 마네킹 뒤에 있는 진짜 폴린을 본 사람은 아무도 없었고, 그 두 번째 인물이 어떤 사람인지 아무도 몰랐다. 실제로 폴린은 자기 자신이 "꿋꿋한 척 연기하고 있어"라고 말했다. 그런 연기가 필요하다고 생각했다. 아버지는 마을의 여느 충실한 상공인과는 딴판인 기인이었고, 루시도 분명 보통 사람과 다른 면이 있었다. 누군가는 (폴린이 시도 때도 없이 쓰는 단어를 인용하자면) '정상인'으로서 공동체 속 게이하트 가문의 위신을 지켜야 했다.

동생이 어렸을 때는 자신의 가치를 반영하는 보석이라도 되는 것처럼 몹시 애틋하고 자랑스러웠다. 어머니가 돌아가시는 바람에 혼자서 동생을 돌보게 되었을 때 폴린의 나이는 겨우 열여덟 살이었다. 친구와 이웃은 용케 여자아이를 번듯하게 길러냈다며 칭찬하고는 했다. 가끔 루시가 미친 듯이 성질을 부리거나 도망가버릇해서 당황스러웠으나 동생을 돌보며 실로 즐거움을 느꼈다. 루시가 어느 정도 자라 고등학교에 갈 나이가 되자 비로소 질투가 시작되었다. 모두가, 심지어 교회 목사님과 목사님의 부인까지도 폴린은 이렇게 대하고 루시는 저렇게 대한다는 사실을 그때 깨달았다. 램지 부인과 해리 고든의 어머니는 항상 이 핑계 저 핑계를 대며 루시를 불러들였다. 폴린이 초대받는 경우는 교회 사람들에게 저녁을 대접할 때, 소방관을 위한 자선 행사를 열 때가 전부였다. 그리고 아버지 역시 루시를 응석받이로 키웠다. 아버지의 편애가 가장 속상하고 부러웠다. 아침 식사 자리에서 루시에게 수업이 끝나자마자 귀가해 다림질을 도와달라고 하면, 아버지는 일단 가게에 들러 연습부터 해야 한다고 말하기 일쑤였다.

몇 달을 끙끙 앓던 폴린은 어느 일요일 오후 아버지의 방으로 가서 할 이야기가 있다고 말했다. 루시가 집안일을 같이 할 만큼 컸는데도 지금처럼 자기 혼자서 살림을 도맡아야 하는 걸까? 그게 폴린에게 공평한 처사일까? 루시에게 도움은 될까?

게이하트 씨는 앉은 자리에서 신문을 내려놓고 고개를 돌려 맏딸을 바라보았다.

"루시에겐 음악 공부가 더 중요한 문제야. 내가 지켜볼 수 있을 때 피아노 앞에서 시간을 보내야 한다. 집안일이 많으면 콜마이어 댁 딸들한테 도와달라고 해라. 1달러 주면 한 명이 와서 하루 동안 거들 거야."

폴린은 자기 자신이 아니라 루시가 걱정되는 것이라고 대꾸했다. 항상 시중드는 사람이 필요한 무신경한 여자로 자라나는 것이 과연 좋은 일일까?

"나는 루시가 피아노 앞에서 자라났으면 한다. 거기 있는 게 더 좋을 아이니까. 피아노 앞이 루시 자리야." 게이하트는 읽던 신문을 다시 집어 들었다.

"피아노는 응접실에 있지." 폴린은 자기 방으로 돌아가는 길에 혼잣말했다. "항상 이런 식이었어. 응접실 고양이 따로, 부엌 고양이 따로."

게이하트 씨는 큰딸이 분별 있는 여자라고 생각했다. 루시가 다르다는 것을 큰딸 역시 알겠지. 다들 알고 있으니까. 그러니 폴린은 수선 떨지 않아야 했다.

해리 고든은 덜 둔감했다. 폴린의 질투를 알고 있었다. 거리에서 마주치거나 폴린이 일을 보러 은행에 올 때면 특히 다감하게 굴었고, 크리스마스가 다가오면 어김없이 커다란 과자 상자를 보내주었다. 하지만 루시가 보고 싶을 때조차 집에 찾아오는 일은 드물었다. 그저 루시를 불러내서 마차를 타고 다니거나 춤을 추러 갔다.

폴린은 자신이 루시만큼 예뻤다면 그만큼 인기가 좋았으리란 것을 알았다. 사실 폴린은 인기가 좋았다. "폴린은 사리 분별이 분명하지." 이것이 마을 사람들의 평가였다. 그것이 그가 연기하는 역할이었기에 기분 상해서는 안 됐다. 하지만 기분이 상했다, 아주 많이. 길을 걷자면 자꾸만 사람들이 불러세워서는 언제 루시가 시카고에서 돌아오는지 물었다. 할머니들은 기대된다는 눈으로 루시가 참 예쁘게 자라고 있다며 활짝 웃었는데, 꼭 폴린도 흡족해서 활짝 웃어야 마땅하다는 태도였다. 폴린은 최선을 다했으나 초록빛• 반딧불이 같은 얼굴로 빙긋이 웃어 보일 뿐이었다.

루시는 언니의 숨겨진 감정에 관해 아무것도 몰랐다. 항상 머릿속에 이런저런 생각이 끊이지 않는 데다가 날씨처럼 사소한 것일지언정 항상 무언가에 즐거워하는 사람이라 그랬다. 언니의 실제 모습을 전혀 눈치채지 못했고, 고민해본 적도 없었다. 언니는 자신을 길러주었고, 아플 때 돌봐주었고, 생일 파티와 크리스마스 파티를 열어주었다. 폴린은 '좋은' 사람이었으며 좋은 사람들은 원래 강팔지고 조금 피곤했다.

• 초록색은 질투를 상징한다.

왜인지 루시에게 집은 온전히 자유로울 수 없는 공간이었다. 사과나무밭과 다락방에서만 자유로웠다. 누군가가 루시를 추궁한다면 완강하게 부인할 테지만, 사실 폴린의 살림은 효율보다는 허세가 우세해 보였다. 바지런하게 움직이기는 했으나 아버지와 마찬가지로 야무진 것과는 거리가 멀었다.

한 가지 불만이 생기면 다른 불만도 생기는 법이다. 폴린은 아버지에게 루시를 유학 보낼 여유가 있다고 생각한 적이 단 한 번도 없었다. 루시는 시카고에서 보낸 두 해 겨울 동안 돈벌이를 하지 않았다. 아버지가 학비와 생활비를 댔다. 그래서 항상 돈이 부족했고, 폴린이 양파를 길러야 했다. 루시가 미안해하고 고마워했더라면, 조금이라도 돈을 아꼈더라면 폴린의 분노가 누그러졌을 것이다. 하지만 전혀, 루시는 돈 생각 따위 전혀 안 하는 것 같았다. 돈이 있으면 명랑하게 다 써버렸다. 마음 깊은 곳에서부터 가난한 생활을 거부했다. 다만 폴린에게는 루시의 헤픈 씀씀이를 참아줄 이유가 있었다. 가족의 자원이 새어나가는 불안한 상황을 견딜 한 가지 희망이 있었다. 루시가 자신을 위해 '희생'해온 가족에게 보답할 단 한 가지 방법은 해리 고든과 결혼하는 것이었다. 폴린이 의지해온 이 희망은 전부 물거품이 됐다. 물거품 이상이었다. 사람들은 게이하트 가족을 동정하기 시작했다. 폴린은 고개를 꼿꼿이 들고 다녔으나 루시가 버림받았다는 생각에 자존심이 상했다. 루시를 질투하는 동시에 루시를 위해 질투했다.

5

루시는 플랫 계곡 은행을 향해 천천히 마을 중심가를 걸었다. 손가방에는 시카고에서 쓰던 통장 잔액의 어음이 들어 있었다. 일주일이 넘도록 가방에 넣어 다니는 중이었다. 해리 고든이 창구에 나타나면 그가 개인 사무실로 돌아가기 전에 깜짝 놀라게 해주고 싶어서 은행을 지나치고 또 지나치기만 했다. 그날 아침에도 은행 앞을 지나며 안을 들여다보았다. 젊은 창구원 밀턴 체이스가 앉아 있었다. 루시는 부러 중심가 끝까지 가서 유니언 퍼시픽 기차역으로 들어갔다.

대기실에 붙은 포스터를 읽으며 미적거리다가 다시 은행으로 갔다. 저기, 창구의 창살 뒤에 해리가 서 있었다. 언젠가는 일어날 일이었다. 루시는 재빨리 들어가서 곧장 창구로 갔다.

"좋은 아침이야, 해리. 집에 있는 동안 쓰려고 작게 계좌 하나 열고 싶은데 가능할까?"

"그럼, 당연하지! 밀턴." 해리는 어깨 너머로 창구원을 불렀다. "잠깐 이쪽으로."

밀턴이 다가오자 해리는 옆으로 비켜선 뒤 창구를 맡아달라고 손짓했다. 그러고는 업무적인 태도로 밀턴에게 직접 지시했다. "게이하트 양이 우리 은행에서 계좌를 열고 싶다시네. 통장 하나 만들어드리면 될 거야. 신경 써서 꼼꼼히 처리해드리도록 해. 게이하트 양을 편하게 해드릴 수 있다면 무엇이든 기꺼이 하는 거야. 알겠지." 그러고는 창구를 떠났다.

그 후에는 무슨 일이 일어나는지 의식할 겨를도 없었다. 다만 은행을 나왔을 때는 가방에 통장과 작은 수표책이 들어 있었다. 그러니 이번 시도 역시 실패였다.

루시는 창구에서 해리를 마주하면 어떻게든 용기를 그러모아 잠시 사무실에서 대화를 나눌 수 있는지 물어볼 생각이었다. 그러면 말할 수 있으리라. 정확히 무슨 말을 해야 할지는 알 수 없었지만. 어쩌면 그날 밤 콘서트홀 호텔의 식당에서 거짓말을 했다고 알려줄 수도 있을 터였다. 그리고 함께한 세월을 봐서라도 자신에게 따뜻한 마음을 품어달라고, 우연히 마주치면 따뜻하게 말 걸어달라고 청하고 싶었다. 루시의 바람은 그것뿐이었고, 그것만으로 의미가 컸다.

그런데 왜 그것만으로 의미가 클까? 루시는 귀갓길 풍경이 아닌 자기 내면만을 바라보며 자문했다. 그러나 답을 알 수 없었다. 어쩌면 망상일 터였다. 시카고에 있을 때 고향으로 돌아가기만 하면 이렇게 고통스럽지 않으리라고 착각한 것과 마찬가지였다. 어쩌면 해리가 덩치도 크고 튼튼한 데다가 조금 억센 사람이라서 그럴지도 몰랐다. 그는 해버퍼드에 있는 그 누구보다 세상을 잘 알았다. 상상력이 있었다. 그는 일어서고 무너질 줄 아는 사람, 살아 있는 사람, 움직이는 사람이었다. 한자리에 붙박여 있지 않았고, 게으르지 않았고, 겁쟁이도 아니었다. 대부분 자신만만한 채로 꾀부리며 살았으나 때때로 무언가 번쩍였다. 그 모든 방어적인 외피 밑에 한 남자가 있었다. 길들지 않은 마음을 지닌 남자였다. 그가 루시에게 손을 얹거나 눈을 똑바로 바라보며 오래전의 암호 같은 눈빛을 밝혀주면 루시 안의 무언가가 깨어나 동력을 제공하고 나아가라고 등을 밀어줄 것만 같았다.

6

말괄량이 페어리 블레어가 추수감사절을 맞아 고향으로 왔다. 도착한 당일 거리에서 루시를 알아보고는 풀빛 모자와 스웨터 차림으로 쫓아왔다.

"안녕, 루시! 잠깐 기다려!" 페어리가 외쳤다. 루시를 따라잡아 팔을 붙들었다. "같이 가자. 누가 네 칭찬을 하더라. 대학 동아리에서 만난 친구가 있는데, 남동생이 아우어바흐 교수 밑에서 공부한대. 이름은 시드니 길크라이스트. 누군지 아니? 그 애가 전하기를, 아우어바흐가 너를 끔찍이도 좋아해서 최고의 학생이라고 여기저기 자랑하고 다닌다는데. 기분 좋지 않니? 아, 넌 언제나 참 잘난 체가 심해! 아, 맞다, 루시! 그 이탈리아에서 물에 빠져 죽은 성인군자 서배스천 씨, 네가 반주해주던 가수 아니니?"

시카고를 떠난 후로 다른 사람이 서배스천의 이름을 언급한 것은 처음이었다. "응, 맞아." 페어리의 작은 눈이 날카롭고 짓궂게 빛나는 것이 느껴졌다.

"끔찍한 일이잖니? 장애인을 구하려다가 죽었다고 기사가 났던데. 너 무지 속상했겠다? 그 사람 노래에 반주할 때는 분명 짜릿했을 테고. 시드니는 네가 덕분에 상류층으로 신분 상승했다던데!"

마을 사람 중 그 누구도 루시에게 무슨 일이 있었는지 모른다지만, 페어리는 짚이는 바가 있었다. 그러고는 그날 오후 폴린에게 전화해 차를 마시러 오라고 했다. ('차'라고 얘기했으나 항상 커피와 케이크를 먹었다.) 페어리는 부리나케 코모 호수에서 벌어진 사고에 관해 말했고, 시드니 길크라이스트가 누나에게 편지로 귀띔한 이야기도 덧붙였다. 루시가 서배스천을 끔찍이 사랑했으며 아우어바흐 교수는 저러다가 미쳐버리지는 않을까 걱정했다는 것이다.

폴린은 한결 편해진 마음으로 귀가했다. 루시가 돌아온 지도 석 달이 다 되어가는데, 무슨 일이 있었는지 암시라도 얻게 된 것은 이번이 처음이었다. 적어도 사람들이 생각하는 것만큼 상황이 나쁘지는 않았다. 남자에게 버림받지는 않은 것이다. 폴린은 남자에게 버림받는 것이 얌전한 아가씨에게 일어날 수 있는 최악의 사건이라고 믿었다. 이제는 이따금 밤에 들리는 신음의 정체도 알 것 같았다. 그런 충격을 받으면 악몽을 꾸는 것도 당연했다.

폴린은 루시가 가여웠고, 난생처음 경외심까지 느꼈다. 폴린 같은 여자들은 로맨틱한 이야기에 비밀스러운 경탄을 품고 살았다. 돌아보니 루시는 기품 있게 행동했다. 동네방네 다니며 자기 아픔을 내보이지 않았다. 물론 언니에게는 털어놨어야 했다. 언니에게도 아무 말 하지 않은 것은 의아했다. 그러나 같은 상황이었다면 자신도 그렇게 행동했으리라, 폴린은 확신했다. 루시는 분명 게이하트 혈통이었다.

폴린은 집으로 들어와 평소의 경쾌한 목소리로 동생에게 인사를 건넸으나 어색한 분위기를 감지했다. 루시는 저녁 식탁을 차리고 있었으므로 폴린은 식사실로 들어와 잠시 자리에 앉았다.

"오늘 저녁에 특별한 계획 있니?" 폴린이 물었다.

"램지 부인네 가서 피아노나 칠까 싶었어. 토요일 밤이라 아버지도 저녁 드시고 다시 가게로 가실 테니까."

"루시." 폴린이 낮고 은밀한 목소리로 말하기 시작했다. "해리 고든네 안주인을 어떻게 해야 할지 모르겠어."

"어떻게 하다니? 왜, 무슨 말이야?"

"내 전화에 답을 안 해줘. 이유를 모르겠네. 어쩌면 네 전화를 받은 다음에 내 전화에 답하려고 기다리고 있는지도 몰라. 그쪽은 결혼해서 우리 동네에 온 새댁이고 우리는 전부터 여기 살았으니까, 우리가 한번 들르기를 기대하는 거지."

"아버지도 데려가지는 않겠지?"

"버릇없이 굴지 마, 루시! 여기서 살려면 그런 눈치도 봐야 하는 거야."

"그래, 그래, 나도 알아. 그렇지만 그쪽에서 언니를 보러 오지 않았는데 내가 먼저 가고 싶지는 않아. 일단 두고 보자."

7

루시는 노래 때문에 절망했던 것처럼 노래 덕분에 구원에 다가설 수 있었다. 크리스마스가 이 주 앞으로 다가왔을 때, 휴가 기간을 맞아 덴버로 이동 중이던 순회 오페라 극단이 해버퍼드에서 딱 하루 공연하게 된 것이다. 루시는 동네를 다니다가 거리에 나붙은 포스터를 보았으나 멈춰 서서 읽어보지는 않았다. 그러던 어느 저녁 식탁에 앉은 아버지가 주머니에서 파란색 표 세 장을 꺼냈다.

"딸들아, 다음 주에 〈보헤미안 걸〉•을 보러 가야겠다."

분위기를 보니 아버지가 이 공연을 손꼽아 기다리는 것이 느껴졌다. 아버지는 루시에게 시카고에서 관람한 오페라에 관해 이야기해달라고 했다. 폴린은 '재능 있는 지역 가수'가

• 아일랜드의 작곡가 마이클 윌리엄 밸프(1808~1870)의 오페라로, 1843년 초연.

2월에 〈피너포어〉•를 부를 예정이라고 했다.

"난 길버트와 설리번은 영 별로더라고." 게이하트 씨가 말했다. "가볍고 즐거운 걸 원한다면, 그래, 〈박쥐〉••가 있잖아. 아니면 〈아름다운 엘렌〉•••도 있고. 못 들어봤니, 루시? 난 어렸을 때 오페라에 푹 빠져 살았단다. 〈보헤미안 걸〉은 구식처럼 느껴질지도 모르겠지만 아주 좋은 작품이야."

공연이 예정된 저녁, 게이하트 씨는 일찍 퇴근했다. 목욕을 하고 아주 세심하게 면도한 뒤 가진 것 중 가장 훌륭한 검은색 정장과 흰 조끼, 에나멜가죽 구두를 신었다. 저녁 시간에 맞춰 아래층으로 내려온 아버지를 본 딸들은 그가 감탄을 기대하고 있다는 사실을 알았다.

"새로 산 드레스를 입어라, 루시. 아버지가 좋아하실 거야." 자매가 외출 준비를 위해 각자 자기 방으로 들어가는 길에 폴린이 속삭였다.

루시는 영영 그 드레스를 입지 않으리라 다짐했으나 언니 말대로 했다. 아버지는 즐거워할 일이 거의 없었다.

• 영국의 작곡가 아서 설리번(1842~1900)이 작곡하고 극작가 W. S. 길버트(1836~1911)가 대본을 쓴 희극 오페라로, 1878년 초연.

•• 오스트리아의 작곡가 요한 슈트라우스(1825~1899)의 희극 오페레타로, 1874년 초연.

••• 프랑스에서 활동한 독일의 작곡가 자크 오펜바흐(1819~1880)의 희극 오페라로, 1864년 초연.

세 식구가 집을 나서는데 가볍게 눈송이가 날리기 시작했고, 게이하트 씨는 에나멜가죽 구두가 망가질까 걱정했다. 그러고는 루시의 드러난 어깨에 다정하게 손을 얹었다. "숄 같은 거라도 가져가면 어떨까? 외출했다가 감기에 걸리면 안 되잖아."

루시는 아버지의 검은색 넥타이를 매만지고 잠시 목을 끌어안은 채로, 가게에서 피아노를 치고 있으면 아버지가 시계 유리 속을 들여다보며 귀 기울여 연주를 듣던 옛 시절을 떠올렸다.

게이하트 씨는 양팔에 두 딸을 낀 채 눈발을 헤치고 나아갔다. 그는 일찍 오페라하우스에 도착해 입장하는 사람들을 구경하는 것을 좋아했다. (서부의 작은 마을에 사는 사람들은 전부 동네 극장을 오페라하우스라고 불렀다.) 가는 길에는 매니저가 원래 있던 꼿꼿한 목제 의자를 치우고 접이식 의자를 놓았다고 루시에게 귀띔했다. 그것 외에는 4년 전 루시가 졸업식 연주를 선보였던 무대 그대로일 것이라고 했다.

지휘자 겸 피아니스트가 등장하자 흡족해진 게이하트 씨는 등을 편안하게 기댔고, 막이 오르며 사냥 장면이 펼쳐졌다. 코러스가 훌륭했고, 테너 역시 장점이 많았다. 하지만 1막이 끝나기도 전에 게이하트 집안 세 식구는 소프라노에게 매료되었다. 그는 피부가 뽀얗고 날씬하며 우아한 여자였는데, 결코 어리지는 않았다. 실력이 어찌나 좋은지, 루시는 어쩌다 그런 걸출한 가수가 이런 작은 순회 극단으로 흘러들었을까 의아해졌다. 분명 소프라노의 목소리는 얼굴과 마찬가지로 세월의 흔적이 역력했고, 육체적인 매력은 많이 남아 있지 않았다. 하지만 다른 매력이 있었다. 동정심, 관용적인 이해심 같은 것이. 오래된 노래들, 케케묵은 노래들을 부를 때도 그 가치를 십분 보여주었다. "대리석 회랑에 사는 꿈을 꾸었어요" 하고 노래할 때는 으레 강조하는 부분을 넘겨버리고 리듬을 약간 바꾸었다. 낡고 실없는 가사를 근사하게 표현해 신선함을 부여했다. 거칠게 다뤘다가는 산산이 바스라질 압화라도 되는 듯 가사에 깃든 감정을 섬세하게 노래했다.

무슨 소용일까, 루시는 궁금했다. 따분한 사람들에게 따분한 노래를 불러주는 것이 대체 무슨 소용일까? 이 가련한 가수는 모든 것을 잃었다. 청춘, 외모, 지위, 고음까지. 그런데도 노래를 너무나 잘했다! 루시는 함께 무대에 올라 가수의 노래를 도와주고 싶었다. 마음속에서 불꽃처럼 격렬한 흥분이 퍼덕거렸다. 오늘 밤 당장 떠나야만 한다는 느낌이 들었다. 아무 기차나 잡아타고 탁월함을 추구하는 세상으로, 저 가수가 추락하기 전에 속해 있던 세상으로 도약해야 했다.

그날 밤 루시는 오래도록 잠들지 못했다. 순회 극단의 가수가 자극한 무언가가 루시 안에서 끊임없이 진동했다. 목표 같은 것이 형성되고 있었고, 막을 수 없었다. 다음 날 아침 잠에서 깼을 때도 두 번째 심장처럼 변함없이 박동했다. 하루가 지나고 이틀이 지나도 계속 가슴속에 살아 있었다. 다른 일에 주의를 쏟는 동안에도 줄곧 내면에 자리했다. 루시는 무언가의 가장자리에 서 있는 듯한, 곧 추락하거나 날아오를 듯한 기분이었다.

8

크리스마스 전날은 매서운 눈보라와 함께 시작되었다. 게이하트 가족이 창밖을 내다보았을 때는 이미 눈이 땅에 소복했고 포치와 산울타리에도 흩날려 있었다. 아침 식사 자리에서 게이하트 씨는 새벽 6시에 난롯불을 피우려고 내려갔을 때도 한참 눈이 내린 뒤였다고 했다.

루시는 아침 내내 눈보라를 맞으며 폴린의 심부름을 다녔다. 오랜 친구들을 집집이 찾아가 크리스마스 케이크를 선물했고, 푸딩을 틀에 담아 들고 동네 북쪽 끝에 있는 루터 교회 목사 댁에 다녀왔는데, 그쪽에는 보도가 없어서 높게 쌓인 눈밭을 어정어정 헤치고 가야 했다. 눈보라 덕분에 어린 시절 크리스마스가 다가오면 느끼던 감정이 되살아났다. 천사들이 지상 가까이 날고, 거리의 잡초가 갑자기 장미 덤불이나 크리스마스트리로 변하는 기적이 일어날 것만 같았다.

폴린은 다시 자기 자신으로 돌아온 루시를 보고 기뻤다. 계속 루시를 움직이게 하려고 심부름거리를 만들어냈다. 하지만 오후가 지나고 동생이 피곤해 보이자 위층의 자기 방으로 올려 보내 저녁까지 쉬라고 했다.

루시는 피곤하지 않았고, 공기 중에 경이로운 것들이 날아다니는 듯한 흥분감에 가슴이 두근거렸다. 블라인드를 높이 올리고 흔들의자에 앉아서 이웃집 위로, 나무와 정원 위로 내리는 수수께끼 같은 침묵의 눈송이를 바라보았다. 위층에는 루시뿐이었다. 방으로 스미는 한낮의 햇살이 점점 잿빛으로 어두워졌다. 건넛집 조명이 눈보라를 뚫고 희미하게 빛났다. 평온한 마음으로 천천히 호흡하려고 애썼으나 오랫동안 잊고 지낸 불안한 갈망이 되살아나 신경이 곤두서 있었다. 눈에 보이지 않아도 존재한다는 것을 알 수 있는 무언가를 좇아 거리로, 사과나무밭으로 달려 나간 봄날 아침이 얼마나 많았나! 그것은 거기에, 산들바람 속에, 햇살 속에 있었다. 꽃 피는 사과나무 가지 뒤에 숨어 있다가 루시를 앞질러 이웃의 정원 사이로 사라졌다. 절대 따라잡을 수 없었다. 그 붙잡을 수 없는 광채를 실재하는 대상으로 바꿔놓은 것은 클레멘트 서배스천이었다. 루시는 그의 옆에서 그런 빛나는 가망성이 실현될 수 있음을, 그 빛이 한 사람의 인생에서 중요한 대상이 될 수 있음을 배웠다. 그가 직접 그렇게 말하지는 않았다. 서배스천 자체가 삶으로 향하는 문이자 길이었다.

그날 밤 루시 안의 모든 것이 부드러운 황혼의 빛을 통과

해 밖으로 뻗어나가고 앞을 향했다. 위아래로 생기가 흘러넘치는 인파 가득한 거리, 장미와 치자꽃과 제비꽃이 가득한 창가 외에는 그 어떤 것도 생각할 수 없었다. 루시는 꽃을 한 아름 안고 그 속에 얼굴을 묻고 싶었다. 꽃과 음악과 매혹과 사랑을, 서배스천 옆에서 처음으로 알게 되었던 모든 것을 원했다. 무슨 뜻일까, 루시가 다시 삶을 갈망한다는 것은? 어떻게 혼자서 살아갈 생각을 하는 것일까?

문득 머릿속에서 무언가가 반짝였다. 너무나도 선명한 깨달음이었으니 외부에서, 미동조차 없는 적막에서 도래한 것이 분명했다. 만약, 만약 생 그 자체가 연인이라면? 저 먼 도시에서, 바다 건너편에서 루시를 기다리는 연인. 루시를 끌어당기고, 유혹하고, 마법을 거는 연인. 루시는 부드럽게 창문을 열고 창가에 무릎 꿇고 앉아 찬 공기를 들이마셨다. 머리카락과 달아오른 볼에 눈송이가 닿아 녹아내렸다. 아, 이제는 알았다! 루시는 가져야만 했다. 도망칠 수 없었다. 다시 세상으로 나아가 그의 정체성을 이루는 모든 것을 손에 넣어야 했다. 그 광휘가 아직 지상에 남아 있으니 구하고 싸워 얻어야 했다. 그 속에서 그를 찾을 수 있을 것이다. **"온 마음을 바쳐 천상에 있는 그를 바라본다면, 분명 그를 찾아낼 수 있으리라."** 처음부터, 루시가 처음 찾아갔을 때부터 그는 그렇게 노래했다. 이제 루시는 그 진정한 뜻을 알았다.

루시는 창문으로 다가가 눈보라를 향해, 그 뒤에 있는 미지를 향해 팔을 뻗었다. 다가오기를! 전부 돌아오기를! 루시를 배신하고 조롱하고 마음까지 부숴놓기를, 그가 바라는 바이니까!

크리스마스 아침 루시는 파울 아우어바흐에게 편지를 썼다. 행복한 새해를 기원하는 인사에 덧붙여 자신에게 할 일이 있다면 시카고로 돌아가고 싶다고 했다. "감정으로부터 도망칠 수 없다는 것을 깨우쳤어요." 루시가 적었다. "제가 살 수 있는 유일한 삶은 전에 하던 일을 계속하는, 전보다 열심히 해내는 것뿐이에요."

다음 주에 답장이 왔다. 일요일 오전 내내 썼을 법한 길고 친절한 편지였다. 그와 아우어바흐 부인은 루시의 심경 변화를 듣고 마음을 푹 놓았다고 했다. 급작스럽게 떠난 루시 대신 학생들을 맡아준 청년은 유학을 떠날 예정이라 4월 첫째 주까지 일하기로 되어 있었다. 루시가 3월 중순에 시카고로 오면 아우어바흐 부부와 함께 머물며 부인의 도움을 받아 방을 구하고 편안하게 정착 준비를 끝낸 뒤 다시 일을 시작할 수 있었다.

네 오랜 친구이자 선생의 집에서 따뜻한 환대를 받게 될 거야.

파울 아우어바흐

사실 루시는 당장 떠나고 싶었다. 3월이 되면 용기를 잃고 다시금 무기력한 상태에 빠질지도 몰랐다. 하지만 폴린이 눈을 가느다랗게 뜬 채 호시탐탐 지켜보는데 언제까지고 아버지의 수입을 축내며 살 수는 없었다. 이제부터는 직접 자신을 돌봐야 했고 돌볼 수 있었다. 기다려야 했다.

9

루시는 음악 공부를 재개해야 한다는 생각이 들어 매일 아버지의 시계방에 나가 표본용 피아노로 연습했다. 하지만 제이컵 게이하트는 전처럼 딸의 연주에 귀 기울이지 않았다. 음악을 향한 마음이 줄어들어 그보다는 체스에 집중했다. 크리스마스가 지나고 머지않아 루시와 함께하던 저녁 합주도 그만두었다. 가게에 남아 야근한다고 했지만, 어느 유명한 체스 선수가 노스 플랫에 사는 사촌을 방문한 김에 그와 전화로 시합 중이라는 사실을 두 딸은 알고 있었다. 물론 그렇게 대단한 상대와 실력을 겨룰 기회가 드물기는 했다.

게이하트 씨는 시계방 관리에 소홀해 내부에 먼지가 풀풀 날렸으므로 연습하기 좋은 공간은 아니었다. 피아노 주변에는 부서진 보면대와 꼬질꼬질한 금관악기가 가득했고, 벽에는 퀴퀴한 악단 단복이 걸려 있었다. 손님들이 몇 주 전까지 수리해달라고 요청한 시계나 손목시계를 찾으러 왔다가 아직도 일이 끝나지 않은 것을 알 때면 루시가 부끄러워졌다.

집에서 연습하려고도 해봤으나 거슬리는 것이 너무 많았다. 마음이 조급해져 온갖 것이 짜증 났다. 열심히 방을 청소한들 얇은 벽 반대편에 있는 언니의 방은 엉망이라는 사실을 무시할 수 없었다. 의심의 여지가 없었다. 폴린은 문을 열어두고 다녔으니까. 언니는 정오가 될 때까지 침대 정돈을 하지 않는 버릇이 있었다. 이불을 자고 일어난 모습 그대로 내버려둔 채 몸만 쏙 빠져나와 꼭 두더지가 파놓은 흙 두둑 같았다.

"루시." 어느 오전 폴린이 말했다. "매일 매트리스를 뒤집고 방을 쓸던데, 무슨 일이야? 언제부터 그렇게 부산스러웠다고."

"어느 이탈리아인이 침실 관리법을 알려줬어. 난 지난겨울에 음악 말고 다른 것도 배웠거든." 루시는 아래층으로 내려가며 답했다.

폴린은 눈을 가늘게 떴다. 루시의 말이 짜증 났다. 상처가 됐다. 폴린은 며칠이나 그 말을 곱씹었다.

루시는 오전에 시계방으로 가서 여건이 되는 만큼 연습을 하고 오후에는 산책을 했다. 마을을 가로지르는 길을 따라서 북쪽까지, 지대가 높아 플랫 계곡을 내려다볼 수 있는 곳까지 걸었다. 전에는 딱히 주의를 기울이지 않던 풍경의 요소를 눈치채기 시작했다. 올겨울이면 이 시골과도 작별이라고 생각하니 더 열심히 살펴보았다. 매일 오후마다 루시를 사로잡는 것이 있었다. 해가 지기 한참 전 동쪽 하늘의 천공과 수평선 중간에서 설명할 수 없는 분홍빛이 나타났다. 구름은 아닌 것이, 입자가 반사된 음영이 없었다. 알록달록한 엽서처럼 얇고 밝았다. 맑은 날이면 어김없이 하늘의 푸른 볼이 발그레한 연지로 물들었다. 루시 방의 창밖으로도 보였다. 여름이면 아버지가 악단과 공연을 하는 공원의 높고 무성한 미루나무 위로 분홍빛이 떠올랐다. 루시가 마을의 거리를 뛰어다니던 시절에도 있었을까. 아니면 햇살이 새로운 습관을 들인 걸까?

해버퍼드에 그 답을 알고 있는 사람이 있다면 그것은 해리 고든이었다. 그런 것을 눈치챌 수 있는 유일한 사람이었고, 스스로 원하지 않아도 깊이 자연에 감응했다. 루시는 해리와 오리 사냥을 하러 갔을 때 그가 두 사람 옆을 스친 나무와 덤불과 식물을 모조리 기억한다는 사실을 알게 되었다. 해리는 자신의 그런 특성을 잘 숨겼다. 그는 강한 사람이었기에 자기가 느끼는 것을 내보이지 않을 수 있었다. 그렇게 강한 사람이 루시의 반대편이 아닌 등 뒤에 있었다면! 해리의 힘은 신체적 차원을 넘어서는 것이었다. 씁쓸한 결말까지 버텨낼 수 있는 힘, 꼭 붙잡은 것을 절대 놓지 않는 힘이었다. 루시는 그런 힘이 하나도 없었기에 상상만으로도 조금 용기가 생겼다. 언젠가 두 사람은 다시 친구가 될지도 모른다. 해리는 자신만만하고 좀처럼 배우려 하지 않았지만, 루시는 그가 삶에 관해 알게 될 거라고 믿었다. 주변 사람보다 속이 깊고, 절대 좋아하지 않는 것을 좋아하는 척하지 않았기 때문이다. 정반대였다. 평범한 사람인 척 연기했으나 평범하지 않았다. 조용하되 항상 움직이는 에너지로 가득한 사람이었다. 그런 에너지가 있으면 무엇이든 할 수 있다고, 루시는 생각했다. 그리고 아무리 취향이 좋더라도 그런 에너지가 없다면, 루시의 아버지처럼, 아무것도 할 수 없었다.

10

플랫 계곡에서는 몇 주도 영원일 수 있다는 것을 루시는 알게 되었다. 겨울이 되자 작은 마을의 삶이 덫처럼 느껴졌다. 다정한 친구 같던 길고 부드럽고 울적한 가을이 가고 곧 시골 생활의 엄정한 현실이 펼쳐졌다. 바람이 불고 매서운 추위가 닥쳤다. 마을과 주변의 자연 모두 시멘트 색깔로 변했다. 너른 세상의 파도는 이 외진 곳에 닿지 못했다. 한 사람을 한계 너머로 도약하게 하거나 그를 싣고 멀리 나아갈 만한 것이 전혀 없었다. 꽁꽁 닫힌 주택처럼 마음도 답답해졌다.

1월 끝자락에는 또 함박눈이 펑펑 내렸다. 그러고는 날이 풀려 눈이 녹나 싶더니 일주일 내내 살을 에는 추위가 이어졌다. 보도, 도로, 차고, 사과나무밭 가릴 것 없이 굳어진 눈과 얼음이 울퉁불퉁했다. 왜 아우어바흐 교수는 지금 루시를 불러줄 수 없는 것일까? 한 번만 더 아츠 빌딩 앞을 지날 수만 있다면, 복도의 경비원과 엘리베이터 담당 조지 아저씨를 볼 수 있다면! 처음 서배스천의 노래를 들었던 콘서트홀 구석에 앉아 추억에 잠길 수 있다면! 언젠가 서배스천이 쓰던 연습실을 빌릴 경제력이 생긴다면 평생 그곳에 살 생각이었다. 분명 돈을 벌 방도가 있을 것이다. 돈을 벌기 위해 진지하게 노력한 적은 한 번도 없었으나 앞으로는 그럴 생각이었다.

어느 날 아침 감리교 여성 교인들이 저녁으로 치킨과 와플을 만들어 먹는다기에 폴린은 교회 지하실로 준비를 도와주러 가고 루시는 집에서 연습했다. 혼자 있을 때는 집에서도 연습이 잘됐다. 정오가 되자 폴린이 (최근 같이 살기 힘들어진 동생 때문인지) 경쾌하게 지내기로 결심한 듯한 모습으로 귀가했다. 동생과 점심을 먹으려고 식탁에 앉았을 때 자기 딴에는 좋은 일이라고 여긴 소식을 전했다.

"루시, 내 동생, 오늘 아침에 언니가 너한테 좋은 일 좀 했다. 피아노 배우겠다는 학생을 둘이나 구했어."

고개를 든 루시의 얼굴이 울긋불긋했다.

"학생? 필요 없는데. 해버퍼드에서는 피아노 교습 안 할 거야."

폴린의 얼굴은 붉지 않았다. 창백했다. "그렇지만 진지하게 말이다, 루시. 뭐든 해야 한다고 생각하지 않니? 지금 이 순간에도 아버지 빚이 불어나고 있다는 걸 너도 알 거 아니야. 너

유학 보내겠다고 우리가 얼마나 큰 희생을 했는데. 난 네가 우리 돈 일부라도 갚을 거라고 줄곧 생각했다."

"갚을 거야. 언젠가. 큰 희생을 했다는 말은 이해가 되지 않는데. 내가 음악 공부를 해야 한다고 생각했던 건 아버지인걸. 내가 돈을 펑펑 쓴 것도 아니고. 학생들이 보통 쓰던 생활비보다 적은 돈으로 살았어."

폴린은 루시의 무심한 목소리에 분노가 치밀었다.

"처음 두 해만 1600달러가 넘게 들었다. 수표 딱지를 모아 놔서 잘 알아."

"그렇게나 많이 들었어?" 루시는 똑같이 무심한 목소리로 물었다.

"많은 돈이야. 우리한테는. 돈벌이를 시작한 후에 조금이라도 보내줬다면 좋았잖니. 성의라도 보여야지."

"그 생각도 했는데, 대신 옷을 샀어. 학생들을 가르치려면 옷을 제대로 입어야 했거든."

자매는 식사를 멈추고 커피를 마시는 척했다. 폴린은 최대한 부드러운 목소리로 루시의 상태가 좋아졌으니 학생이 두어 명 생기면 좋아할 줄 알았다고 말했다. "해버퍼드 사람들은 항상 널 높이 평가했어. 지금껏 피아노 배우겠다는 애들이 왜 없었을까 궁금했다. 안타깝게도 페어리 블레어가 숙덕거리는 뒷말이 퍼지는 바람에."

루시는 자리를 떠남으로써 조용히 넘어갈 수 있다는 것을 알았지만, 아무래도 상관없었다.

"그게 정확히 무슨 말이지?" 루시가 차갑게 물었다.

코티지치즈를 만들기 위해 사워밀크에 끓는 물을 넣을 때처럼 폴린의 얼굴이 굳고 일그러졌다.

"너랑 그 가수에 관한 뒷말. 그런 이야기는 퍼지기 마련이고, 페어리는 입 다물고 있을 애가 아니니까. 요즘에는 지난 봄 해리 고든이 시카고에 갔을 때 상황 파악을 끝내고 널 버렸다고들 하더라."

루시는 부정의 웃음을 터뜨렸다. "날 버렸다고? 뭐, 이러니 저러니 아무래도 상관없지. 사람들이 뭐라 하든 관심 없어. 아버지가 쓴 수표 딱지를 모았다고? 언니답네! 걱정하지 마. 다시 아우어바흐 선생님께 가서 학생들을 가르칠 거니까. 그렇게 정해둔 지 몇 주 됐어. 3월에 떠나기로 했지만 먼저 가면 그만이야." 루시는 자리에서 일어나 창 너머의 빛을 등지고 섰다.

폴린이 속상해서 외쳤다. "루시, 왜 그렇게 못되게 굴어! 왜 가족한테 그런 이야기를 안 해? 왜 우리를 모르는 사람 취급하니?"

"내 마음이 그런가봐." 루시가 위층으로 올라가며 말했다.

폴린은 설거지하며 조금 울었다. 힘겹게 짜낸 끈끈한 눈물이었다. 잘 키워줬건만, 힘들여 먹이고 예쁘게 입혔건만(응접실 고양이와 부엌 고양이는 따로따로니까!) 쉬는 날에도 일은 혼자 도맡고 편히 쉬게 해줬건만, 결국 이렇게 된 것이다. 나보다 귀히 여겨 응석받이로 키웠더니 가정부 취급이다. 전에는 그렇게도 자랑스럽던 동생인데!

부엌을 나서 거실로 간 폴린은 창밖의 행인이 누구인지 궁금해 내다보았다. 루시였다! 모자를 쓰고 외투를 입은 채 문밖으로, 거리로, 집에서 먼 한적한 곳을 향해 부리나케 걷고 있었다. 그리고 무언가가 담긴 검은 가방을 들고 있었다. 혹시 스케이트일까?

폴린은 숄을 걸치고 마당으로 달려 나갔다.

"루시!" 폴린이 외쳤다. 그러고는 더 크게 외쳤다. "루시, 잠깐만!"

하지만 루시는 돌아보지 않았다. 걸음을 재촉하는 게 분명했다. 폴린은 다시 집 안으로 들어왔다. "꼭 어렸을 때 도망치던 것 같네!" 숄이 떨어졌다. "지난봄에 강바닥이 변해서 옛날에 스케이트 타던 터가 엉망이 된 걸 알려나? 부러 갔는데 헛수고하겠어."

설마 루시가 그곳의 얼음을 시험할 정도로 정신이 없을까? 강물이 넘쳐 둑이 무너지면서 전에는 얕은 지류였던 것이 본류로 불어난 모습이 똑똑히 보였다. 마차 대여소에 전화를 걸어 루시를 따라잡고 스케이트 터가 없어졌다고 말해달라 부탁해볼까, 폴린은 고민했다. 하지만 그런 식으로 귀찮게 굴었다가는 루시가 신경질을 낼 것 같았다. 산책이나 다녀오고 싶은 것이리라. 폴린은 어렸을 때 루시가 도망쳐도 모른 척했던 것을 기억했다. 큰길에 도착할 때쯤이면 보통 화를 가라앉혔으나 벌을 준답시고 방에 가둬놓으면 상태가 나빠지고는 했다.

11

루시는 걷는 것만으로도 힘들었다. 녹은 눈 위로 마차 바퀴가 지나며 고랑이 깊게 생긴 다음 다시 얼어붙어 도로가 울퉁불퉁했다. 그 위에 어제 내린 눈까지 쌓였다. 루시의 발이 자꾸 얼음 고랑에 빠졌다. 마차가 지나간 자리 양옆으로 진흙까지 들쭉날쭉 얼어붙어 꼭 버섯 산호처럼 딱딱하고 날카로웠다. 어제 이후로 오간 사람이 많지 않아 꽁꽁 얼어붙은 조각들을 부숴낼 말발굽이 충분하지 않았다. 걷는데 이토록 발이 시린 적은 처음이었다. 사실은 걷는다기보다 헤쳐 나가는 중이었다.

루시는 바람을 정면으로 받으며 서쪽으로 나아가고 있었고, 종종 뒤돌아 가만히 서서 숨을 골랐다. 마을에서 2킬로미터쯤 나오자 지나가는 썰매나 마차 하나 보이지 않았다. 아침에 마을로 나온 농부들이 집으로 돌아가기에는 이른 시간이었다. 주변을 둘러보니 분명 풍경이 몹시 음울했다. 해라도 나면 좋겠건만! 그러나 태양은 낮은 잿빛 하늘에 흰 점으로 멀겋게 빛날 뿐이었다. 막 내린 눈조차 차가운 빛을 받아 칙칙한 데다가 그 가운데로 언 잡초가 튀어나와 있었다. 낮은 언덕 사이 마른 골짜기에는 바람에 쓸린 눈더미를 배경으로 새카만 야생 자두 덤불이 무성했다. 덤불 위로 어제 내린 눈이 소복해야 했으나 오늘의 날카로운 바람이 눈을 다 날려버렸다.

그만큼 걸으니 피곤해지기 시작했다. 탁 트인 자연 속에서는 바람도 더 매서운 것 같았다. 자꾸 눈물이 맺혔고, 앞길을 제대로 보기 위해 눈가를 훔쳐야 했다. 결국 루시는 지나가는 사람이 보이면 설령 그가 마을 쪽으로 가고 있다고 해도 태워달라고 부탁하기로 했다. 추워서 스케이트를 타기 힘든 데다가 집으로 돌아가는 길이 너무 고될 것 같았다.

또 2킬로미터쯤 걸었을 때 뒤쪽에서 썰매 종소리가 들렸다. 루시는 바람을 등지고 서서 귀 기울였다. 썰매에 그런 종을 달고 다니는 사람은 마을에 하나뿐이었다. 해리 고든이 분명했다. 숨을 곳이 없었다. 숨지 않을 터였다. 어쩌면 바로 지금이 이제껏 루시가 바라던 기회의 순간일지도 몰랐다. 루시는 전신주 뒤로 가서 기다렸다. 전보다 추웠고 심장박동이 빨라졌다. 그도 그럴 것이, 루시는 두려웠다. 저쪽에서 작은 썰매를 타고 오는 해리가 보였다. 언덕 꼭대기를 넘어 골짜기로 내려가자 잠시 시야에서 사라졌다가 루시가 서 있는 언덕으로 올라왔다. 루시는 도로 한복판으로 나가 해리 앞에 서서 손을 들었다. 해리가 고삐를 끌어당겨 마차를 멈춰 세웠다.

"해리, 톰프슨네 목초지까지 태워줄 수 있을까? 걸어가기가 힘들어서." 바람을 등지고 선 채 머프로 볼을 꼭 감싼 루시의 치마가 앞으로 펄럭였다. 혼자 있는 모습이 너무나도 작고 가여워 보였다.

추위 때문에 해리의 눈에 눈물이 맺혀 있었다. 그의 눈앞에 드리운 가식의 렌즈는 그 어느 때보다도 두꺼워 보였다. 평소처럼 아무런 의미도 없는 경쾌하고 친근한 목소리에 예의 놀란 기색을 담아 말했다.

"저런, 정말 미안하지만 방향이 정반대라서 말이야! 여기 모퉁이에서 북쪽으로 갈 거야. 할렘에 중요한 약속이 있거든. 벌써 한 시간이나 늦어서 이동 시간이라도 줄여야 해. 이렇게 급한 상황이 아니었으면 좋았을 텐데." 해리는 장갑 낀 손으로 털모자를 건드려 인사하고는 자리를 떠났다.

절박한 루시는 악에 받쳐 빽 소리를 질렀다. "해리!" 그를 불러 세울 권리가 있다는 듯한 목소리였다. 그의 넓은 어깨는 옴짝달싹하지 않았다. 말들이 무거운 발굽을 내디디며 잽싸게 나아갔고, 마차는 종소리와 함께 100미터쯤 앞 모퉁이에서 북쪽으로 돌았다. 작은 썰매는 꼿꼿이 앉아 있는 승객을 태운 채 눈발 휘날리는 잿빛 목초지를 배경으로 이동하다가 저 멀리 늘어선 짚단 너머로 사라졌다.

루시가 다음에 숨을 고르려 멈춰 섰을 때는 강굽이가 한결 가까워 보였다. 저쪽에 있던 전신주에 잠깐 기댔다가 다시 걸음을 재촉했다. 내면에서 고통과 분노가 폭풍처럼 끓어올라 옆 동네까지 걸어갈 것처럼 힘이 솟았다. 심장이 두근거렸으며 더는 추위가 느껴지지 않았다. 발을 내디딜 때 앞을 살피는 것도 잊었다. 두 발이 알아서 길을 찾아내고 있었다.

이런 무례라니, 이런 모욕이라니, 상상도 못 했다! 루시는 젊고 튼튼했으며, 세상이 자신을 짓밟을 수 없다는 것을 보여줄 작정이었다. 이렇게 잔인하고 멍청한 사람들에게서 벗어날 터였다. 다들 길에 얼어붙은 진흙만큼 멍청했다. 여기서 생각하기 시작하면 울음이 터지고 말 것이다. 굴복해서는 안 됐다. 어서 갈 길을 가야 했다.

강둑에 다다르자 잠시 자리에 앉아서 신고 있던 신발을 벗고 스케이트 날이 붙은 다른 신발로 갈아 신었다. 손이 덜덜 떨려서 가죽끈을 단단히 조이고 묶는 것도 겨우 해냈다. 자기 자신에게도 화가 났다. 해리에게 자신을 길가에 버리고 떠날 기회를 주다니, 그날 밤 시카고의 식당에서 그랬던 것처럼! 하지만 그런 무례와 악의를 대비할 수 있는 사람이 있을까? 지팡이를 짚고 일어선 루시는 보폭을 길게 해서 강가의 얼음 위로 나아갔다. 주변을 살펴보지 않았고, 아무것도 눈에 들어오지 않았다. 이 꽁꽁 얼어붙은 시골과 꽁꽁 얼어붙은 사람들에게서 도망쳐 그들이 절대 모를 빛과 자유의 세계로 돌아갈 생각에 여념이 없었다.

루시는 살피지도 고민하지도 않고 강 중앙의 매끄러운 얼음을 향해 나아갔다. 무언가가 부드럽게 갈라지는 소리에 화들짝 정신이 든 루시는 사방으로 뻗어나가는 검은 선을 포착했다. 잽싸게 뒤돌았으나 빙판이 갈라지는 속도가 더 빨랐다. 조각난 얼음이 기울어져 루시는 차가운 강물에 허리까지 빠지고 말았다.

두렵다기보다는 흥분되었다. 부주의한 탓에 곤경에 빠졌으니 기지를 발휘해야 했다. 물이 아주 깊지는 않을 것이다. 그리고 아직 얼음 위에 팔꿈치를 걸친 상태였다. 바닥에 발이 닿으면 빠져나갈 수 있을 것이었다. (루시는 지금 자신이 강 본류에 있다는 생각을 하지 못했다.) 발로 조심스럽게 물속을 훑는데 무언가에 발목을 잡혔다. 강바닥 모래에 반쯤 파묻혀 있던 나뭇가지에 스케이트 날이 걸린 것이다. 지난봄 동안 유입된 강물에 휩쓸려 온 나무였다. 루시는 팔 밑에 있던 얼음에서 미끄러져 물속으로 가라앉았다.

바람이 사나워진 새벽 3시 반, 폴린은 아버지에게 전화를 걸어 썰매를 타고 서쪽 길로 나가 루시를 데려오라고 했다. 게이하트 씨는 시계방 이웃에 있는 마차 대여소로 가서 마부인 걸퍼드에게 말 두 마리를 부탁했다. 그러고는 재단사 친구에게 같이 썰매를 타고 가자고 했다. 게이하트 씨는 걱정이 많은 사람이 아니었다. 하지만 계속 달리는데도 딸이 보이지 않자 불안해지기 시작했다.

젊은이들이 스케이트를 타러 다니던 강가에 도착했더니 강 위의 얼음에 금이 가고 깨진 것이 보였다. 그렇다면 루시는 강가에 머물지 않았으리라. 분명 다른 길로 갔거나 주변의 농장에 갔을 것이다. 마부가 얼음이 깨진 자리에서 무언가를 발견했다. 빨간 목도리 같다고 했다.

게이하트 씨는 썰매에서 뛰어내렸다. 그럴 리가 없다고 대꾸하더니 다시 한번 봐달라고, 얼음 쪽으로 가서 봐달라고 애원했다.

"무서워서 가까이는 못 가겠는데요, 게이하트 씨. 얼음 상태가 안 좋아서. 하지만 너무 놀라지 마세요. 여기 계십시오. 둘러보고 오겠습니다."

걸퍼드는 천천히 강가를 따라 이동하며 어떻게 해야 할지 고민했다. 아까 강가에서 본 것은 목도리가 틀림없었다. 그는 곧 멈춰 서서 몸을 숙였다. 강가의 버드나무 가지 아래서 신발과 덧신 한 켤레를 발견했다. 그는 재단사 슈나이더를 붙잡고는 동료들을 부르고 주변의 농장에 가서 도움을 요청할 테니 게이하트 씨와 여기서 기다리라고 말했다.

한 시간도 지나지 않아 온갖 마차와 썰매가 밧줄, 기둥, 등불, 건초 갈퀴를 싣고 연달아 강가로 달려왔다. 한 마차에는 홍수 때 사용하는 무거운 배도 실려 있었다. 도와주러 온 사람들은 이미 사위가 캄캄해서 날이 밝을 때까지 아무것도 못하겠다고 입을 모아 말했다. 게이하트 씨는 계속 도와달라고 부탁하며 밤새 강둑을 떠나지 않겠다고 했다. 나이 든 사람들이 망설이며 의논하는 사이 젊은이 넷이 낡은 배를 끌고 약한 얼음 쪽으로 가서 기둥과 갈퀴로 물속을 저었다. 오래 걸리지 않았다. 스케이트 날을 낚아챘던 나무가 같은 자리에서 루시를 꽉 붙들고 있었던 것이다. 흐르는 강물도 그 속박을 풀어내지 못했다.

그날 밤 할렘을 떠나 종소리 울리는 썰매를 타고 언덕을 넘던 해리 고든은 꽁꽁 얼어붙은 강가를 따라 길게 이어진 등불과 마차 행렬을 보았다. 그중 하나가 루시 게이하트를 싣고 집으로 돌아가고 있었다.

제3부

1

루시 게이하트가 죽고 25년이 흐른 어느 겨울 오후, 해버퍼드의 선량한 주민들은 또 다른 장례식을 위해 묘지에 모였다. 수술을 받기 위해 시카고에 있는 병원에 입원했던 게이하트 씨의 시신이 고향으로 보내진 것이다. 장례식이 열리는 시간치고는 이례적인 오후 4시였으나 기차 도착 시각에 맞춰 정한 일정이었다. 급행열차로 실려 온 관은 영구차로 옮겨져(이때는 현대, 1927년이었다) 루터 교회로 운반되었고 짧게 추도식을 치른 뒤 묘지에 안장되었다.

그렇게 큰 장례식이 열린 적이 언제였는지 아무도 기억하지 못했다. 이미 오래전부터 게이하트 영감님으로 통한 그는 친구가 많았다. 5년 전 폴린이 죽고 난 뒤에도 재단사네 딸

중 한 명을 가정부로 부리며 줄곧 같은 집에 살았다. 변함없이 시계방을 운영하며 클라리넷 연주도 조금씩 계속했지만, 숨이 달린다며 불평했다. 여름날의 일요일이면 이따금 오래된 사과나무밭으로 나가 연습했다. 사과나무밭은 베어내지 않아 그대로 남아 있었다.

길고 훌륭한 삶이었다고, 사람들은 걷거나 천천히 차를 몰고 묘지로 가는 길에 생각했다. 해버퍼드에 있는 시계 중에 그의 손을 타지 않은 것이 없었다. 분명 손이 느리기는 했으나 솜씨 좋은 장인이었다. 오랜 손님들은 간밤에 시계태엽을 감다가 괜스레 망연해졌다. 째깍째깍, 그의 손안에 있던 작은 것은 전과 마찬가지로 똑똑하게 시간을 재고 있는데 게이하트 영감님은 시간의 흐름에서 완전히 튕겨 나간 것이다.

4시가 되자 자동차와 인파가 모여들어 묘지가 북적거렸다. 자동차들이 저 멀리 반원을 그렸고 늙고 허약한 이들을 제외하고 전부 차에서 내려 흙을 파놓은 무덤 주변에 섰다. 머리가 희끗희끗한 상공인들은 한때 '악단 소년들'이었다. 청년들은 게이하트 씨가 음악대 대장 자리에서 물러난 후에도 교습을 받으러 다녔다. 그보다 나이 든 학생들은 실의에 빠져 심각한 얼굴이었다. 불운을 겪었는데도 그렇게 오랫동안 행복하게 살았던 음악 선생님과 얽힌 청춘의 추억이 너무나도 많았으니까!

한 가족의 마지막 일원이 죽었다는 사실에 슬픔이 더해졌다. 하나의 이야기가 끝나고 한때 익숙하던 이름은 곧 잊힐 것이다. 그곳, 새로운 무덤이 열린 자그맣고 네모난 터에 그들, 게이하트 집안사람들이 있었다. 게이하트 씨는 오래전에 죽은 아내와 딸 루시 사이에 묻힐 것이다. 나이 어린 사람들은 루시가 누구인지 기억조차 못 했다. 루시 왼쪽에 누워 있는 폴린은 기억했다. 터에 작은 무덤이 두 개 더 있었다. 어렸을 때 죽은 두 아들이라고들 했다. 그렇게 이야기는 끝났다. 손자 하나 없이, 완전한 망각 속으로.

기도문을 낭독하는데 누군가가 꼭 루시를 묻을 때 같다고 속삭였다. 추도식은 오래전 이곳에 루시의 시신을 묻던 겨울날을 생생하게 되살렸다. 그토록 젊은 나이에, 그토록 아름다운 얼굴로, 모두가 어렴풋이 알았듯 그토록 불행한 삶을 마친 루시. 아침에 태양을 향해 날아올랐다가 총에 맞아 추락한 새처럼. 마을 사람들은 이 묘지에서 열린 장례식을 통틀어도 망자의 나이를 막론하고 그때처럼 슬픈 적이 없었다고 생각했다.

무덤에 관을 내리고 그 위로 던진 꽃이 높게 쌓이자 해가 지기 시작했고, 붉은 햇살이 초원의 가장자리를 따라 길고 야트막하게 타올랐다. 탁 트인 들판에 쌓인 눈이 장밋빛으로 물들었다. 자동차들이 천천히 묘지를 빠져나갔고, 걸어온 사람들은 집 쪽으로 발걸음을 돌렸다. 인파에 섞여 마을을 향해 걸어가던 한 남자가 느릿느릿 움직이는 행렬에서 빠져나왔다. 그는 홀로 도로에서 벗어나 울타리가 쳐진 초원 옆으로 갔다. 체격이 다부지고 키가 훌쩍한 사내. 찬찬한 발걸음, 외투 주머니에 찔러 넣은 손, 꼿꼿한 고개, 반듯한 어깨. 낯선 사람이 보았다면 외롭고 강한 남자라는 인상을 받았을 것이다. 숙련되고 믿음직한 힘이 있는 남자. 그에게는 그런 힘이 필요했다. 견뎌야 할 것이 많았으니까.

2

묘지를 떠난 해리 고든은 곧장 은행으로 가서 집에 전화를 걸었다. 가정부가 받았다. 장례식 때문에 미뤄두었던 업무를 마무리해야 한다고 고든 부인에게 전해줄 수 있을까. 그는 호텔에서 저녁을 시켜 먹고 느지막이 귀가할 생각이었다.

고든은 전화를 끊고 복도를 지나 사무실로 들어갔다. 고든 가문에서 운영하는 은행 건물은 원래 목제였다. 나중에 그 앞에 벽돌 건물을 증축하자 아버지는 오래된 목제 건물을 줄곧 창고로 썼다. 그것을 해리 고든이 결혼 후 서재 겸 개인용 사무실로 단장한 것이다. 처음에는 오크 책상, 오래된 장부와 재무 보고서가 쌓인 선반 때문인지 여느 시골 변호사 사무실 같은 모습이었다. 조금씩, 은밀하다는 생각이 들 정도로, 그는 그곳을 더욱 편안한 공간으로 만들어갔고, 시간이 지나며 사무실에 보내는 시간이 점점 더 늘어났다. 은행 보일러로 난

방이 가능했으나 따로 난로를 들여 업무 시간이 끝난 뒤 온기가 잦아들면 코크스로 불을 피우고 지냈다.

그날 저녁에 사무실로 들어온 고든은 외투를 벗기 전에 난로에 불부터 붙였다. 잠겨 있던 찬장을 열고 위스키와 소다 사이펀을 꺼내 난롯가에 앉았다. 술을 따른 뒤 천천히 마셨다. 시가에 불을 붙이고 깊은 한숨과 함께 의자 깊숙이 등을 기댔다. 튼튼하고 건강한 몸에 긴장이 풀렸다. 가죽 쿠션에 기댄 그는 피곤해 보였다. 피로에 기진맥진한 모습이었다.

지금 땅에 묻고 온 사람은 그가 지상에서 사귄 최후의 절친한 친구였다. 쉰다섯 살에 새로운 친구를 사귀기란 힘든 일이라고, 그는 음울한 미소를 지으며 생각했다. 인생은 젊은 해리 고든이 세웠던 계획과는 참으로 판이하게 흘렀다! 관중석에 앉은 아이들이 한목소리로 그의 이름을 외치는 가운데 마운드로 나아가 이름난 인커브를 던지던 청년 해리는 얼마나 큰 착각을 하고 있었나.

게이하트 영감님과 일주일에 두세 번씩 저녁에 만나 체스를 둔 지도 8년이나 되었다. 해리 고든은 그간 체스 실력이 꽤 늘어 게이하트의 맞수로 충분한 수준이었다. 폴린이 죽어 영감님 혼자 살게 된 뒤로는 신경 써서 매일 잠깐이라도 시계방에 들렀다. 체스는 습관으로 굳어졌다. 두 사람이 만나는 장소는 언제나 게이하트의 시계방이었고, 집에서는 만나지 않았다. 훌륭한 체스 선수들이 나누는 것 이상의 대화도 나누지 않았다. 고든은 전쟁이 터져 해외에 있을 때 세계적으로 이름난 선수들의 시합을 볼 수 있었고, 게이하트 씨는 그 시합 이야기를 즐거이 듣고 또 들었다.

지루하고 공허한 삶을 산 수많은 사람과 마찬가지로 해리 고든 역시 열정적으로 전시 사업에, 흔히 하는 말처럼 '자신을 내던졌다'. 적십자, 식량 보존 사업 등을 벌였고 종국에는 자금 조달을 도왔던 야전병원에 가서 직접 일하기도 했다. 그곳에서 8개월을 보내는 동안 아내가 은행장으로 대행하며 남편의 사업 전반을 관리했다. 그때가 고든 부인의 인생 중 가장 행복한 시기였을 것이다. 사업가의 성정을 타고난 여자였다.

고든에게 외국에서 보낸 시간은 굉장히 의미 깊었다. 사람들은 돌아온 그에게서 모종의 변화를 느꼈다. 게이하트 영감님과 맺은 우정은 더 긴밀하고 따뜻해졌다. 실로 부자 같은 사이였다. 가정에서 맡은 역할도 한층 능숙하게 해냈다. 부부는 전보다 잘 어울렸다. 함께 외출하고 손님을 초대해 저녁을 먹었다. 매끈한 바닥과 수많은 화장실이 있는 저택의 분위기는 전처럼 냉랭하지 않았다. 그리고 사업에 임하는 자세도 한층 굳건해졌다. 실은 떠나기 몇 년 전부터 기이하다는 명성을 자초하고 있었다. 신뢰에 흠집이 생길 정도였다. 하루는 아슬아슬하게 재주를 부리며 겨우 위법을 비껴가다가, 다음 날은 은행업이 경멸스러워 그냥 다 포기하고 싶다는 듯 기꺼이 모든 것을 놓아버렸다. 보수적인 사람들은 그의 판단력을 의심하던 참이었다.

프랑스에서 돌아온 후로는 돌아가신 아버지만큼 진지하게 은행 일에 임했다. 점점 더 아버지를 닮아갔다. 이제 자기 본분을 지킬 줄 안다고, 밀턴 체이스는 평했다. 고든의 기이한 의사 결정 때문에 은행원 밀턴의 몸이 야위고 머리가 빠지던 시절이 있었다.

밀턴 체이스는 자기 상관인 해리 고든을 그 누구보다 잘 알 법했으나 그가 이해되지 않았다. 고든 부인 밑에서 일하던 시기는 아주 만족스러웠다. 합리적인 여성이었다. 새로운 안건이 생겨 사실관계를 설명하기 전부터 고든 부인이 어떻게 생각할지 쉬이 예측할 수 있었다. 하지만 해리의 사고방식은 의아한 점이 너무나도 많았다. 겉보기에 고든과 은행원 밀턴은 완벽한 조화를 이루었으나 사실은 마음 깊은 곳에 은밀한 불신이 있어 자꾸만 신경이 쓰였다. 세상에서 가장 자기중심적인 인간이 적십자에 시간뿐만 아니라 돈까지 바치고 있는 것을 어떻게 받아들여야 할까? 그것이 끝이 아니었다. 해리가 밀턴을 은행 뒤편에 있는 사무실로 불러 몸소 프랑스의 야전병원으로 갈 계획이라고 밝혔을 때, 은행원은 너무나도 놀라서 자기 혼자 업무를 감당할 수 있을지 모르겠다고 대꾸했다. 며칠 쉬면서 곰곰이 고민해야 했다.

지난 세월을 돌이켜보면 무어라 설명할 수 없는 이상한 일들이 있었다. 순리에 맞지 않는 일들, 사업장에서 일어나서는 안 되는 일들이었다. 가령 닉 웨이크필드의 농장 담보권을 실행할 때도 충격적인 난동이 벌어졌다. 닉은 루시 게이하트와 어울리던 명랑한 젊은이 중 하나였다. 아버지에게서 넓은 농장을 물려받았는데, 고된 일을 싫어하는 도회지 청년이었던 지라 농부로서는 실패하고 말았다. 농장이 은행으로 넘어가자 닉은 술을 퍼마시고는 취기를 빌려 해리 고든과 한바탕하려고 은행에 들이닥쳤다. 이제 끝장났으니 할 말이나 제대로 해보겠다는 심산이었다. 은행에서 그런 일이 일어나다니 몹시 볼썽사나웠다. 닉은 악담을 퍼부었다. 그럭저럭 진실에 가까운 흉측한 고발이 여럿 이어졌고, 마지막 조롱에는 창구 뒤편에 움츠리고 앉아 있던 밀턴의 눈썹에 식은땀이 흘렀다.

"누가 넘어지면 가서 덮치려고 작정한 놈이야." 닉이 주먹을 꽉 쥐고 해리에게 맞서며 소리 질렀다. "하지만 덩치는 커도 겁쟁이 새끼지. 겁이 나서 가여운 루시의 장례식에도 못 갔잖아. 아니냐, 덩치? 덴버로 도망쳤어! 분명 이유가 있었겠지!"

밀턴은 천장이 무너질 것만 같았다. 무너지기를 바랐다. 하지만 실제로 일어난 일은 그보다 더 이상했다. 고든은 책상에 있던 메모장에 잠시 무어라 끄적였다. 그러고는 의자에서 몸을 돌려 닉을 바라보았다. 아주 친절한 목소리, 그 어떤 경멸 섞인 빈정거림도 없는 목소리로 말했다.

"지금 네 상태로 언급해서는 안 될 이름도 있어, 닉. 넌 잔뜩 취했고, 내일이면 오늘 일을 후회하게 될 거다. 더 할 말이 있다면 내일 와서 마저 하도록."

은행은 닉 웨이크필드의 농장을 매각했으나 계약 조건은 밀턴 체이스가 합당하다고 생각한 것보다 훨씬 후했다.

3

해리는 한 시간 가까이 난로 앞에 앉아 있다가 등을 켜고는 호텔에 전화해 샌드위치 배달을 부탁했다. 음식이 도착하자 금세 먹어치우고 쟁반을 바깥 복도에 내놓았다. 오늘 밤은 추억을 위한 시간이었다. 밀려드는 과거가 느껴졌다. 오래전에는 옛날 생각이 나면 떨쳐내려 애썼다. 하지만 지금은 종종 인생을 돌아보며 울적한 즐거움을 느꼈다. 인생을 조금 더 제대로 이해하게 되었다.

그는, 오직 그만은 루시 게이하트가 고향으로 돌아왔을 때 자신이 그토록 잔인하게 군 이유를 알고 있었다. 시카고에서 오페라를 봤던 밤에 들었던 이야기 때문은 아니었다.

해리는 결혼식을 올리고 일주일쯤 지나자 성급한 결정을 후회하기 시작했다. 실은 결혼을 약속할 때부터 이미 후회하고 있었다. 다른 사람에게 상처를 주기 위해 자기 자신에게 상처를 주고 있음을 알았다. 그는 절대 안 하겠다고 맹세한 한 가지, 삶의 기쁨 따위는 전혀 느끼지 못하는 매력 없는 여자와의 결혼을 앞두고 있었다. 해리엇 아크라이트도 분명 그만의 장점이 있었다. 천박하지 않았고, 세상 경험이 있었다. 똑똑하고 실행력이 있었다. 해버퍼드에 새로 집을 지은 것도 해리엇이었다. 골칫거리나 혼란의 여지 없이 건설업자와 일꾼을 고용하고 자신이 바라는 모습 그대로 가구를 들인 뒤 비용까지 냈다. 집은 두 사람 모두에게 흡족한 공통의 관심사가 되었다. 아내는 합리적인 사람이었으며 거슬리는 허세도 없었다. 이 정도면 함께할 수 있다고 해리는 생각했다. 그런데 루시가 고향으로 돌아왔다.

그는 우체국에서 처음 루시를 보고 자기 마음이 하나도 변하지 않았음을 알았다. 그 어느 때보다 확실하게 자신이 원하는 것이 무엇인지 알 수 있었다. 루시는 지저분한 남자들이 득실거리고 사워로 담배 연기가 자욱한 곳에서 천천히 아버지의 사서함 자물쇠 비밀번호를 맞추고 있었다. 문 너머로 보이는 루시의 몸이 그리는 곡선에 심장이 멈출 것 같았다. 너무나도 작고, 너무나도 섬세하고, 너무나도 가만했다. 해리는 안으로 들어가 루시를 마주하는 대신 번개처럼 뒤돌아 부리나케 떠났다. 하지만 한 손을 들고 서 있는 옆모습을 한 번 훌긋한 것만으로도 충분했다.

그 후로 매일 거리에 나설 때마다 저 멀리 지나가는 루시를 바라보고 그 옆을 지나쳐야 했다. 루시의 우아함은 걱정 없고 명랑하던 시절보다 내향적인 지금 더욱더 돋보였다. 무언가가 그를 감싸고 지탱한 탓에 절대 세속의 세계로 떨어지지 않을 듯했다. 눈동자는 베일이 드리운 듯 아련했고, 고개를 살짝 기울인 채 마을을 돌아다니는 몸에는 연약하고 불확실한 분위기가 감돌아 마치 오랫동안 병을 앓다가 밖으로 나온 사람 같았다. 하지만 루시에게 다가가기란 불가능했다. 무언가에 깊이 몰두한 얼굴과 어두운 표정은 청년에게는 어울리지 않아 참으로 슬펐다. 하지만 마을 사람들은 그를 지켜주었다. 그가 무심하게 홀로 지낼 수 있도록 가만히 두었다. 함께 춤을 추고 소풍을 다니던 남자아이들은 이제 겁이 나서 찾아가지도 못했다. 루시의 눈동자가 현재라는 시간 속에서 빛을 발하며 무언가를 요구하던 것은 오직 해리 고든을 만날 때였다. 그러나 루시는 해리를 똑바로 바라볼 기회가 없었기에 친절함을 간청할 수 없었다.

해리는 루시가 불행하다는 것을, 자신에게서 도움을 바란다는 것을 알았다. 비록 좋은 아침이라는 말밖에 건넨 적 없고 애초에 해리 자신이 무어라 덧붙일 기회를 주지도 않았지만 목소리에 애원이 깃들어 있었다. 루시는 즉각적인 사람이라 감정을 숨길 줄 모른다는 것을, 해리는 알았다. 어쩌면 노력한 적이 없을지도 몰랐다. 루시에게 해리가 간절하게 필요하다는 것이 느껴졌다. 루시와 우연히 마주치고 나면 책상에 앉은 뒤에도 줄곧 생각났다. 사람들이 수군거리는 것처럼 루시가 "사고를 쳤고" 그 남자에게 버림받았다는 것이 사실일까? 해리는 알 수 없었고 개의치 않았다. 잠시라도 단둘이 있을 기회가 생겨 루시가 특유의 눈빛으로 손을 뻗으면 더는 벌주지 못하리라는 것을 알았다. 그리고 루시는 벌받아 마땅했다.

해리가 즐거움 없는 결혼 생활을 시작한 후로 1년이 흘렀고 (실로 모든 종류의 즐거움이 박탈된 결혼이라 아내는 아이도 낳지 못했기에) 마음 한쪽에 항상 루시와 함께 산다면 누렸을 삶에 관한 궁금증이 있었다. 그 모든 것을 루시가 한순간의 변덕 때문에, 한 조각의 간지러운 감상주의 때문에 망쳐버린 것이다. 그러니 고통받으라지. 하느님은 아시거니와 자신은 고통받았으니까! 자신의 뒷모습을 바라보는 루시를 두고 길모퉁이를 벗어날 때마다 그는 그렇게 생각했다.

그러나 루시를 벌주겠다는 결심과 앙심 저변의 깊은 곳, 너무나도 깊어서 들여다볼 수도 없는 곳에는 모순적인 확신이 있었다. 두 사람 모두 충분히 벌받고 나면 무슨 일이든 일어나리라는 확신이었다. 정확히 무슨 일인지는 몰랐다. 어쩌면 그가 보장된 미래를 다 내던지고 이 마을을 떠나게 될지도 몰랐는데, 어쨌든 그와 루시 게이하트는 다시 함께하게 될 터였다.

젊고 튼튼한 남자라면 앞을 바라보는 법이다. 바보짓을 했거나 자기 의지를 실현하지 못했다고 해도 그것은 잠시뿐이다. 그는 매일 아침 집을 나설 때마다 결국 자기 뜻이 이루어질 것임을 안다. 자신이 실수 따위는 전부 뒤로할 정도로 수완 있는 사람이라고 자신한다. 루시가 해버퍼드로 돌아온 후 몇 달 동안 해리는 머릿속 결말을 믿어 의심치 않았다. 자신의 노력으로 이루어질 결말이 아니었다. 이루어져야 마땅하기에 이루어질 결말이었다. 거리에서 루시 옆을 지나거나 우체국에서 좋은 아침이라고 인사할 때 해리의 내면에는 자신이 운명의 최고 지배자라는 확실성이 살아 있는 생명처럼 꿈틀거렸다. 때가 되면 그 어떤 것도 그를 멈추지 못하리라.

램지 부인의 집을 지나가다 피아노 앞에 앉은 루시와 손가락에 머리를 괸 채 연주를 듣는 노부인을 본 저녁에는 자제하기 힘들었다. 안으로 들어갈 뻔했다. 그랬다면 루시와 함께 집으로 걸어갔을 테고 모든 것이 제자리로 돌아왔을 터였다.

왜 신중하고 분별 있는 남자에게 그토록 끔찍하고 이례적인 일이 일어나야 했을까? 할렘에서 해버퍼드로 오는 시골길은 몇 킬로미터나 이어지는데, 왜 그날 밤 등불과 마차가 느릿느릿 눈길을 넘어가는 행렬을 목격해야만 했을까? 왜 그 행렬 쪽으로 마차를 움직여야만 했을까? 그냥 지나칠 수가 없었다. 멈춰 서서 무슨 일인지 물어봐야만 했다. 그는 썰매에 달린 종을 떼어낸 뒤 말을 재촉하지 않고 긴 행렬을 따라 마을로 돌아갔다. 그것 외에 달리 할 일이 없었다. 집에 도착하자마자 아내가 앉아서 편지를 쓰고 있는 서재로 들어갔다. 등 뒤로 문을 닫고 강가에서 일어난 사건에 관해 아는지 물었다. 아내는 알고 있었다. 마을에 소식이 닿자마자 밀턴 체이스가 해리에게 전화를 걸었는데 아내가 받았던 것이다.

"오늘 새벽 2시에 유니언 퍼시픽 기차를 타고 서부에 다녀올게. 장례식이 끝날 때까지 돌아오지 않을 거야. 얼마 전에 그 애한테 못되게 굴었어. 집에 돌아온 뒤로 친절한 말 한마디 안 했지. 장례식에 못 가. 그 정도 위선자는 아니라서. 당신이 가줬으면 해. 우리 둘 중 한 사람도 참석하지 않으면 가족이 서운해할 거야."

고든 부인은 살짝 얼굴을 찌푸렸다. 그는 항상 침착했고 결코 소란을 피우는 법이 없었다. 침착하고 절제된 목소리로 말했다.

"당신이 자리를 비웠다고 수군거리는 사람들이 있을 텐데? 나 혼자 장례식에 간다고 한들 무슨 소용이겠어."

"내가 당신한테 부탁하는 건 이번이 처음이잖아."

"그런 식으로 말할 건 없지. 그 집 사람들을 잘 모르지만, 당신이 생각하기에 적절한 처사라면 당연히 다녀올게."

"고마워, 해리엇." 해리는 자기 방으로 가서 짐을 쌌다.

꽁꽁 언 시골길의 전신주 옆 그와 루시의 마지막 만남에 관해 아는 사람은 이 너른 세상에 단 한 명도 없었다. 그가 덴버에서 돌아온 뒤로 며칠, 몇 주 동안 사람들은 루시의 죽음에 관해 이야기하며 '비극'이라는 표현을 썼다. 은행이든 길거리든 가는 곳마다 그 이야기가 들렸다. 해리는 자기 귀에 들리도록 부러 말을 꺼내는 거라고 의심했다. 물론 루시가 자살했을지도 모른다며 쉬쉬거리는 사람들도 있었다. 손과 손목의 베인 상처는 루시가 얼음에 매달리려 애썼다는 뜻이었으나 물속에 가라앉은 뒤에는 포기해버렸을 가능성도 있었다. 마지막 목격자는 마을에서 2킬로미터쯤 떨어진 서쪽 도로에서 루시와 스쳐 지나간 스웨덴 농부였다. 루시가 고향에 돌아온 뒤로 과거의 자신답지 않게 기운이 없었다는 사실을 다들 알고 있었다. 페어리 블레어가 전한 소식에 따르면 루시가 사랑하던 성악가가 지난여름 이탈리아에서 물에 빠져 죽었다. 그렇다면 같은 방식으로 자기 삶을 끝내야겠다고 결심했는지도 몰랐다. 지난봄 강바닥의 형태가 바뀌었다고 말해준 사람이 없었을지언정 직접 보고 모를 일일까? 서쪽 강기슭이 크게 무너져 내려 섬이 전보다 훨씬 멀어져 있었는데.

사람들이 이런 이야기를 해도 해리 고든은 한마디 첨언도 없었고, 그 누구도 용기를 내서 왜 루시가 죽은 밤에 덴버에 갔냐고 질문하지 못했다. "그러니까, 길을 가다가 마차에 루시를 싣고 오는 사람들을 만났다고 했잖아. 아닌가, 해리?" 가장 배짱 있는 사람도 그 정도 질문에서 그만두고 말았다.

고든은 불에 코크스를 더 넣고 창가로 가서 반짝이는 겨울 하늘의 별을 올려다보았다. 영원을 바라보고 있자면 그가 추억하는 과거도 그다지 중요하게 느껴지지 않았다. 심지어 지상의 시간도 멈춘 것만 같았다. 미래가 과거에서 떨어져 나왔고, 그래서 현재도 존재하지 않았다. 그가 루시 게이하트의 부탁을 거절한 날, 상대가 마을에서 제일가는 건달 놈팡이였더라도 들어주었을 부탁을 거절한 바로 그날, 천상이 무너지고 오랜 인간적 믿음 역시 박살 났다. 그가 루시에게 잔인했던 세상은 이제 존재하지 않았다.

누군가에게 두 사람의 마지막 만남에 관해 말할 수 있었다면 분명 루시가 죽고 난 후의 삶은 훨씬 수월했을 것이다. 겨울밤 집으로 가는 길이면 자꾸만 바람 속에서 루시의 마지막 외침이 들렸다. "해리!" 분노, 놀람, 권위, 그가 그렇게 수치스러운 짓을 하도록 가만히 두지 않겠다는 듯.

그렇다. 그는 오래도록 마음 끓였다. 그는 강했으나 고통도 그만큼 강했다. 다행스럽게도 세기가 바뀌고 얼마 지나지 않아 자동차가 보급되었다. 그는 카운티 최초의 자동차 소유주가 되었고, 더 좋은 차가 나올 때마다 사고 또 샀다. 그는 가진 땅이 많았기에 도로에 살다시피 하며 여기저기로 다녔다. 주말에는 '악마처럼 사납게 차를 몰아' 덴버에 다녀올 때가 많았다. 운전하며 머릿속 생각을 중얼거리는 습관이 생겼다. 사실상 자동차 엔진에 대고 말하는 셈이었다. 한번은 아내가 동석했는데 깜빡 잊어버리고 이렇게 말하고 말았다. "그래, 종신형을 받은 셈이지."

과거에는 그렇게 생각했다. 루시는 몇 시간, 기껏해야 몇 주 고통받았다. 하지만 자신은 영원히 고통받아야 했다. 그는 루시가 어째서 플랫강의 변화를 눈치채지 못했는지 알았다. 고통과 분노가 루시에게 어떤 영향을 끼치는지 알았으니까. 열정과 맹렬함, 앞뒤 살피지 않고 하나의 충동에 자신의 온 존재를 오롯이 불태우는 성정, 바로 그것이 그가 루시에게서 발견한 경이였다. 루시는 감정의 불씨가 붙으면 불화살이 되어 끝까지 날아가는 사람이었다. 그 끝에 무엇이 기다리고 있든.

세월이 흐르자 그는 마음속 어둠에 익숙해졌다. 다리를 잃은 사람이 의족을 달고 살아가는 삶에 익숙해지는 것과 마찬가지였다. 돈을 어마어마하게 벌었고, 땅을 어마어마하게 사들였다. 부동산 가치가 떨어지는 중이었기에 실없는 짓이었다. 하지만 주의를 돌려야만 했던 시절에 분주하게 지낼 수 있었다. 게이하트 씨와 다진 우정은 위로가 되었다. 일종의 응보였다. 체스판 앞에서 보내는 저녁은 그의 일상에서 가장 행복한 시간이었다. 게이하트 영감의 시계방이 마을의 그 어느 장소보다 애틋해졌다. 그들은 절대 루시 이야기를 하지 않았으나 루시가 앉아서 연습하던 피아노는 한구석에 그대로 남아 있었다.

게이하트 씨의 장례식에 다녀온 밤, 고든은 서재에 앉아 자신을 짓누르던 죄책감이 흐르는 세월과 함께 점점 옅어졌다는 생각을 했다. 오랫동안 절대 루시를 떠올리지 않으려고 노력했다. 하지만 루시 생각을 즐기게 된 지도 꽤 됐다. 루시는 40년쯤 더 살 수 있었겠으나 처음 20년이 지극히 근사했다면, 그동안 청춘일 수 있었다면, 결국 큰 손해가 아닐지도 몰랐다. 참으로 경솔한 청춘이었다. 처음 만나는 배우나 가수와 사랑에 빠져 사랑을 공언하는 것도 당연했다. 전부 머지않아 지나갈 터였다. 루시를 보면, 그 눈동자를 보고 웃음소리를 들으면 그런 모험을 겪을 사람이라는 것을 알 수 있었다. 솟았다가 부드럽게 잦아드는 낮고 풍부한 콘트랄토 음역의 웃음소리. 긴장하고 흥분한 웃음이 아니었다. 흐르듯 따뜻한 웃음소리, 그러나 희미한 불안이 깃든 소리였다.

루시 때문에 끔찍한 고통을 겪어야 했으나 그가 기억해야 하는 과거 중 그토록 아름다운 것은 없었다. 지난날을 돌아보면 단 하나의 얼굴, 단 한 사람만이 사랑스러운 수수께끼로 남아 있었다. 그가 알고 지낸 다른 남자들과 여자들은 다들 해리 자신과 비슷했다.

동이 트기 전부터 잠에서 깬 루시가 그를 데리고 강으로 오리 사냥을 가던 아침이 떠오른 날도 있었다. 이슬이 촉촉한 들판 위의 무거운 침묵, 속살거리는 물소리, 금세 환해진 새벽의 동녘, 산들바람에 깨어나는 미루나무 꼭대기의 잎사귀, 진줏빛 하늘로 날아오르는 새. 그리고 그의 팔꿈치에 매달린, 그는 영영 알지 못할 초롱초롱한 열의와 행복.

사소한 것, 실로 아무것도 아닌 것에 그토록 행복해할 수 있다니! 그는 그런 성정이 축복이라고 생각했다. 자신은 그런 축복을 누리지 못했다. 선택의 여지가 있었다 해도 외면했을 터였다. 하지만 잠시 루시를 통해 엿보는 것, 한순간 귀 옆으로 느껴보는 것은 좋았다. 가만히 서서 동이 트는 모습을 지켜보거나 새가 날아오르기를 기다리고 있으면 그의 옆에서 느껴지는 기대감에 저릿저릿했다. 사냥복과 단단한 근육 위로 거센 봄 소나기가 퍼붓는 듯했다. 몸이 경이롭도록 자유로이 가벼워졌고, 핏속을 질주하는 불꽃에 이를 악물게 되었다.

(자정에 가까운) 밤의 완전한 적막 속에서 은행 전화벨이 울리고 또 울렸다. 그가 어디서 무얼 하는지 궁금해진 아내의 전화일 것이었다. 그는 전화를 받는 대신 빨갛게 타고 있는 코크스를 덮어두고 외투를 걸친 뒤 집으로 떠났다.

그는 후회감에 사로잡혀 고통받는 사람이 아니었다. 그런 시기는 오래전에 지나갔다. 지금은 자신의 성공과 건강을 즐기고 있었다. 이제 루시 게이하트는 살을 에는 바람을 맞으며 서서 애원하는 눈길로 그를 쳐다보는 가련하고 작은 생명이 아니었다. 더는 그의 썰매 옆에 꼭 붙어 있지도 않았다. 변하지 않는 청춘의 아름다운 것들을 전부 데리고 저 멀리 수평선으로 물러났다.

4

게이하트 씨의 장례식 다음 날은 일요일이었다. 해리와 은행원 밀턴 체이스는 미리 약속한 대로 은행에서 만나 길을 나섰다. 창가에 있던 마을 사람들에게 지나가는 두 사람이 보였다.

다들 밀턴이 해리보다 나이 들어 보인다는 사실에 익숙했다. 젊었을 때 잘생겼던 외모가 시들자 뺨이 푹 꺼지고 코가 길어졌다. 어서 해결해야 하는 미완의 업무라도 있는 것처럼 짧고 불균형한 보폭으로 와락와락 걸었다. 해리는 변함없이 굳건하고 신중한 발걸음으로 평생 똑같은 길을 오갔다.

그들은 마을 사람들이 여전히 "저 멀리 게이하트네"라고 일컫는 곳으로 가는 길이었다. 지난 25년간 해버퍼드는 성장하지 못했다. 줄어들었다. 게이하트 가족이 살던 낡은 반농가는 여전히 해버퍼드 서쪽 맨 끝의 보도가 끊기는 곳에 있었다. 그 너머에는 흙길뿐이었다. 고든은 일요일 오후면 종종 이쪽으로 산책을 가고는 했다.

청년 시절 아버지와 함께 처음 해버퍼드로 왔을 무렵, 그는 어느 여름 저녁 자전거를 타고 이 길을 따라 달리고 있었다. 인부들이 온종일 매달려서 게이하트 댁 앞에서 끊어지는 보도를 시멘트로 포장하는 중이었다. 바닥에 축축한 시멘트를 붓고 매끄럽게 마무리한 뒤 주변으로 야트막하게 줄을 쳐 행인들이 들어가지 못하도록 막아놓고 저녁을 먹으러 갔다. 자전거를 타고 온 해리는 웬 여자아이가 남아용 멜빵바지 차림에 맨발로 정원을 뛰어다니며 긴 고무호스로 꽃에 물을 주는 모습을 얼핏 보았다. 순간 그 여자아이가 스케이트장에서 봤던 아이, 빨간색 저지를 입고 음악에 맞춰 빙판을 누비던 아이임을 알아보았다. 해리는 자전거에서 내려 옆으로 끌고 갔다. 루시는 해리를 보지 못했다. 그러다 갑자기 호스를 내려놓더니 집 뒤편을 흘긋거리며 지켜보는 사람이 없는지 확인한 후 앞으로 뛰어갔다. 인부들이 쳐놓은 줄을 걷어내고 축축한 시멘트로 걸음을 디뎠다. 하나, 둘, 세 걸음, 그러고는 길옆에 있는 풀숲으로 들어갔다가 해리와 마주쳤다. 루시가 고개를 들어 해리를 바라보며 웃음을 터뜨렸다.

"제발 이르지 마세요!" 그러고는 날쌔게 흙길을 통과해 진입로 옆 게이하트네 마당으로 들어갔다.

그렇게 오랜 세월이 흘렀건만 아직도 보도에는 발자국 세 개가 남아 있었다. 회백색 시멘트 위로 열세 살 여자아이의 곧고 가냘픈 발자국이 섬세하고 선명했다. 시간의 흐름에도 희미해지지 않았다. 물론 이 거리를 지나다니는 사람이 많지 않았던 것은 사실이다. 여기까지 온다면 게이하트 가족에게 볼 일이 있기 때문이었다. 고든은 사람들이 이 발자국에 관해 이야기하는 것을 들어본 적이 없었다. 어쩌면 누가 찍은 발자국인지 모를 수도 있었다. 가벼운 걸음이라 눌림이 얕았다.

눈여겨 찾아보지 않는다면 눈치채지 못할 수도 있었다. 게이하트네 집터는 오랫동안 제대로 관리되지 못했다. 여름이면 보도 양쪽으로 야생 해바라기가 높게 자라 꽃송이를 드리웠다. 근처 초원에서 알팔파 꽃이 다발로 날아와 해바라기에 붙었고, 야생 살갈퀴가 손가락처럼 쪼르르 붙어 피는 보랏빛 분홍 꽃을 무겁게 늘어뜨리며 매년 해바라기 꽃대를 타고 올랐다. 그 옆에 날쌘 움직임이 남은 시멘트 블록 두 개가 있었다. 해리 고든이 보기에는 날쌨다. 발꿈치보다 발가락 자국이 더 깊었다. 발꿈치는 실제로 발이 움직였을 때 그저 보도의 표면을 스치기만 한 듯 윤곽이 옅었다. 정말 발자국이 자신은 알지 못하는 방식으로 빠른 움직임을 암시하는 것일까, 고든은 종종 궁금했다. 아니면 그저 발자국이 만들어지는 모습을 본 적이 있어서, 줄곧 잽싸고 장난스럽고 가뿐한 모습으로 기억해서 그런 것일까? 전령 메르쿠리우스처럼 발에 작은 날개라도 단 듯.

잠시나마 그토록 생생하게 루시를 되살리는 것은 없는 듯했다. 때때로 그곳에 가만히 서 있으면 문득 루시가 실재하는 것만 같았다. 팔꿈치를 잡아당기는 힘, 볼에 닿는 숨, 급작스러운 봄 소나기의 빗방울 같은 가벼움과 싱그러움.

그 일요일 오후 고든과 밀턴 체이스는 게이하트 가족의 집을 꼼꼼히 살펴보았다. 정원과 사과나무밭과 그 너머 목초지까지 다녔다. 이제 게이하트네 땅은 고든 소유였다. 게이하트 씨가 말년 동안 고든을 보증인으로 세워 은행에서 받은 대출금의 담보였다. 이제 매각해봤자 은행에서 내준 금액의 3분의 1도 돌려받지 못할 터였다. 두 사람 모두 그 사실을 알았다. 고든의 계획은 밀턴 체이스가 그 집을 넘겨받아 평생 집세 없이 사는 것이었다.

두 사람은 집터의 마른 잡초와 죽은 잔디 사이로 터벅터벅 걸어 다니며 사과나무밭은 어떻게 할지, 낡은 헛간은 차고로 개조하면 어떨지 논의한 후 포치 계단에 앉아 시가에 불을 붙였다.

"이렇게 선심을 쓰시다니요, 해리." 밀턴 체이스가 말했다. "하지만 저는 돈을 내는 쪽이 좋습니다. 평생 남의 집을 빌려 살아서 이제는 제 집이 있으면 좋겠거든요." 그가 하소연으로 말을 끝맺었다.

"내일 휘트니에게 연락하겠어, 밀턴. 내가 죽으면 이 집이 아무 조건 없이 밀턴 소유가 될 수 있도록 유언장을 새로 쓰라고 하지. 거금을 쓰는 것보단 그쪽이 나을 테니까."

밀턴은 모자를 벗고 귀 주변의 듬성듬성한 머리를 손으로 빗어 넘겼다. 만족스러운 것 같지 않았다. 춥고 피곤하고 슬픔에 잠긴 듯했다.

해리는 잠시 고민하다가 그를 설득했다. "들어봐, 밀턴. 만약 밀턴이 이 집을 샀다가 나보다 먼저 죽는다면, 아들들이

팔아버릴 수도 있잖아. 누구한테든. 은퇴한 농부한테 팔면 이곳을 양계장 삼을 수도 있을 거고. 절대 간섭하지 않겠어. 사과나무를 베어버리든 헛간을 허물어버리든 알아서 해. 내가 원하는 건 살아 있는 동안 이 집의 보호 권한을 갖는 거야."

밀턴은 여전히 울적한 얼굴이었으나 해리는 그가 제안에 동의했다고 자기 좋을 대로 생각했다. "그나저나 잠깐 이쪽으로. 보여주고 싶은 게 딱 한 가지 더 있으니까." 그들은 잔디밭을 가로질러 시멘트 보도로 갔다. 그곳에서 해리가 걸음을 멈추었다. "이건 비밀이야. 이해하지? 절대 말하면 안 돼. 저기 시멘트에 있는 발자국은 게이하트 댁 딸 루시가 어렸을 때 찍어놓은 거야. 이것만 부탁할게. 이 시멘트 블록 두 개에는 아무것도 하지 마. 적어도 내가 살아 있는 동안에는." 고든은 목소리를 살짝 높여 차고 수리 방법을 논의하듯 사무적인 목소리로 말했다. "시멘트가 단단해 보이는군. 무슨 일이 생긴다면 물에 휩쓸리는 것뿐이겠어. 비가 많이 내리면 한쪽이나 구석에서 흙이 넘쳐 시멘트 블록이 기울어지고 부서질 수도 있겠고. 잘 지켜봐줘."

"주의하겠습니다." 밀턴이 대답했다. 은행에서 업무 지시를 받을 때와 똑같은 목소리였다.

해리는 이제 집 안으로 들어가서 게이하트 씨의 서류를 치워야겠다고, 내일 아침에 은행에서 보자고 말했다. 밀턴은 천천히 집으로 걸어갔다. 도착한 후에는 술을 한 잔 마셨는데,

그로서는 드문 일이었다. 하지만 날이 추웠다. 몸이 으슬으슬 하고 마음이 불편했다. 상사에게 어딘가 평범하지 않은 구석이 있다는, 전부터 줄곧 그랬다는 의심을 되새기게 되어 불편해진 것이다. 환영 같은 것에 사로잡힌 사람 같아서 내심 겁이 났다. 시멘트 보도 옆에서 나눈 짤막한 대화는 정확한 이유를 짚어내기 힘들었으나 아주 음울했다. 훌쩍 나이가 들어버린 기분이었다. 생이란 끔찍이도 짧고 그다지…… 그다지 중요하지 않은 것이라는 생각이 들었다.

해리는 길을 따라 멀어지는 은행원의 슬픔 어린 뒷모습을 다소 즐거운 마음으로 바라보았다. 주머니에서 열쇠를 꺼내 적막에 잠긴 어두운 집 안으로 들어갔다. 거실의 블라인드를 올려 빛바랜 카펫과 먼지 앉은 가구 위로 오후 4시의 햇살을 드리웠다. 그러고는 위층으로 올라갔다. 언젠가 게이하트 씨가 말하기를 (실로 온 동네 사람들이 다 알고 있듯) 폴린은 루시가 스케이트를 타러 간 그날 모습 그대로 방을 간직하고 있다고 했다. 폴린이 죽자 게이하트 씨는 방문을 잠가놓고 이따금 가정부에게 바닥을 쓸고 먼지를 털어달라고 시킨 뒤 꼭 옆에서 지켜보았다.

고든은 열쇠를 전부 가지고 있었다. 모자를 벗고 잠겨 있던 방문을 열었다. 블라인드를 내려둔 상태였으나 규격이 맞지 않아 남쪽 창문으로 새어 든 한 줄기 주황색 햇빛이 어둑어둑한 방 안에서 촛불처럼 타오르고 있었다. (나방을 쫓으려는 목적으로) 열어둔 옷장에는 옷과 잠옷이 나란히 걸려 있었다. 태워 없애는 쪽이 나았겠다고 그는 생각했다. 책상 옆 책장에는 책과 제본한 악보가 빼곡했다. 은행에 있는 개인 사무실 서랍장에 넣으면 딱 좋을 듯했다. 언젠가 들여다볼 일이 생길 수도 있으니까. 서랍 위에 화장품이 놓여 있었고, 은제 틀이 꼬질꼬질해진 거울에 비스듬히 기댄 것은 독일어로 무어라고 끄적여 있는 클레멘트 서배스천의 사진이었다. 이것을 고든은 주머니에 넣었다. 그의 손이 닿은 것은 이 사진뿐이었다. 그는 등 뒤로 부드럽게 문을 닫고 잠갔다.

집을 나서자 겨울 한낮의 강렬한 햇살이 마지막으로 저 밑의 마을에 내리쬐고 있었고 무성한 나무 꼭대기와 교회 첨탑이 황동처럼 빛났다. 이제 해버퍼드를 떠나는 일은 없으리라고, 그는 생각했다. 이곳을 영영 떠나기에는 너무 많은 것을 겪었다. '고향'이 무엇이겠나, 결국 실망을 겪고 참아내는 법을 배우는 곳 아니겠나? 게이하트 가족이 살던 집을 떠나는 길, 그는 의식하지도 못한 채로 잠시 보도에 멈춰 서서 지금껏 수천 번은 족히 그랬던 것처럼 세 개의 가벼운 발자국을 바라보았다. 달아나려는 발자국을.

해설

깨진 빙판으로 가라앉은, 한 시절 뜨거웠던 삶들

한 해와 마찬가지로 사람의 생도 사계절로 이루어져 있다는 키츠의 시에 마음을 기대보자면, 《루시 게이하트》를 쓸 때 윌라 캐더는 생의 겨울을 지나고 있었다. 물론 "생은 숫자로 셈할 수 있는 것이 아닌" 탓에, 그의 겨울은 단순한 노년기가 아닌 1927년, 쉰셋의 나이부터 잇달아 찾아온 상실의 계절에 가까웠다.

시작은 이사였다. 지하철 공사 때문에 14년간의 생활이 축적된 아파트에서 쫓겨난 것이다. 그에게 퓰리처상을 안겨준 《우리 중 하나》를 비롯해 《나의 안토니아》와 《대주교에게 죽음이 오다》 등 대표작 대부분을 집필한 곳을 떠나야만 했다. 보금자리를 잃고 와이오밍에 있는 남동생의 집에서 한숨 돌리는데, 아버지가 중태에 빠져 이듬해에 숨을 거두었다. 그리고 어머니가 뇌졸중으로 쓰러졌다. 1931년에는 스물다섯 살에 만나 평생 친구로 지낸 이저벨 매클렁이 훗날 죽음을 초래할 신장병을 앓기 시작했으며, 뇌졸중으로 쓰러졌던 어머니가 돌아가셨다. 그래서 그랬을까, 1932년에 캐더는 에세이 한 편 외에 아무런 글도 발표하지 못했다. 그러던 그가 상실의 침상에서 몸을 일으켜 작업에 착수한 소설이《루시 게이하트》였다.

내가 처음 루시의 이야기를 접한 것도 겨울이었다. 폐건물을 접합해 층조차 제대로 맞물리지 않아 이쪽의 2층이 저쪽의 3층으로 이어지는 기이하고 꿋꿋한 공공 도서관의 의자에 앉아, 찬란하고 명랑한 여자아이의 이야기를 읽었다. 문자 그대로 '루시(Lucy)'는 '빛', '게이하트(Gayheart)'는 '명랑한 마음'이라는 뜻이다. 캐더의 작품답게 네브래스카가 언급되며 그의 고향 레드 클라우드를 상기하는 풍경이 펼쳐졌고, 그 중심에는 자라나는 여자아이가 있었다. 미국 지방주의 문학을 대표하는 이름인 만큼 캐더와 그의 작품을 논할 때면 어김없이 황량한 북미 한복판을 개척하는 이민자들이 언급되기 마련인데, 나는 그 중심에 버티고 선 여자아이들, 가령《나의 안토니아》의 안토니아나《종달새의 노래》의 테아처럼 자기 나름의 방식으로 과거를 포용하며 미래를 개척하는 기이하고 꿋꿋한 여자아이들을 떠올릴 때가 많다.

루시와 사랑에 빠지는 건 그리 어려운 일이 아니었다. 동경하는 이의 희소식을 듣고 들뜬 귀갓길에 제비꽃을 사 안고 오는 사랑스러움, 음악을 통해 사랑이 비극의 동력이라는 사실을 깨우치고 바그너의 오페라 앞에서 고독을 구할 줄 아는 감수성, 교수의 애제자이자 국제적인 성악가의 신뢰를 받는 연주자이지만 성취를 과시하거나 이용하지 않는 겸허함, 화려한 경력을 꿈꾸지는 않아도 자신의 미래를 '착한 여자'의 삶으로 한정하려는 시선에 굽히지 않는 꿋꿋함, 사랑을 잃고 입방아에 오르내리면서도 짓밟히기를 거부하고 생을 다짐하는 불굴의 성정. 결국 루시는 살고 싶다, 살아야 한다는 결론을 건네는 인물이다. 길지 않은 소설이건만 그마저도 끝까지 버티지 못한 그가 얼마나 안타깝던지, 루시의 생이 너무나도 슬프고 아름다워서 끅끅 울며 문장을 만지던 날도 있었다. 어떻게 이런 생을 써낸 것일까, 캐더의 필력에 경탄하는 동시에 그가 조금만 더 분발해서 덜 비극적인 결말을 생각해낼 수는 없었을까 야속하기도 했더랬다.

사실 캐더가 《루시 게이하트》를 집필하던 당시 평단에서는 그를 지나치게 감상적이고 향수를 탐닉한다며 한물간 작가 취급하고 있었다. 루시는 사랑스럽고 그의 인생사는 절절하며 그와 서배스천의 사랑 역시 비극적이고 아름답지만, 곰곰 생각해보면 명랑하고 명석한 시골 여자아이가 도시로 나아가 새로운 세상과 예술을 알아가는 이야기, 환멸에 젖은 연상의 예술가가 그 풋풋한 기운에 생의 의지를 갱신하는 이야기는 과연 시대를 고려해도 새롭다고 할 수는 없을 것이다.

그러나 이 소설에는 사뭇 특이한 빛이 있다. "낡고 실없는 가사를 근사하게 표현해 신선함을 부여"함으로써 사랑과 전망을 잃고 낙향한 루시에게 다시 생의 의지를 불어넣은 〈보헤미안 걸〉의 소프라노처럼, 이 소설 속에도 무언가 색다른 것이 반짝이고 있다. 소설 초입에서 루시를 아프게 하던 밤하늘의 별, "지금 이곳에 속하지 않은 다른 생과 감정을 암시"하던 영원의 상징 같은 것이.

한여름에도, 한겨울에도 줄곧 종종걸음으로 움직이던 루시는 자신을 압도하는 감정으로 별에 손을 뻗으면서 미래를 꿈꾸었을지도 모르겠으나, 사실 별은 과거의 산물이다. 우주 먼 곳에서 반짝이는 별빛은 오랜 시간을 달려야 우리 눈에 도달할 수 있기에, 가령 오늘 밤에 빛나는 북극성은 430광년 전의 별인 것이다. 이 소설은 별이 "아득한 무언가"를 향한 기대가 아닌 기억의 암시라는 사실을 곱씹을 때, 빛나는 루시의 상실된 미래를 향한 안타까움을 기억이라는 충심의 행위로 승화할 때, 그렇게 지금 이곳의 굴레에서 달아난 영원을 이뤄낼 때 완성되는 이야기인지도 모르겠다. 실로 루시는 처음부터 망자로, 기억의 대상으로 등장해 마지막에도 기억 속에 머무르지 않나. 마을 사람들과 해리의 어렴풋한 기억 속에, "달아나려는 발자국"으로서.

짐이 안토니아를 바라보고 《로스트 레이디》의 닐이 메리언을 바라보듯, 《루시 게이하트》를 해리가 바라보고 기억하는 루시의 이야기라고 생각해보면 어떨까. 그러면 어딘가 의아했던 괄호나 시제 사용도, 총 3부의 구성도 이해할 수 있을 것 같다. "사실은 모든 것의 근간"이라던 해리, 루시에게 "그렇게 상황 파악이 안 돼?"냐는 질책을 들었던 실리적인 은행가 해리가 "신변과 재산에 일어난 변화로 인생이 바뀌"는 자신과 달리 "운명이란 감정과 생각에 일어난 변화"일 뿐이었던 루시를 파악하려는 시도라고, 《루시 게이하트》를 정의할 수도 있을 것이다. 자신은 루시에 관해 아무것도 알지 못했으며 무지를 통과하는 사이 평생의 사랑은 달아나버렸고, 남았다고 확신할 수 있는 것은 오래전에 지나가버린 자기 청춘의 편린뿐이라는 사실을 깨닫는 과정, 상실이라는 "종신형"의 기록인 것이다.

실제로 캐더는 이 소설을 두고 결말 부분인 제3부가 가장 훌륭하다고 했다. 루시와 서배스천의 이야기도 눈물 그렁그렁한 눈으로 절절하게 읽었던 독자로서 조금 멋쩍기도 하지만 사랑했으나 이해하지 못했던 사람, 이제는 없는 사람을 기억하며 그 아픔까지 오롯이 받아들이는 해리의 현재를 귀히 품지 않을 수 없다. "동경하기를 그만두고 기억하기를 시작하자 삶이 시작되었다"라는 캐더의 유명한 문장을 상기할 시점이 지금일까. 그에게 미래란 과거, 즉 사라진 사람들을 기억하자는 다짐이었다. 루시 역시 절절한 마음으로 동경하기를 그만두고 기억하기를 시작했다. 그리고 루시의 동경과 기억의 대상이었던 서배스천 역시 고통스러운 기억을 거듭 복기하고 있었다. 당신은 왜 그랬을까. 우리는 어쩌다 이렇게 됐을까. 불가해한 인연의 엇갈림에 눈물을 흘린 이는 이야기 밖에도 있었을 것이다. 그 눈물을 감상주의라 해야 할지 사랑이라 해야 할지, 판단은 각자의 몫이다.

생의 겨울에서 잇따른 상실 끝에 써낸 캐더의 기이하고 꿋꿋한 이야기, 그 안에서 무엇보다 기억의 숭고함을 감각한다. 다가오는 봄 앞에서 자꾸만 주저하는 것은 그 시린 아름다움을 붙잡고 싶은 까닭일까.

임슬애

휴머니스트 세계문학 032

루시 게이하트

1판 1쇄 발행일 2024년 4월 22일

지은이 윌라 캐더
옮긴이 임슬애

발행인 김학원
발행처 (주)휴머니스트출판그룹
출판등록 제313-2007-000007호(2007년 1월 5일)
주소 (03991) 서울시 마포구 동교로23길 76(연남동)
전화 02-335-4422 **팩스** 02-334-3427
저자·독자 서비스 humanist@humanistbooks.com
홈페이지 www.humanistbooks.com
유튜브 youtube.com/user/humanistma **포스트** post.naver.com/hmcv
페이스북 facebook.com/hmcv2001 **인스타그램** @boooook.h

편집주간 황서현 **편집** 김대일 이성근 김선경 **디자인** 김태형 차민지
조판 아틀리에 **용지** 화인페이퍼 **인쇄·제본** 정민문화사

ISBN 979-11-7087-133-0 04840
979-11-6080-785-1 (세트)

휴머니스트 세계문학

시즌 1. 여성과 공포

001 프랑켄슈타인
메리 셸리 | 박아람 옮김

002 회색 여인
엘리자베스 개스켈 | 이리나 옮김

003 석류의 씨
이디스 워튼 | 송은주 옮김

004 사악한 목소리
버넌 리 | 김선형 옮김

005 초대받지 못한 자
도러시 매카들 | 이나경 옮김

시즌 2. 이국의 사랑

006 베네치아에서의 죽음 · 토니오 크뢰거
토마스 만 | 김인순 옮김

007 그녀와 그
조르주 상드 | 조재룡 옮김

008 녹색의 장원
윌리엄 허드슨 | 김선형 옮김

009 폴과 비르지니
베르나르댕 드 생피에르 | 김현준 옮김

010 도즈워스
싱클레어 루이스 | 이나경 옮김

시즌 3. 질투와 복수

011 폭풍의 언덕
에밀리 브론테 | 황유원 옮김

012 동 카즈무후
마샤두 지 아시스 | 임소라 옮김

013 미친 장난감
로베르토 아를트 | 엄지영 옮김

014 너희들 무덤에 침을 뱉으마
보리스 비앙 | 이재형 옮김

015 밸런트레이 귀공자
로버트 루이스 스티븐슨 | 이미애 옮김

시즌 4. 결정적 한순간

016 노인과 바다
어니스트 헤밍웨이 | 황유원 옮김

017 데미안
헤르만 헤세 | 이노은 옮김

018 여행자와 달빛
세르브 언털 | 김보국 옮김

019 악의 길
그라치아 델레다 | 이현경 옮김

020 위대한 앰버슨가
부스 타킹턴 | 최민우 옮김

시즌 5. 할머니라는 세계

021 도련님
나쓰메 소세키 | 정수윤 옮김

022 사라진 모든 열정
비타 색빌웨스트 | 정소영 옮김

023 4월의 유혹
엘리자베스 폰 아르님 | 이리나 옮김

024 마마 블랑카의 회고록
테레사 데 라 파라 | 엄지영 옮김

025 불쌍한 캐럴라인
위니프리드 홀트비 | 정주연 옮김

시즌 6. 소중한 것일수록 맛있게

026 식탁 위의 봄날
오 헨리 | 송은주 옮김

027 크리스마스 잉어
비키 바움 | 박광자 옮김

028 은수저
나카 간스케 | 정수윤 옮김

029 치즈
빌럼 엘스호트 | 금경숙 옮김

030 신들의 양식은 어떻게 세상에 왔나
허버트 조지 웰스 | 박아람 옮김